U0127850

中外哲学典籍大全

总主编 李铁映 王伟光

外国哲学典籍卷

《梨俱吠陀》神曲选

巫白慧 译解

商务印书馆
创于1897
The Commercial Press

中外哲学典籍大全

总主编　李铁映　王伟光

顾　问（按姓氏笔画排序）

　　　　王树人　邢贲思　汝　信　李景源　杨春贵　张世英　张立文

　　　　张家龙　陈先达　陈晏清　陈筠泉　黄心川　曾繁仁　楼宇烈

学术委员（按姓氏笔画排序）

　　　　万俊人　马　援　丰子义　王立胜　王南湜　王柯平　王　博

　　　　冯颜利　任　平　刘大椿　江　怡　孙正聿　李存山　李景林

　　　　杨　耕　汪　晖　张一兵　张汝伦　张志伟　张志强　陈少明

　　　　陈　来　陈学明　欧阳康　尚　杰　庞元正　赵汀阳　赵剑英

　　　　赵敦华　倪梁康　徐俊忠　郭齐勇　郭　湛　韩庆祥　韩　震

　　　　傅有德　谢地坤

总编辑委员会

主　任　王立胜

副主任　张志强　冯颜利　王海生

委　员（按姓氏笔画排序）

　　　　甘绍平　仰海峰　刘森林　杜国平　李　河　吴向东　陈　鹏

　　　　陈　霞　欧阳英　单继刚　赵汀阳　郝立新

外国哲学典籍卷

学术委员会

主　任　汝　信

委　员（按姓氏笔画排序）

马寅卯　王　齐　王　颂　冯　俊　冯颜利　江　怡　孙向晨

孙周兴　李文堂　李　河　张志伟　陈小文　赵汀阳　倪梁康

黄裕生　韩水法　韩　震　詹文杰

编辑委员会

主　任　马寅卯

委　员（按姓氏笔画排序）

邓　定　冯嘉荟　吕　超　汤明洁　孙　飞　李　剑　李婷婷

吴清原　佘瑞丹　冷雪涵　张天一　张桂娜　陈德中　赵　猛

韩　骁　詹文杰　熊至立　魏　伟

中外哲学典籍大全
总　　序

　　《中外哲学典籍大全》的编纂,是一项既有时代价值又有历史意义的重大工程。

　　中华民族经过了近一百八十年的艰苦奋斗,迎来了中国近代以来最好的发展时期,迎来了奋力实现中华民族伟大复兴的时期。中华民族只有总结古今中外的一切思想成就,才能并肩世界历史发展的大势。为此,我们须要编纂一部汇集中外古今哲学典籍的经典集成,为中华民族的伟大复兴、为人类命运共同体的建设、为人类社会的进步,提供哲学思想的精粹。

　　哲学是思想的花朵、文明的灵魂、精神的王冠。一个国家、民族,要兴旺发达,拥有光明的未来,就必须拥有精深的理论思维,拥有自己的哲学。哲学是推动社会变革和发展的理论力量,是激发人的精神砥石。哲学能够解放思想,净化心灵,照亮人类前行的道路。伟大的时代需要精邃的哲学。

一　哲学是智慧之学

　　哲学是什么?这既是一个古老的问题,又是哲学永恒的话题。追问"哲学是什么",本身就是"哲学"问题。从哲学成为思维的那一天起,哲学家们就在不停的追问中发展、丰富哲学的篇章,给出一张又一张答卷。每个时代的哲学家对这个问题都有自己的诠释。哲学是什么,是悬在人类智慧面前的永恒之问,这正是哲学之为哲学的基本特点。

哲学是全部世界的观念形态、精神本质。人类面临的共同问题,是哲学研究的根本对象。本体论、认识论、世界观、人生观、价值观、实践论、方法论等,仍是哲学的基本问题,是哲学的生命力所在!哲学研究的是世界万物的根本性、本质性问题。人们已经对哲学作出许多具体定义,但我们可以尝试再用"遮诠"的方式描述哲学的一些特点,从而使人们加深对"何为哲学"的认识。

哲学不是玄虚之观。哲学来自人类实践,关乎人生。哲学对现实存在的一切追根究底、"打破砂锅问到底"。它不仅是问"是什么(being)",而且主要是追问"为什么(why)",特别是追问"为什么的为什么"。它关注整个宇宙,关注整个人类的命运,关注人生。它关心柴米油盐酱醋茶和人的生命的关系,关心人工智能对人类社会的挑战。哲学是对一切实践经验的理论升华,它关心具体现象背后的根据,关心"人类如何会更好"。

哲学是在根本层面上追问自然、社会和人本身,以彻底的态度反思已有的观念和认识,从价值理想出发把握生活的目标和历史的趋势,从而展示了人类理性思维的高度,凝结了民族进步的智慧,寄托了人们热爱光明、追求真善美的情怀。道不远人,人能弘道。哲学是把握世界、洞悉未来的学问,是思想解放与自由的大门!

古希腊的哲学家们被称为"望天者"。亚里士多德在《形而上学》一书中说："最初人们通过好奇—惊赞来做哲学。"如果说知识源于好奇的话，那么产生哲学的好奇心，必须是大好奇心。这种"大好奇心"只为一件"大事因缘"而来。所谓"大事"，就是天地之间一切事物的"为什么"。哲学精神，是"家事、国事、天下事，事事要问"，是一种永远追问的精神。

哲学不只是思想。哲学将思维本身作为自己的研究对象之一，对思想本身进行反思。哲学不是一般的知识体系，而是把知识概念作为研究的对象，追问"什么才是知识的真正来源和根据"。哲学的"非对象性"的思维方式，不是"纯形式"的推论原则，而有其"非对象性"之对象。哲学不断追求真理，是认识的精粹，是一个理论与实践兼而有之的过程。哲学追求真理的过程本身就显现了哲学的本质。天地之浩瀚，变化之奥妙，正是哲思的玄妙之处。

哲学不是宣示绝对性的教义教条，哲学反对一切形式的绝对。哲学解放束缚，意味着从一切思想教条中解放人类自身。哲学给了我们彻底反思过去的思想自由，给了我们深刻洞察未来的思想能力。哲学就是解放之学，是圣火和利剑。

哲学不是一般的知识。哲学追求"大智慧"。佛教讲"转识成智"，"识"与"智"之间的关系相当于知识与哲学的关系。一般知识是依据于具体认识对象而来的、有所依有所待的"识"，而哲学则是超越于具体对象之上的"智"。

公元前六世纪，中国的老子说："大方无隅，大器晚成，大音希声，大象无形，道隐无名。夫唯道，善贷且成。"又说："反者道之动，弱者道之用。天下万物生于有，有生于无。"对"道"的追求就是对有之为有、无形无名的探究，就是对"天地何以如此"的探究。这种追求,使得哲学具有了天地之大用,具有了超越有形有名之有限经验的大智慧。这种大智慧、大用途,超越一切限制的篱笆,具有趋向无限的解放能力。

哲学不是经验科学,但又与经验有联系。哲学从其诞生之日起,就包含于科学形态之中,是以科学形态出现的。哲学是以理性的方式、概念的方式、论证的方式来思考宇宙与人生的根本问题。在亚里士多德那里,凡是研究"实体(ousia)"的学问,都叫作"哲学"。而"第一实体"则是存在者中的"第一个"。研究"第一实体"的学问被称为"神学",也就是"形而上学",这正是后世所谓"哲学"。一般意义上的科学正是从"哲学"最初的意义上赢得自己最原初的规定性的。哲学虽然不是经验科学,却为科学划定了意义的范围,指明了方向。哲学最后必定指向宇宙、人生的根本问题,大科学家的工作在深层意义上总是具有哲学的意味,牛顿和爱因斯坦就是这样的典范。

哲学既不是自然科学,也不是文学、艺术,但在自然科学的前头,哲学的道路展现了;在文学、艺术的山顶,哲学的天梯出现了。哲学不断地激发人的探索和创造精神,使人在认识世界的过程中不断达到新境界,在改造世界的过程中从必然王国到达自由王国。

哲学不断从最根本的问题再次出发。哲学史在一定意义上就是不断重构新的世界观、认识人类自身的历史。哲学的历史呈现,正是对哲学的创造本性的最好说明。哲学史上每一个哲学家对根本问题的思考,都在为哲学添加新思维、新向度,犹如为天籁山上不断增添一只只黄鹂、翠鸟。

如果说哲学是哲学史的连续展现中所具有的统一性特征,那么这种"一"是在"多"个哲学的创造中实现的。如果说每一种哲学体系都追求一种体系性的"一"的话，那么每种"一"的体系之间都存在着千丝相联、多方组合的关系。这正是哲学史昭示于我们的哲学之多样性的意义。多样性与统一性的依存关系，正是哲学寻求现象与本质、具体与普遍相统一的辩证之意义。

哲学的追求是人类精神的自然趋向，是精神自由的花朵。哲学是思想的自由，是自由的思想。

中国哲学是中华民族五千年文明传统中最为内在、最为深刻、最为持久的精神追求和价值观表达。中国哲学已经化为中国人的思维方式、生活态度、道德准则、人生追求、精神境界。中国人的科学技术、伦理道德、小家大国、中医药学、诗歌文学、绘画书法、武术拳法、乡规民俗，乃至日常生活都浸润着中国哲学的精神。华夏文明虽历经磨难而能够透魄醒神、坚韧屹立，正是来自于中国哲学深邃的思维和创造力。

先秦时代，老子、孔子、庄子、孙子、韩非子等诸子之间的百家争鸣，就是哲学精神在中国的展现，是中国人思想解放的第一次大爆发。两汉四百多年的思想和制度，是诸子百家思想在争鸣过程中大整合的结果。魏晋之际玄学的发生，则是儒道冲破各自藩篱、彼此互动互补的结果，形成了儒家独尊的态势。隋唐三百年，佛教深入中国文化，又一次带来了思想的大融合和大解放。禅宗的形成就是这一融合和解放的结果。两宋三百多年，中国哲学迎来了第三次大解放。儒释道三教之间的互润互持日趋深入，朱熹的理学和陆象山的心学，就是这一思想潮流的哲学结晶。

与古希腊哲学强调沉思和理论建构不同，中国哲学的旨趣在于实践人文关怀,它更关注实践的义理性意义。在中国哲学当中,知与行从未分离,有着深厚的实践观点和生活观点。伦理道德观是中国哲学的贡献。马克思说:"全部社会生活在本质上是实践的。"实践的观点、生活的观点也正是马克思主义认识论的基本观点。这种哲学上的契合性,正是马克思主义能够在中国扎根并不断中国化的哲学原因。

"实事求是"是中国的一句古话,在今天已成为深邃的哲理,成为中国人的思维方式和行为基准。实事求是就是解放思想,解放思想就是实事求是。实事求是是毛泽东思想的精髓,是改革开放的基石。只有解放思想才能实事求是。实事求是就是中国人始终坚持的哲学思想。实事求是就是依靠自己,走自己的道路,反对一切绝对观念。所谓中国化就是一切从中国实际出发,一切理论必须符合中国实际。

二 哲学的多样性

实践是人的存在形式,是哲学之母。实践是思维的动力、源泉、价值、标准。人们认识世界、探索规律的根本目的是改造世界、完善自己。哲学问题的提出和回答都离不开实践。马克思有句名言:"哲学家们只是用不同的方式解释世界,而问题在于改变世界。"理论只有成为人的精神智慧,才具有改变世界的力量。

哲学关心人类命运。时代的哲学,必定关心时代的命运。对时代命运的关心就是对人类实践和命运的关心。人在实践中产生的一切都具有现实性。哲学的实践性必定带来哲学的现实性。哲学的现实性就是强调人在不断回答实践中的各种问题时应该具有的态度。

哲学作为一门科学是现实的。哲学是一门回答并解释现实的学问；哲学是人们联系实际、面对现实的思想。可以说哲学是现实的最本质的理论，也是本质的最现实的理论。哲学始终追问现实的发展和变化。哲学存在于实践中，也必定在现实中发展。哲学的现实性要求我们直面实践本身。

哲学不是简单跟在实践后面，成为当下实践的"奴仆"，而是以特有的深邃方式，关注着实践的发展，提升人的实践水平，为社会实践提供理论支撑。从直接的、急功近利的要求出发来理解和从事哲学，无异于向哲学提出它本身不可能完成的任务。哲学是深沉的反思、厚重的智慧，是对事物的抽象、理论的把握。哲学是人类把握世界最深邃的理论思维。

哲学是立足人的学问，是人用于理解世界、把握世界、改造世界的智慧之学。"民之所好，好之，民之所惠，惠之。"哲学的目的是为了人。用哲学理解外在的世界，理解人本身，也是为了用哲学改造世界、改造人。哲学研究无禁区，无终无界，与宇宙同在，与人类同在。

存在是多样的，发展亦是多样的，这是客观世界的必然。宇宙万物本身是多样的存在，多样的变化。历史表明，每一民族的文化都有其独特的价值。文化的多样性是自然律，是动力，是生命力。各民族文化之间的相互借鉴、补充浸染，共同推动着人类社会的发展和繁荣，这是规律。对象的多样性、复杂性，决定了哲学的多样性；即使对同一事物，人们也会产生不同的哲学认识，形成不同的哲学派别。哲学观点、思潮、流派及其表现形式上的区别，来自于哲学的时代性、地域性和民族性的差异。世界哲学是不同民族的哲学的荟萃。多样性构成了世界，百花齐放形成了花园。不同的民族会有不同风格的哲学。恰恰是哲学的民族性，使不同的哲学都可以在世界舞台上演绎出各种"戏剧"。不同民族即使有相似的哲学观点，在实践中的表达和运用也会各有特色。

人类的实践是多方面的，具有多样性、发展性，大体可以分为：改造自然界的实践、改造人类社会的实践、完善人本身的实践、提升人的精神世界的精神活动。人是实践中的人，实践是人的生命的第一属性。实践的社会性决定了哲学的社会性，哲学不是脱离社会现实生活的某种遐想，而是社会现实生活的观念形态，是文明进步的重要标志，是人的发展水平的重要维度。哲学的发展状况，反映着一个社会人的理性成熟程度，反映着这个社会的文明程度。

哲学史实质上是对自然史、社会史、人的发展史和人类思维史的总结和概括。自然界是多样的，社会是多样的，人类思维是多样的。所谓哲学的多样性，就是哲学基本观念、理论学说、方法的异同，是哲学思维方式上的多姿多彩。哲学的多样性是哲学的常态，是哲学进步、发展和繁荣的标志。哲学是人的哲学，哲学是人对事物的自觉，是人对外界和自我认识的学问，也是人把握世界和自我的学问。哲学的多样性，是哲学的常态和必然，是哲学发展和繁荣的内在动力。一般是普遍性，特色也是普遍性。从单一性到多样性，从简单性到复杂性，是哲学思维的一大变革。用一种哲学话语和方法否定另一种哲学话语和方法，这本身就不是哲学的态度。

多样性并不否定共同性、统一性、普遍性。物质和精神、存在和意识，一切事物都是在运动、变化中的，是哲学的基本问题，也是我们的基本哲学观点！

当今的世界如此纷繁复杂，哲学多样性就是世界多样性的反映。哲学是以观念形态表现出的现实世界。哲学的多样性，就是文明多样性和人类历史发展多样性的表达。多样性是宇宙之道。

哲学的实践性、多样性还体现在哲学的时代性上。哲学总是特定时代精神的精华，是一定历史条件下人的反思活动的理论形态。在不同的时代，哲学具有不同的内容和形式。哲学的多样性，也是历史时代多样性的表达，让我们能够更科学地理解不同历史时代，更为内在地理解历史发展的道理。多样性是历史之道。

哲学之所以能发挥解放思想的作用，原因就在于它始终关注实践，关注现实的发展；在于它始终关注着科学技术的进步。哲学本身没有绝对空间，没有自在的世界，只能是客观世界的映象、观念的形态。没有了现实性，哲学就远离人，远离了存在。哲学的实践性说到底是在说明哲学本质上是人的哲学，是人的思维，是为了人的科学！哲学的实践性、多样性告诉我们，哲学必须百花齐放、百家争鸣。哲学的发展首先要解放自己，解放哲学，也就是实现思维、观念及范式的变革。人类发展也必须多途并进、交流互鉴、共同繁荣。采百花之粉，才能酿天下之蜜。

三　哲学与当代中国

中国自古以来就有思辨的传统，中国思想史上的百家争鸣就是哲学繁荣的史象。哲学是历史发展的号角。中国思想文化的每一次大跃升，都是哲学解放的结果。中国古代贤哲的思想传承至今，他们的智慧已浸入中国人的精神境界和生命情怀。

中国共产党人历来重视哲学。1938年，毛泽东同志在抗日战争最困难的时期，在延安研究哲学，创作了《实践论》和《矛盾论》，推动了中国革命的思想解放，成为中国人民的精神力量。

中华民族的伟大复兴必将迎来中国哲学的新发展。当代中国必须要有自己的哲学，当代中国的哲学必须要从根本上讲清楚中国道路的哲学内涵。中华民族的伟大复兴必须要有哲学的思维，必须要有不断深入的反思。发展的道路就是哲思的道路；文化的自信就是哲学思维的自信。哲学是引领者，可谓永恒的"北斗"，哲学是时代的"火焰"，是时代最精致最深刻的"光芒"。从社会变革的意义上说，任何一次巨大的社会变革，总是以理论思维为先导。理论的变革总是以思想观念的空前解放为前提，而"吹响"人类思想解放第一声"号角"的，往往就是代表时代精神精华的哲学。社会实践对于哲学的需求可谓"迫不及待"，因为哲学总是"吹响"新的时代的"号角"。"吹响"中国改革开放之"号角"的，正是"解放思想""实践是检验真理的唯一标准""不改革死路一条"等哲学观念。"吹响"新时代"号角"的是"中国梦""人民对美好生活的向往，就是我们奋斗的目标"。发展是人类社会永恒的动力，变革是社会解放的永恒的课题，思想解放、解放思想是无尽的哲思。中国正走在理论和实践的双重探索之路上，搞探索没有哲学不成！

中国哲学的新发展，必须反映中国与世界最新的实践成果，必须反映科学的最新成果，必须具有走向未来的思想力量。今天的中国人所面临的历史时代，是史无前例的。14亿人齐步迈向现代化,这是怎样的一幅历史画卷!是何等壮丽、令人震撼!不仅中国亘古未有,在世界历史上也从未有过。当今中国需要的哲学,是结合天道、地理、人德的哲学,是整合古今中外的哲学,只有这样的哲学才是中华民族伟大复兴的哲学。

当今中国需要的哲学,必须是适合中国的哲学。无论古今中外,再好的东西,也需要经过再吸收、再消化,经过现代化、中国化,才能成为今天中国自己的哲学。哲学的目的是解放人,哲学自身的发展也是一次思想解放,也是人的一次思维升华、羽化的过程。中国人的思想解放,总是随着历史不断进行的。历史有多长,思想解放的道路就有多长;发展进步是永恒的,思想解放也是永无止境的;思想解放就是哲学的解放。

习近平同志在 2013 年 8 月 19 日重要讲话中指出,思想工作就是"引导人们更加全面客观地认识当代中国、看待外部世界"。这就需要我们确立一种"知己知彼"的知识态度和理论立场,而哲学则是对文明价值核心最精炼和最集中的深邃性表达,有助于我们认识中国、认识世界。立足中国、认识中国,需要我们审视我们走过的道路;立足中国、认识世界,需要我们观察和借鉴世界历史上的不同文化。中国"独特的文化传统"、中国"独特的历史命运"、中国"独特的基本国情",决定了我们必然要走适合自己特点的发展道路。一切现实的、存在的社会制度,其形态都是具体的,都是特色的,都必须是符合本国实际的。抽象的或所谓"普世"的制度是不存在的。同时,我们要全面、客观地"看待外部世界"。研究古今中外的哲学,是中国认识世界、认识人类史、认识自己未来发展的必修课。今天中国的发展不仅要读中国书,还要读世界书。不仅要学习自然科学、社会科学的经典,更要学习哲学的经典。当前,中国正走在实现"中国梦"的"长征"路上,这也正是一条思想不断解放的道路!要回答中国的问题,解释中国的发展,首先需要哲学思维本身的解放。哲学的发展,就是哲学的解放,这是由哲学的实践性、时代性所决定的。哲学无禁区、无疆界。哲学关乎宇宙之精神,关乎人类之思想。哲学将与宇宙、人类同在。

四 哲学典籍

《中外哲学典籍大全》的编纂,是要让中国人能研究中外哲学经典,吸收人类思想的精华;是要提升我们的思维,让中国人的思想更加理性、更加科学、更加智慧。

中国有盛世修典的传统,如中国古代的多部典籍类书(如《永乐大典》《四库全书》等)。在新时代编纂《中外哲学典籍大全》,是我们的历史使命,是民族复兴的重大思想工程。

只有学习和借鉴人类思想的成就,才能实现我们自己的发展,走向未来。《中外哲学典籍大全》的编纂,就是在思维层面上,在智慧境界中,继承自己的精神文明,学习世界优秀文化。这是我们的必修课。

不同文化之间的交流、合作和友谊,必须在哲学层面上获得相互认同和借鉴。哲学之间的对话和倾听,才是从心到心的交流。《中外哲学典籍大全》的编纂,就是在搭建心心相通的桥梁。

我们编纂的这套哲学典籍大全包括四个方面的内容:一是中国哲学,整理中国历史上的思想典籍,浓缩中国思想史上的精华;

二是外国哲学,主要是西方哲学,以吸收、借鉴人类发展的优秀哲学成果;三是马克思主义哲学,展示马克思主义哲学中国化的成就;四是中国近现代以来的哲学成果,特别是马克思主义在中国的发展。

编纂《中外哲学典籍大全》,是中国哲学界早有的心愿,也是哲学界的一份奉献。《中外哲学典籍大全》总结的是经典中的思想,是先哲们的思维,是前人的足迹。我们希望把它们奉献给后来人,使他们能够站在前人的肩膀上,站在历史岸边看待自身。

《中外哲学典籍大全》的编纂,是以"知以藏往"的方式实现"神以知来";《中外哲学典籍大全》的编纂,是通过对中外哲学历史的"原始反终",从人类共同面临的根本大问题出发,在哲学生生不息的道路上,彩绘出人类文明进步的盛德大业!

发展的中国,既是一个政治、经济大国,也是一个文化大国,也必将是一个哲学大国、思想王国。人类的精神文明成果是不分国界的,哲学的边界是实践,实践的永恒性是哲学的永续线性,敞开胸怀拥抱人类文明成就,是一个民族和国家自强自立,始终伫立于人类文明潮流的根本条件。

拥抱世界、拥抱未来、走向复兴,构建中国人的世界观、人生观、价值观、方法论,这是中国人的视野、情怀,也是中国哲学家的愿望!

李铁映

二〇一八年八月

关于外国哲学

——"外国哲学典籍卷"弁言

李铁映

有人类,有人类的活动,就有文化,就有思维,就有哲学。哲学是人类文明的精华。文化是人的实践的精神形态。

人类初蒙,问天究地,思来想去,就是萌昧之初的哲学思考。

文明之初,如埃及法老的文化;两河流域的西亚文明;印度的吠陀时代,都有哲学的意蕴。

欧洲古希腊古罗马文明等,拉丁美洲的印第安文明,玛雅文化,都是哲学的初萌。

文化即一般存在,而哲学是文化的灵魂。文化是哲学的基础,社会存在。文化不等同于哲学,但没有文化的哲学,是空中楼阁。哲学产生于人类的生产、生活,概言之,即产生于人类的实践。是人类对自然、社会、人身体、人的精神的认识。

但历史的悲剧,发生在许多文明的消失。文化的灭绝是人类最大的痛疚。

只有自己的经验,才是最真实的。只有自己的道路才是最好的路。自己的路,是自己走出来的。世界各个民族在自己的历史上,也在不断的探索自己的路,形成自己生存、发展的哲学。

知行是合一的。知来自于行,哲学打开了人的天聪,睁开了眼睛。

欧洲哲学,作为学术对人类的发展曾作出过大贡献,启迪了人们的思想。特别是在自然科学、经济学、医学、文化等方面的哲学,达到了当时人类认识的高峰。欧洲哲学是欧洲历史的产物,是欧洲人对物质、精神的探究。欧洲哲学也吸收了世界各民族的思想。它对哲学的研究,对世界的影响,特别是在思维观念、语意思维的层面,构成了新认知。

历史上,有许多智者,研究世界、自然和人本身。人类社会产生许多观念,解读世界,解释人的认识和思维,形成了一些哲学的流派。这些思想对人类思维和文化的发展,有重大作用,是人类进步的力量。但不能把哲学仅看成是一些学者的论说。哲学最根本的智慧来源于人类的实践,来源于人类的生产和生活。任何学说的真价值都是由人的实践为判据的。

哲学研究的是物质和精神,存在和思维,宇宙和人世间的诸多问题。可以说一切涉及人类、人本身和自然的深邃的问题,都是哲学的对象。哲学是人的思维,是为人服务的。

资本主义社会,就是资本控制的社会。资本主义社会的文化、哲学,有着浓厚的铜臭。

有什么样的人类社会,就会有什么样的哲学,不足为怪。应深思"为什么?""为什么的为什么?"这就是哲学之问,是哲学发展的自然律。哲学尚回答不了的问题,正是哲学发展之时。

哲学研究人类社会,当然有意识形态性质。哲学产生于一定社会,当然要为它服务。人类的历史,长期是阶级斗争的历史,而哲学作为上层建筑,是意识形态。阶级斗争的意识,深刻影响着意识形态,哲学也如此。为了殖民、压迫、剥削……社会的资本化,文化也随之资本化。许多人性的、精神扭曲的东西通过文化也资本化。如色情业、毒品业、枪支业、黑社会、政治献金,各种资本的社会形态成了资本社会的基石。这些社会、人性的变态,逐渐社会化、合法化,使人性变得都扭曲、丑恶。社会资本化、文化资本化、人性的资本化,精神、哲学成了资本的外衣。真的、美的、好的何在?! 令人战栗!!

哲学的光芒也腐败了,失其真! 资本的洪水冲刷之后的大地苍茫……

人类社会不是一片净土,是有污浊渣滓的,一切发展、进步都要排放自身不需要的垃圾,社会发展也如此。进步和发展是要逐步剔除这些污泥浊水。但资本揭开了魔窟,打开了潘多拉魔盒,呜呜! 这些哲学也必然带有其诈骗、愚昧人民之魔术。

外国哲学正是这些国家、民族对自己的存在、未来的思考,是他们自己的生产、生活的实践的意识。

哲学不是天条,不是绝对的化身。没有人,没有人的实践,哪来人的哲学? 归根结底,哲学是人类社会的产物。

哲学的功能在于解放人的思想,哲学能够使人从桎梏中解放出来,找到自己的自信的生存之道。

欧洲哲学的特点,是欧洲历史文化的结节,它的一个特点,是与神学粘联在一起,与宗教有着深厚的渊源。它的另一个特点是私有制、个人主义。使人际之间关系冷漠,资本主义的殖民主义,对世界的奴役、暴力、战争,和这种哲学密切相关。

　　马克思恩格斯突破了欧洲资本主义哲学，突破了欧洲哲学的神学框架，批判了欧洲哲学的私有制个人主义体系，举起了历史唯物主义，唯物辩证法的大旗，解放了全人类的头脑。人类从此知道了自己的历史，看到了未来光明。社会主义兴起，殖民主义解体，被压迫人民的解放斗争，正是马哲的力量。没有马哲对西方哲学的批判，就没有今天的世界。

　　二十一世纪将是哲学大发展的世纪，是人类解放的世纪，是人类走向新的辉煌的世纪。不仅是霸权主义的崩塌，更是资本主义的存亡之际，人类共同体的哲学必将兴起。

　　哲学解放了人类，人类必将创造辉煌的新时代，创造新时代的哲学。英特纳雄耐尔就一定会实现，这就是哲学的力量。未来属于人民，人民万岁！

《梨俱吠陀》神曲选

目　　录

译 者 导 论

一切宗教都不过是支配着人们日常生活的外部力量在人们头脑中的幻想的反映,在这种反映中,人间的力量采取了超人间的力量的形式。在历史的初期,首先是自然力量获得了这样的反映,而在进一步的发展中,在不同的民族那里又经历了极为不同和极为复杂的人格化。根据比较神话学,这一最初的过程,至少就各印欧民族来看,可以一直追溯到它的起源——印度的吠陀经……[①]

——恩格斯

一、"吠陀经"释名

恩格斯说的"吠陀经"是梵语原文 veda 的音译。veda 一词,我国古代佛经译师有各种各样的音译。大抵在唐玄奘(公元600—664)之前,多译作"韦陀、围陀、毗陀、皮陀"等;[②]在玄奘之后,多译作"吠陀、吠驮、薛陀、鞞陀"等。[③] 至于意译,按婆罗门教

[①] 《马克思恩格斯选集》第三卷,人民出版社,1995年第2版,第666—667页。

[②] 分别见于《金光明最胜王经》慧沼疏五,《摩登伽经》上,《一切经音义》卷七十二,《金七十论》中。

[③] 分别见于《大唐西域记》卷二,《南海寄归内法传》卷四,34。

原义,veda 意即"圣智、圣学、圣典"。佛家的译师通常译为"明、明论、明智"。这些译法表明,veda 实际上就是"学科、学问"的意义。在后吠陀时期(约公元前数百年间),世间学问,综合起来看,共有几种? 正统婆罗门学者历来看法不一。乔底利耶(Kautilya,或称"阇那迦",Canakya,约公元前三至前二世纪),在他的名著《利论》(Artha-śāstra)第一章中介绍三个学派的看法。一、摩奴学派(Mānavah)认为,世间的主要学问不外是"三明":(1)三吠陀(trayī)即《梨俱吠陀》《娑摩吠陀》和《夜柔吠陀》;(2)经济学(varttā);(3)政治学(dandāniti)。二、祷主学派(Bārhaspatyāh)认为,所谓"三吠陀"只不过是那些消极厌世者的手册而已,不应算作学问。因此,世间的学问不出"二明",即经济学和政治学。三、金星学派(Auśanasāh)概括世间一切学问为"一明",即政治学,因为一切学问都与政治密切联系着,立"一明"足矣,毋须另立他明。三派中,第一派的观点无疑是正统婆罗门的观点;第二派的观点似有实用主义成分,比较切合实际而全面;第三派的看法,忽视经济基础,空喊"政治就是一切",似有"偏颇"之嫌。乔底利耶本人主张,世间的主要学问应该是"四明",即(1)逻辑学(推理之学);(2) 三吠陀学;(3)经济学;(4)政治学。他解释说,逻辑是研究推理、判断是非的学问,它包括数论(Sāmkhya)、瑜伽论(Yoga)和顺世论(Lokayatika)的学说。三吠陀是(婆罗门教)圣典,教人知"法"(dharma)。法者,即正义与道德。故用三吠陀来识别法与非法的事情,从而在行动上拥护法,反对非法。经济是理财的学问,教人经营工、农、商事业,为社会和个人创造和积聚物质财富,并处理好与财富有关或无关的事情。政治是统治学,教人如何制定治理国家的战略和策略,在外交上区分强者和弱者,妥善处理国与国的关系。乔底利耶原是孔雀王朝(Maurya-kingdom,315B. C.)的创建者月护王(Candragupta,322B. C.)的开国功臣。[①] 他对世间学问的看法典型地是一位注重实用的封建王朝政治家的观点。值得注意的是,他也讲"四明",但在他的"四明"次序的排列中,他把推理逻辑放在首位,而把吠陀圣典放在第二位。这至少反映他有如下两点基本看法:第一点,他在形而上学上比较重视理性主义,不是婆罗门反理性主义传统的盲目支持者;第二点,推理逻辑是当时盛行的辩论术,他赞成在宗教哲学界中自由讨论,百家争鸣。他为此写了一首颂诗,对推理逻辑赞扬备至。颂曰:"一切学问之明灯,成就众事之方便,一切达摩(dharmas)之依据,推理之学恒如此。"

略晚于《利论》的《摩奴法典》[②]总结世间学问为"五明",即在四明之外,又加一明,"我明"(心灵修养学)。五明中,三吠陀学、政治学、经济学、逻辑学四者称为"外明";我明,则称为"内明"。外明,意即有关客观世界的学问;内明,意即有关主观世界的学问。随后,又有婆罗门教学者将五明扩展为十四明、十八明、[③]三十二明。[④]

公元初,佛教在宗教-哲学方面受到婆罗门教的影响和所谓

---

①　乔底利耶辅佐月护王战败希腊在旁遮普地区的代理人塞留古(Seleucus),推翻腐败的难陀王朝(Nnd-vamśa),建立新的孔雀王朝(Mauriya-vamśa)。

②　约在公元前二世纪,出现多种有关婆罗门教伦理法规的专书,其中《摩奴法典》(Manava-Dharma-śāstra,Ⅷ.43)是最主要的一部。

③　十四明、十八明:参见《大智度论》卷 59 中;《百论疏》上之下。

④　三十二明:参见宋代法云所编《翻译名义集》(216 项),即今获原云来的《梵汉对译佛教辞典》(216 项)。

外道学说的冲击,产生了本教意识形态领域里的"造反派"——大乘论者。他们批判佛教小乘的厌世观点,摆脱僵死戒条的束缚,深入社会,接近群众。他们以婆罗门教学者为榜样,研究一切经验的和超验的学问——四明、五明、十四明、十八明、三十二明等等,无所不学。他们也总结出一套关于学问的看法:世间一切学问不出"五明",即:声明、工巧明、医方明、因明、内明。① 窥基(632—682)在他的《因明入正理论疏》卷首引《菩萨地持经》说,"菩萨求法,当于何求?当于一切五明处求。……"菩萨(Bodhisattva),即大乘佛教导师。菩萨的"法"即是五明。故作为菩萨,必须研究五明,博学强记。对于佛家五明的解释,我国古代佛教徒,时有望文生义,随意附会,产生误解。然而,公认为正确的诠释者,彼乃玄奘法师。法师在《大唐西域记》(卷二)说,"……一曰声明,释诂训字,诠目疏别。二曰工巧明,伎术机关,阴阳历数。三曰医方明,禁咒闲邪,药石针艾。四曰因明,考定正邪,研核真伪。五曰内明,究畅五乘因果妙理。"佛教五明之名无疑是婆罗门教五明的借用,但在内容上,除了因明一项外,其余四明佛教和婆罗门教不一样。(婆罗门教的五明,同前文窥基法师所引《菩萨地持经》中的五明。)佛教的五明,即玄奘法师所列的五明;其中"五乘因果妙理"为内明,余下四明(声明、工巧明、医方明、因明)为外明。五乘者,谓佛乘(Buddha)、菩萨乘(Bodhisattva)、缘觉乘(Pratyeka-Buddha,独觉、辟支佛)、声闻乘(Śravaka)、人天乘(Deva-

———————

① 大乘五明之说,散见于各种佛教大乘经论。无著的《大乘庄严经论》卷五和卷十,有较详细的说明。

manusya)。五乘，实即五类之人。他们并不是什么天外来客，而是这个现实世界中大脑高度发达的动物。他们之间的根本区别在于精神世界，即在精神境界上有五个级别。第一级，即最高级，是佛的精神境界，第二级是菩萨的精神境界，第三级是缘觉的精神境界，第四级是声闻的精神境界，第五级是天神与人类的精神境界。这五个级别的精神境界就是"五乘之果"；而在此之前，按大乘教义所做种种自利他利的功德善行和定慧兼修的瑜伽净行，便是"五乘之因"。这些就是所谓五乘因果妙理的大意。①

二、"吠陀经"本典

"吠陀经"本典是特指四吠陀本集而言：一、《梨俱吠陀本集》（Ṛgveda）；二、《娑摩吠陀本集》（Sāmaveda）；三、《夜柔吠陀本集》（Yajurveda）；四、《阿闼婆吠陀本集》（Atharveda）。四吠陀的传统汉译名称是：《歌咏明论》《赞颂明论》《祭祀明论》和《禳灾明论》。若就广义上说，吠陀经就是吠陀文献，涵盖一切与四吠陀有关的参考资料，其中重要的、必需的，则是解释四吠陀的梵书（Brāhmaṇa）、森林书（Āraṇyaka）、奥义书（Upaniṣads），以及经书（Sūtras）。此外，称

---

① 玄奘关于佛教五明的解释是很清楚的。他说五明中的"内明"就是指佛教大、小乘学说；"外明"就是指非佛教的世俗学说和外道学说。但在这一点上，玄奘的入室高足窥基却有不同的看法。窥基说，"因明论者，源唯佛说，文广义散，备在众经。"因明既是源出佛说，自然属于内明，不是外明。但事实是：因明不是出自佛说，而是出自婆罗门说。窥基这种"掠美"之言，如果不是出于宗教的偏见，便是对"外道"学说不够充分的了解。

为吠陀支(Vedāṅga)的六种学习吠陀经专用辅助学科,也十分重要。它们是:毗耶羯那论(Vyākaraṇa,语法学)、尼禄多论(Nirukta,语源学)、阐陀论(Chandas,音韵学)、式叉论(Śiksa,语音学)、竖底沙论(Jyotisa,天文学)、劫波论(Kalpa,仪轨学)。然而,应知四吠陀本集中以《梨俱吠陀》为最原始、最古雅、最完整,因而是四吠陀集的根本经典。其余三吠陀(《娑摩吠陀》《夜柔吠陀》《阿闼婆吠陀》)是它后出的派生作品,是对它的复述和发展;如果不是全部,至少也是部分地或大部分地如此。

《梨俱吠陀》(Rgaveda)。约在公元前 2000 年,雅利安(Āryas)游牧部落由印度西北狭窄小道入侵印度,到达印度河(Sindhu,Indus)两岸和五河地带。① 定居下来后,雅利安诗人、歌者——婆罗门种姓的智者、仙人、祭司(rsis),凭仗着他们天生的强记力,采用口头唱诵方式,创造出大量讴歌自然和幻想中有相自然神和无相抽象神的神话形式的诗歌;经过若干世纪后,编纂成集,一部伟大的集体创作的诗史式的神曲集,题曰:《梨俱吠陀本集》。这是记录上古印度文明最初的一部贲典。然而,这部贲典的外在书貌却涂着一层奇妙的神话彩漆。如果洗擦去这层神话彩漆,便立即发现它的实质内容是在朴素而浪漫的语言下,直观地反映当时社会矛盾和阶级斗争的一幅宏伟壮丽的画卷,广泛地涉及战争、政治、祭祀、巫术、种姓、习俗、神话、神学、文学、哲学、天文、地理,等

---

① 五河,即印度河在旁遮普地区的五条支河:1.杰卢母河(Jhelum)、2.切纳河(Chenai)、3.拉维河(Ravi)、4.比雅斯河(Beas)、5.苏特列季河(Sutlej)。

等;可以说是一部上古印度的百科全书。①

　　《梨俱吠陀》的成书时期,是否有大致推定的上限和下限? 关于这个问题,东西方印度学家各有不同的看法。他们,特别是西方著名的印度学家,②先后花了将近一个世纪的时间进行考证,仍未获得一致的结论。一般地说,《梨俱吠陀》成书时期的下限,约为公元前 800 年,这似乎没有大的异议。但是,对于它的上限,则分歧很大,始终没有取得共识。然而,约在二十世纪中期,印度考古学界在一次具有重大历史意义的考古发掘中获得大量与古印度文明有关的出土文物。③ 印度和欧洲印度学家有幸根据这一奇迹般的印度考古文物出土的发现进行缜密的研究,并推定《梨俱吠陀》的成书时期的上限约为公元前 2000 年。这一结论似被公认为比较合适。

　　《梨俱吠陀》全书 10 卷,包含神曲 1028 支。神曲的结构模式是:每支神曲由若干颂诗构成,按颂诗计算,共有 10600 首颂,平均

---

　　①　从世界文学角度说,《梨俱吠陀》可以和我国的《诗经》、希腊的《奥德赛》和《伊利亚特》相媲美,而就分量与内容而言,则远远超过后三者。

　　②　如:英国的马克都尼尔(A. A. Macdonell)、基思(A. B. Keith),德国的马斯穆勒(F. Max Muller)、温特尼次(M. Wintarnitj)等。

　　③　1922—23 年,在印度信德省拉尔卡纳县(Larkana in Sindh)的摩罕卓达罗(Mohenjo-daro)山丘上的考古发掘中所得的出土文物,揭示埋藏在这里地下的古城遗址,可以推定它建于公元前 2700 年左右。稍后,又在旁遮普省(Punjab)蒙哥马利县(Montgomer)的诃罗波(Harappā)地方发掘出若干古代遗址,证实这个地区曾经存在过一种相当发达的文明。这一古老文明具有新石器时代和青铜器时代的特征。学者们根据这一重要的考古发现,立即将印度文明起源往后推算到公元前 3000 年左右,使印度和苏美尔(Sumer)、阿卡德(Akkad)、巴比伦、埃及和亚西利亚(Assyrla)同为人类文明的创始者。从考古发现来推论,印度可能有比雅利安更早的文明。但是,有具体史料记载的史前文明,目前只能算雅利安人带来的《梨俱吠陀》文明。近世印欧印度学家由此推定《梨俱吠陀》成书时期的上限约在公元前 2000 年,似较妥当。

一曲十颂。通常，一个颂包含 4 个诗行(4 句)，少数有 3 行或 5 行的。诗行一般由 8 个、11 个或 12 个音节组成。一个颂的诗行照例格律一致，长短相同，但也有个别罕见的式是由长短不一的诗行混合写成。《梨俱吠陀》的诗律约有 15 种，常见的仅 7 种，而最通用的是其中 3 种，即：三赞律(Tristubh,4×11 音节)、唱诵律(Gāyatri,3×7 音节)、大地律(Jagati,4×12 音节)。按这三种格律写成的颂几乎占全书的三分之二。《梨俱吠陀》的格律讲究音量节奏，交替使用长短音节，属于一类普通长短格或抑扬格。一个诗行中，只有最后 4 个或 5 个音节，是最严格规定的；11 音节和 12 音节诗行中间还有一个顿号。《梨俱吠陀》的诗律无疑是后吠陀的古典梵语(Classical Samskrt)诗律的基础，但在格律运用上，显得比较集中和自由，不像古典梵语那样复杂和严格。

　　《梨俱吠陀》10 卷的分卷法，传统通用的方法有两种。第一种，8 卷划分法：即将全书划分为 8 卷(astaka)，每卷有 8 章(adhyāya)，每章有若干组(varga)，每组包括若干颂。第二种，10 卷划分法：即将全书划分为 10 卷(mandala)，每卷有若干曲(sūkta)，每曲含若干颂(mantra)。8 卷划分法中的"组"和 10 卷划分法中的"曲"，含义相同，彼此都是由若干颂诗组成，只是各自包含的颂诗数目不同而已。10 卷划分法，在使用上，似比 8 卷划分法更为方便，因而也比较通用。在使用 10 卷划分法时，一般只注"卷(mandala)、曲(sūkta)、颂(mantra)"的数目。例如，注："RV. Ⅹ. 1. 2"，意即："《梨俱吠陀》第 10 卷、第 1 曲、第 2 颂"(注意：RV. 是 Rgveda 的缩写，代表《梨俱吠陀》)。

　　我们已知《梨俱吠陀》是一部集体创作的、经历几个世纪才完成的诗歌巨著。显然,全书 10 卷不是在同一时期写成,而是各卷成书,先后有别。按公认的审定,全书 10 卷中,2 至 7 卷,为比较古奥的部分,分属 6 个仙人作者:

第 2 卷:智最喜仙人(Gṛtsamāda),

第 3 卷:世友仙人(Viśvamitra),

第 4 卷:丽天仙人(Vamadeva),

第 5 卷:噬者仙人(Atri),

第 6 卷:持力仙人(Bharadvāja),

第 7 卷:最富(最胜)仙人(Vasistha)。

这 6 个仙人的名字实际上就是 6 个家庭的姓氏。比如说,第 2 卷的作者"智最喜",即表示这一卷《梨俱吠陀》是"智最喜仙人"一家成员所写的。所以,这 6 卷《梨俱吠陀》是分属 6 个家族所创作的。其次:

第 8 卷(及第 1 卷 1—50 曲):甘婆族仙人(Kaṇva),

第 9 卷:诸家之作(苏摩净化颂专集 Soma-Pāvamāna),

第 10 卷:诸家之作(比前 9 卷晚出)。

10 卷《梨俱吠陀》神曲的歌颂对象是吠陀仙人、婆罗门祭司在他们奇妙的幻想中塑造出的两类艺术角色:一类是带神性的,一类是非神性的。这两类艺术角色在印度文明的三维空间上似是两道永恒闪耀的星光,照亮着远古的雅利安人创作的《梨俱吠陀》正是印度文明和印度神话最重要的、最原始的源头。

三、《梨俱吠陀》的创世神话

吠陀仙人、智者和神学家把《梨俱吠陀》的两类艺术角色（神性的、非神性的）完全放在以神话为主要内容的神曲形式上来表述。神话内容主要有两部分：一部分是关于宇宙三有的创造；一部分是关于三有"居民"（神与人）的创造。

甲、关于宇宙三有的创造。

吠陀仙人、神学家和哲学家在他们对宇宙的直观观察和幼稚蠡测的过程中，执定宇宙万有中存在着人类无法认识的物质现象和无法抗拒的自然力量；而在这种人类无法抗拒的自然力量背后，似有一个看不见的暗中操纵者或制作者；他是无形相的、超验性似的，是不可思议力量的来源。他也许就是神秘的神，是宇宙的创造主。这里所说的宇宙，它的具体形式就是"天"与"地"。住顶仙人（Paramesthi）在他写的神曲里说，"天-地"是神秘之神创造的。① 天，是光，在空间的大气层之上；地，是僵硬的物体，在空间的大气层之下，其状如圆碗，又如车轮，周边围以海洋；如是，天（div）、空（大气层，antariksa）、地（prthivi）三者合称为"宇宙三有"（tribhuvana）。② "三有"亦称"三界"（tridhātu）。③ "天"与"地"原

————————————

① RV. Ⅲ. 38.2、3。

② RV. Ⅲ. 38.2、3。

③ RV. Ⅳ. 5、6。《梨俱吠陀》的三界说，在稍晚的《阿闼婆吠陀》（AV. Ⅳ. 14，3—4）增加了一个"光明界"，立宇宙四界说（四有说）。之后，出现六界说（三界各分为二）和九界说（三界各分为三）。后吠陀的奥义书、婆罗门教和佛教对吠陀的三界说又作了更新的、更复杂的发展。

是上下分开,但借神的威力而自然地结合起来;二者的范围也是由神划定,宽广无边,没有界限。至于"天"距离"地"有多远,吠陀作者都没有提供具体的距离里数,因为从"地"登"天"的路上,或从"天"落"地"的路上都未见有"里程碑"的树立。他们只是泛泛地说,天地之间的距离,如此遥远渺茫,"即使长着飞翔双翼的鸟儿,也无法飞到毗湿奴大神(Visnu)的仙居"。[①] 其次,神曲里常有表示"天"或"地"的单数名词,改写为"天-地"合一的双数名词;或者改写为表示"天、空、地"三有(三界)的复数名词。例如,div(天,单数阳性名词),在变格中,它的主格是 dyaus;双数是 dyāvā(两个天、二重天界),但不表示"天-地"二者的合称。若 dyāvā 与 prthivi(地,单数阴性名词)联合起来,组成一个复合形式"dyāvā-prthiv i",这便是一个表示"天-地"合称的双数名词(即神曲中常见的一个复合词)。此外,bhuvana(有界,中性单数名词),吠陀仙人喜欢使用它的复数形式 bhuvanāni 来表示"天、空、地"三有(三界)合称。有时候,这个复数名词还用来表示三有(三界)各有三重形式,即,天,有三光天界;空,有三层气层;地,有三层地界或多层地界。不过,不要忘记,rodas[②] 或 rajas[③] 都是中性单数,意即"天"。如果把这二词改写为复数形式:rodasī 或 rajasī,既可读作双数名词"天-地"二有(二界),也可读作复数名词"天、空、地"三有(三界)。

---

① 毗湿奴(Visnu)的仙居是在三界的天界之上。

② RV. IV. 3. 1.

③ RV. I. 35. 4.

乙、关于三有居民(神与人)的创造。

吠陀仙人、神学家根据自己的观察和猜测,相信在宇宙万有的背后存在着神秘的创造者"神",因而对自然力量,不可抗拒的和可以抵御的,进行了最广泛的神圣化、神格化和拟人化,塑造出多如恒沙的自然神众(有相的和无相的),并赋予他们以创世神力;在吠陀神话史上形成《梨俱吠陀》最早的泛神论。到《梨俱吠陀》神话末期,泛神论逐渐转向有限多神论,直至发展到一神论,或所谓尊一神论。在《梨俱吠陀》神话发展的全过程中,吠陀仙人、神学家总共塑造出多少个这样的自然神? 又如何把他们分别送到三有(三界)落户安居? 阿耆尼仙人(Agni)说,据他估计,大约共有 3339 位神。[1] 这个数字显然过于夸大,未见普遍接受。在《梨俱吠陀》里,经常被提到这样的自然神,不过 33 位(以及一些低级小神,一些与主神有关联的神畜、神树、神物,等等)。"33"也只是一个泛数,真正的首要大神还不足此数。有好几支题名为《一切神赞》(也称《万神赞》),[2] 它们所歌颂的大神也不出 33 个。事实上,吠陀仙人作者把这 33 个神分成三组,每组 11 个,分别安置在天界、空界和地界。(三界的具体神名列在本书的第一章)

三界神众是《梨俱吠陀》神谱上的全部神名。他们都是被吠陀仙人们按照具体事物、抽象概念,以及幻想进行神格化和拟人化而塑造成的。他们之间由是出现两类不同形象的神。一类是有相自然神,一类是无相自然神;后者除了有 11 个抽象之神,还包

---

[1] RV. X. 52. 6.

[2] RV. I. 164. 1—52;X. 31. 1—11;33. 1—9;35. 1—14;36. 1—14. 此中"I. 164"是《梨俱吠陀》神曲中最长的一支,共有 52 个颂。

括毗湿奴、鲁陀罗、祷主、原人，其余全是有相自然神。国际吠陀
神学、神话学权威（如 A. A. Macdonell）还按三界各神在《梨俱吠
陀》里所占的神曲数目的多寡而把他们划分为五个级别，借以判
断他们在吠陀神谱上的主次地位。例如：

　　第一级神：因陀罗、苏摩、阿耆尼；
　　第二级神：阿须云、摩鲁特、婆楼那；
　　第三级神：乌莎、莎维特利、祷主神、苏利耶、补善；
　　第四级神：伐尤、狄奥斯－毕利提维、毗湿奴、鲁陀罗；
　　第五级神：阎摩、波罗阇尼耶。

　　将三界神人区分为五个级别，虽然未必完全符合吠陀神话的
实际形态（如，婆楼那应是第一级大神，但被划入第二级），但也不
失为一个重要的分析性提示：三界神众中有强势的神组和弱势的
神组；具有创世神通的神只是强势组中少数超级大神，如因陀罗、
婆楼那、苏摩、阿耆尼、原人等，而不是弱势组中的任何神。那罗
延仙人（Nārāyaṇa）在他的《原人歌》中（RV. X. 90）所歌颂的主角
"原人"，便是吠陀神话中最典型的创世大神，是强势神组中神威
最著的代表。梵语 Puruṣa，意即"人"。那罗延仙人用拟人化和神
格化来"提炼"这个"人"的概念，直至把它塑造成一个无相自然
神。他在《原人歌》里制作了一个以"原人"为首要范畴的神学范
畴系统，凸显"原人"的创世神力——原人以其超验威力创造了以
山河大地、日月星光为主要物质现象的物质世界和以人类四种姓
为主要精神现象的精神世界。这似乎是在揭示"原人"创造人类

四种姓的方式方法是何等绝妙而奇特的:"原人之口,是婆罗门;彼之双臂,是刹帝利;彼之双腿,产生吠舍;彼之双足,出首陀罗。"[1]

　　《梨俱吠陀》另有一则关于人类第一人出生的神话:混沌初开,天地苍茫,洪水一片,渺无物迹。正在此时,地上出现人类的第一人,竟是"阎摩王"(Yama,Yamarāj),也就是我们俗称的"阎罗王"。他原是太阳神的儿子,生活在天边一个乐园似的角落。一天,他突然离开天角乐园,下凡人间,投胎于一对神性的父母。父亲是阳神系谱上之一神,名曰:毗伐斯瓦特(Vivasvat)。母亲是迅行女神莎兰妞(Saranyū)。[2] 这对神仙夫妇,共育二子一女。长子阎摩(Yama),他是神定为人类最初出生的第一人,同时也是人类最先死亡的第一人。[3] 次子摩奴(Manu),是人类 14 个人祖中的第一祖。小女阎美(Yamī),她与乃兄阎摩是一对孪生兄妹。兄妹二人同在娘胎之时,承天帝的神谕相爱结了婚。二人先后从母腹出来,妹妹阎美即要求哥哥阎摩与她正式举行婚礼,并坦然表白她一定要与哥哥结合,共享性爱的欢乐:"我愿如妻子,将身献夫子,合卺齐欢乐,如车之二轮。"但阎摩拒绝了妹妹做爱的要求,痛斥之曰:"汝身与我身,不能相结合,私通己姐妹,称为有罪者。"而阎美发誓,不与哥哥结婚,将终身不嫁。[4]

---

① 参看拙著《印度哲学》,东方出版社,2000 年,第 49—53 页。

② 类似基督教《圣经》创世神话中的亚当(Adam)与夏娃(Eve)。

③ RV. X.4.1.

④ RV. X.10. 参看同上拙著,第 84—88 页。

四、《梨俱吠陀》的哲理内涵

　　至此，我们已基本上了解：10 卷《梨俱吠陀》的绝大部分篇幅，除了用来阐述吠陀创世神话外，还相当充分地用于反映印度远古社会，特别是吠陀时期的社会现实的方方面面。因此，如果你把《梨俱吠陀》创世神话的纱罩移去，便即发现隐蓄在神话内核的吠陀智者的智慧闪光。这正是我们在本书准备论述的《梨俱吠陀》的哲理内涵——吠陀仙人（神学家、哲学家）在《梨俱吠陀》里，从宇宙本原问题开始所阐述的一系列朴素的自然哲学的对话与观点。

　　A. 关于宇宙本原问题。这是问谁是宇宙万有的创造者的问题。吠陀仙人们（神学家、哲学家、诗人）从直观宇宙千变万化的现象进行冥思参究，从而猜测事物变化背后存在着操纵者或创造者；后者无有形相、绝对抽象，是永恒不灭的超验实在。超验实在自体外化的第一个形式就是所谓"神"。神的容貌基于物质和非物质而表现为两大系列：一个系列是"有相自然神群"，另一个系列是"无相自然神群"。两系列的神群遍现于天界、空界和地界（即所谓三界，或称三有世界），他们的数目随着吠陀神话三个阶段的发展而有所增减。第一阶段为泛神论。出现在这个阶段是所谓"万神论"（所有物质的和非物质的现象几乎全被拟人化或神格化而变成神）。第二阶段为"有限多神论"。在这个阶段，发现具超验性创世威力的神仅仅是强势神组中少数几名大神，而不是弱势神组中较低级的神。到了第三阶段，有限多神论开始向一神论或尊一神论过渡。所谓一神论，是指强势创世大神队伍中具有超级神威与神通的个别大神。他被公认为强势大神的典范、表率,遍受人天的敬礼与歌颂(如因陀罗、婆楼那、阿耆尼、苏利耶等便是这类超级大神)。

然而,吠陀仙人(神学家、哲学家),尽管阐明了神的形式在吠陀神话三个阶段中的演化和差别,但他们执神创世说的思想路线始终贯穿在这三个发展阶段的全过程。毫无疑义,吠陀仙人中的多数是神创世论的执著者;而持相反意见的仙人,只是少数。不过,不能忽视少数仙人的意见。且看住顶仙人(Prājāpati Paramesthi)对神创世说提出质疑。他说:"世界先有,诸天后起;谁又知之,或不知之。"[1]世界,谓物质世界,山河大地;诸天,谓天上神众,特别意指那些具有创世神力的大神。住顶仙人在此提问:物质世界的形成是在天上神众出现之前,还是在天上神众出现之后?(用我们的话说,物质与精神,是物质先有,精神后起;还是精神先有,物质后出?)住顶仙人进一步质疑:"世间造化,何因而有? 是彼所作,抑非彼作?"[2]"世间造化"意即"自然物质世界"。"彼"意指吠陀仙人设想的"创世大神"。这四句颂意反映住顶仙人不大相信人类的现实世界是所谓神创造的。他接着发表自己关于什么是宇宙本原的观点:"太初宇宙,混沌幽冥,茫茫洪水,渺无物迹。"[3]但水中孕育着一个"宇宙胎藏";孕育期满,宇宙迸发出胎,乾坤立定。与住顶仙人同时,出现了若干直接持宇宙原素说的朴素唯物主义

---

① RV. X . 169.

② 同上书曲。

③ RV. X . 128.

者。他们中有执"风"是"诸天之灵魂,诸有之胎藏"。① 有执"火"是生命的源泉,宇宙的本原:"彼如生产者,人类及天地。"②还有仙人哲学家如古陀沙(Kutsa),认为宇宙本原是由多种物质原素——火、水、风、土等和合构成的。③

看来,吠陀仙人们(神学家、哲学家)在宇宙本原问题上,显然有两种对立的观点,或者说,有两派不同的说法。一派执宇宙是神创造的,故神是创造主,是宇宙本原;另一派则否定神创世说,认为宇宙(世界)是由物质构成的,故宇宙本原是地、水、火、风的集合体,而不是幻想中之神。这两种对立的观点,从历史角度说,属于印度古代哲学史初叶的内容,是印度文明萌芽期思想形态的反映——反映吠陀仙人、神学家、哲学家在这个时期的思想是在原初的唯心主义与朴素的唯物主义之间徘徊、摸索、斗争。

B. 关于设想的"神"及其"不死"的特征问题。梵语 deva,意为"天神、神";amrta,意即"不死"。④ 这里的"神"是吠陀仙人(神学家、哲学家)在《梨俱吠陀》里设想的创世大神。吠陀仙人们特赋予这个创世主神几个基本特征,即"不死"、"无生"、"唯一"。关于"不死",迦叶波仙人(Kaśyapa)说,"生不死地"、"入不死界"、"证取不死"。⑤ 这阐明"不死"是精神上的一种永存不灭的圣洁境界。

---

①　RV. Ⅹ.168.3—4.

②　RV. Ⅰ.149.2.

③　RV. Ⅰ.95.5—10.

④　"不死"(amrta)在神曲里泛指天上神众或地界神格化的低级神。"死、有死"(mrta)泛指包括人类在内的生物。

⑤　RV. Ⅸ.113.1—11.

一般说来,睿智高人,或超级神明,可能已体验到了这种内在超验圣境;凡夫俗子,尘心未尽,只能通过苦修瑜伽、勤练三昧,才会有望如理成就。关于"无生",地有子仙人(Viśvakarma Bhaumana)说,"无生脐上,安住唯一。"[①]长阐仙人(Dīrghatama Aucathya)解释说,"博学诸诗仙,何物此唯一? 无住之相中,建立六国土。"[②]此中"唯一"反映矛盾现象的统一心理状态。"死"与"生"是一对绝对对立的矛盾现象。有死必有生,有生必有死;无死则无生,无生则无死。死、生现象,如同黑夜与白昼,永恒对立。但是,如果一旦悟证"不死",便立得"无生";在"无生"中自然"不死",在"不死"中自然"无生";如是,"不死"意即结束"死"的存在,"无生"意即拔掉"生"的根源。此刻便是"不死"与"无生"圆融统摄于"唯一"无二的绝妙境界;这也正是设想之神的超验绝对的一面——神之体。依体外现的形式,则是设想之神的经验相对的一面——神之相。后者即是"宇宙容器",包容着由神之体异化出来的所有有相自然神众和无相自然神众,以及其中有创世神力的大神所创造的宇宙三有。在这些设想的创世大神中,"原人"是最典型、最突出的一位。在《原人歌》作者那罗延仙人(Nārāyana)笔下,"原人"在神话里的至高无上的神圣形象是这样描绘的:

> 原人之神,微妙现身,
> 千首千眼,又具千足;

---

① RV. X.82.
② RV. I.164.

　　　　　包摄大地，上下四维；

　　　　　巍然独立，十指以外。

　　　　　唯此原人，是诸一切，

　　　　　既属过去，亦为未来；

　　　　　唯此原人，不死之主，

　　　　　享受牺牲，升华物外。①

那罗延仙人似乎先将"原人"拔高到超验绝对的神体高度，故"原人"的超验绝对的特征就是"不死""升华物外"。"原人"的神体本具不可思议的奇妙力量，外现奇妙的形体——"千首千眼，又具千足"，"唯此原人，是诸一切"；这就是"原人"的神相。神相的神功表现在包容、统摄：(一)物质世界(天、空、地三界，上下四维，日月星辰，三世时间)；(二)精神世界(神性生物：天上不死者、雷神、火天等；非神性生物：人类四种性，以及其他生物)。扼要地说，"原人"，就其神体而言，是超验绝对，无生不死，遍摄宇宙，不可描述；就其相而言，"原人"既是"千首千眼"、躯体奇妙宏大之神，又是经验的娑婆世界的创造主。②

　　C.关于吠陀仙人的辩证思维科学问题。在印度哲学史初叶上，最早发现并建立辩证思维科学(辩证法)的仙人哲学家，可能

---

　　①　RV. χ .90，1—2。

　　②　参考看拙文"'原人'奥义探释"，载《纪念中国社会科学院建院三十周年学术论文集·哲学研究所卷》，中国社会科学院哲学研究所编，方志出版社，2007年，第196—216页。

就是住顶仙人（Prājāpati Paramesthi）。他在其著名的《有无歌》①第一颂中首先提出"无既非有，有亦非有"的对立统一辩证模式：

$$\left.\begin{matrix}无\\有\end{matrix}\right\}\ 矛盾（对立）\longrightarrow \left.\begin{matrix}非有\\非有\end{matrix}\right\}\ 统一$$

这个模式反映吠陀仙人哲学家的思想中已隐约地长出了辩证法的萌芽，在直观方式上认识到客观事物的矛盾在运动。"无既非有，有亦非有"这两句话标志着吠陀仙人哲学家在辩证的认识上有了一个飞跃，因为这两句话是对"无"与"有"作进一步的规定，是意味着"无"与"有"并非静止固定，而是在不断的运动中变化；"无"不是永恒为无，"有"也不是永远是有；故从辩证视角看，"无"与"有"二者既是对立的，又是可以统一的。这一点，吠陀仙人哲学家也许尚未完全认识到，但随着对自然进行不断而深入的观察和反思，他们似乎已能够辩证地推断"无"与"有"这对矛盾将会走向统一。

但是，须知道，这个"无－有"的辩证模式是纯抽象的，是吠陀仙人哲学家在思辨深入的过程中所发现的辩证思维规律。毫无疑义，这一思维规律毕竟是来自客观事物；因而，反过来，它又反映、适应客观事物。为此，住顶仙人把这一思维规律放到客观实践中去检验。他在《有无歌》第二颂中举例说，"死既非有，不死亦

---

① 又称《有转神赞》（Bhāva-vṛtta），RV. Ⅹ. 129。

无"。"不死"即是"生"。"死"与"生"是对立的矛盾。但是"死"的现象不会永恒地存在，"生"也不可能永不消失。正如"黑夜白昼，二无迹象"。其模式完全可按前述规律来观察：

$$
\begin{array}{l}
\left.\begin{array}{l}死\\生\end{array}\right\}\text{矛盾（对立）}\to\left\{\begin{array}{l}非有\\亦无\end{array}\right\}\text{统一}\\[2em]
\left.\begin{array}{l}黑夜\\白昼\end{array}\right\}\text{矛盾（对立）}\to\left\{\begin{array}{l}非有\\非有\end{array}\right\}\text{统一}
\end{array}
$$

其中"二无迹象"寓意"黑夜"与"白昼"的统一。

　　在从"无"到"非有"和从"有"到"非有"的运动过程中，有一个起决定性作用的辩证环节。住顶仙人特在第三颂中再举例来强调这个环节的重要性："由空变有，有复隐藏"。此中"空"不是空无所有，而是一种物质原素。在《梨俱吠陀》里经常提及五种物质原素，即除"空"原素外，还有"地、水、火、风"四原素。"有"是物质现象，是物体。"变"是客观事物内在的变化与发展。在这里，"由空变有"点明从"空"原素直到形成"有"（物质现象）中间的整个运动过程是在支配事物内在变化、发展的客观规律下完成的：

$$
\left.\begin{array}{l}空\\水\\火\\风\\地\end{array}\right\}\to\text{变}\to\text{有}\to\text{有复隐藏（支持物质现象的条件消失）}
$$

住顶仙人这个对"无"与"有"的辩证模式的创立和阐释，似有相当浓厚的朴素历史唯物主义辩证法的意味。

D. 关于"末那"（识）的问题。梵语 manas，音译"末那"，意译"识、意识"。[①] 在《梨俱吠陀》里还有若干与 manas（识）义同形异的单词。它们是：ātman（我、思想、精神、灵魂）、hṛd（心）、asu（气、精气）、prāna（呼吸、气息）、jiva（个我、生命、生活）、śvāsa（气、呼吸）、manīsā（智慧、理解）；还有 kāma（欲）、prathama-manas（第一种子识）。

以上这些抽象单词是描写人的心理现象的专用术语。吠陀仙人哲学家采用和阐释它们，目的似乎在于表明吠陀仙人们虽然以无限的幻想创作了近 10 卷《梨俱吠陀》[②]神话故事，但是他们并没有完全忽略现实社会中人的思想意识，特别是有关人的心理活动。故可以说，吠陀仙人哲学家列出上述心理现象，其意在于构建一个扼要的、以第一种识为首位的心理范畴体系。且看下表：

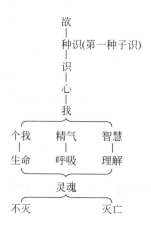

---

① RV. X. 58. 1—2.

② 《梨俱吠陀》，一般地说，共有 10 卷。今说"近 10 卷"，意为 10 卷书中仍然有若干篇章记述现实社会人的生活和思想。本页所列的心理范畴便是其中写实部分。

兹就表中范畴的内涵加以说明：

（子）首先，"欲"与"第一种识"。这是一个关系到人类意识起源的问题，即人类的主观世界（精神世界）如何产生的问题。住顶仙人对这个哲学基本问题的看法是：

　　　　　　"初萌欲念，进入彼内，

　　　　　　斯乃末那，第一种识。"①

梵语 kāma，意即"欲、欲念、欲爱"。manasaḥ retaḥ prathamam 意为"第一种子的识"，也可译作"识的第一种子"。颂意是，"欲"即识的第一种子，由"欲"产生的"识"，便是"第一种子的识"，简称为"第一种识"。"初萌欲念，进入彼内"寓意：最早出现在世界太初之际的人，萌生"欲念"；"欲念"进入他肉体之内，随即产生第一个"末那"——第一种识。由此看来，作者住顶仙人的观点是，能使"识"产生最初种子的，就是"欲"，而不是别的什么。然而，"欲"毕竟是抽象概念，属于精神界范畴，它反映着一定的物质现象，或者说，它是产生于一定的具体事物。若问"欲"所反映的是什么物质？"欲"是否就从所反映的物质产生？遗憾的是，作者住顶仙人却未明言，而是把问题推给"智人"去苦思冥想，去从内心探索答案。虽然如此，他这个颂仍然具有哲学思想发展史的重要意义，它反映在《梨俱吠陀》时期吠陀仙人哲学家中多数在宇宙论上执所谓神创世说；在意识形态上也认为意识是神所赐予的，而不是

────────────

① RV. X.129.4.

产生于任何物质性的东西。

（丑）"识"（manas）与"心"（hrd）。这里的"识"与"心"同依"第
一种识"产生，故二者是同质，不同形。所谓"同质"是说"识"与
"心"同一性质，同一作用。还有，神曲中不时见有这样的变格单
词：mansā（manas"识"，中性单数具格，意即"用心思，下决心"）；
vimanasā（带前缀 vi 的 manas"识"，中性单数具格，意为"用宽宏的心，
心胸宽大"）；manasah（manas"识"，中性单数属格，意为"心的……，
……属于心所有"）。以上诸词都是 manas 在附加前缀或后缀之
后构成转义似的形式。

其次，第一种识是"母识"，表上写的"识"（包括"心"）是"子
识"。子识，一般是五个：眼识、耳识、鼻识、舌识、身识。这便是
"母识"生"子识"的吠陀重要哲理之一，也可以说这是吠陀仙人哲
学家对印度唯心主义哲学发展的一项独特的哲理创见。吠陀仙
人哲学家这一理论："母识"生"子识"，对后吠陀的哲学，特别是对
佛家唯识宗的所谓"八识心王心所"系统的产生，如果说没有直接
的关系，但间接影响的痕迹似是抹去不了的。

（寅）"我"（Ātman）。"我"是来源于"第一种识"的一种"识"
的特殊功能。这一功能就是"心智""认识"。"认识"有两种对象：
一是具体的，一是抽象的。具体的对象是指由物质原素和合构成
的生物的肉体，特别是四肢完好的人体。支持人的肉体（具体之
我）存在的是哪一类物质原素？我们可以听一听长阇仙人
（Dīrghatama Aucathya）的高见：

谁人曾看见，最初出现者，

不具实体者，支持实体者？

从地生气血，何处有我在？

谁去寻智人，请教此道理？[①]

长阉仙人在这个颂里阐述(a)他说的"我"是肉体之我。这个"我"是由"地、气、血"三种物质原素和合而成。(b)支持肉体之我的物质原素——"地、气、血"三者的和合，是会在自然的客观规律制约下自行解散，以至完全消失。这时候，靠"地、气、血"支持的"我"(具体之我——肉体)还能存在吗？长阉仙人似乎在点明，离开"地、气、血"这些物质原素，肉体之"我"是不存在的；"何处有我在？"此时的正面意义就是"无处有我在！"至于抽象之我，从"识"的本源视角看，"第一种识"就是"我"，是"我"之根本；从"识"的功能说，"识"(意识、认识)的本身就是"我"(具有智慧、精气、生命、灵魂的内涵)。

　　(卯)灵魂。这是指第一种识的内在运动接近终点，也就是抽象之"我"(识)的功能发展到达极限。此时的"我"就是"灵魂"，也叫作"末那"(识、意识)；而"灵魂"(末那)将会是"不灭"的(继续存在)？还是"灭亡"的(中断存在)？这是一个涉及神学和灵魂信仰的基本问题；也是一个在哲学上引起有神论与无神论之间争议的问题。因此，在吠陀仙人哲学界里出现两派对立的观点。一派执神是二界(天界与地界)的创造主，故认为"灵魂"(末那)不会因具

---

　　①　RV. Ⅹ.168.

体之我（肉体）的死亡而断灭，它是"不灭的"。在《梨俱吠陀》里，用来肯定这一灵魂（末那）不灭论的例证，最突出而有力的，莫过于《意神赞》。[①] 兹先引读该曲的头两个颂：

1.　　　　　　　汝之末那，已经离开，

　　　　　　　　远至阎摩，太阳之子。

　　　　　　　　我等请之，返转归来，

　　　　　　　　住此人间，长享生活。

2.　　　　　　　汝之末那，业已离开，

　　　　　　　　飘悠远至，天上地下。

　　　　　　　　我等请之，返转归来，

　　　　　　　　住此人间，长享生活。

　　这支《意神赞》共有 12 个颂，每个颂的主题和结构基本上是一致的。它是人死后、亲眷在其尸体跟前所做的悲悼与默祷。吠陀诗仙基于同情活着的人对死亡的亲友所表达的深切悲痛和善良祝愿，创作了一系列反映这些自然情感的神曲；其中最典型的一支，便是在此引用的《意神赞》。此曲作者是三位仙人。[②] 他们以此曲来强调：（a）在死者亲眷的思想中，死者的"末那"（灵魂）在死者的肉体死亡之后，自然继续存在，不会因肉体的死亡而随之消

---

①　RV. X. 58. 1—12.

② 　即：友爱仙人（Bendhu）；闻友仙人（Śrutabendhu）；智友仙人（Viprabendhu）。

失；它在离开已死的肉体后，还会自动地去寻找新的依托（肉体），投胎再生。（b）死者的亲人一厢情愿地相信，死者的亡灵会投奔阎摩王国，或飞往海角天涯，或漫游空间四方，或航行汪洋大海。他们潜心默祷，劝请死者的灵魂不要前往这些遥远的地方，最好还是返回阳世，和活着的亲人团聚，像往常那样，共享人间福乐。

　　另一派（即第二派吠陀仙人哲学家）对第一派（吠陀仙人）执人死后，其亡灵不灭、继续存在的论点表示质疑。达摩那仙人（Damana）在他的《阿耆尼赞》中说：

> 知生者火神，烧熟彼身时，
> 请将之献给，天国诸祖灵。
> 当彼寿终际，魂归该天界；
> 斯时得服从，诸天之神意。
>
> 唯愿汝双眼，回归于太阳，
> 愿我回归风，藉法归天地。
> 若为汝利益，托住诸水域，
> 或在草木中，安住已身形。

　　这两个颂是《阿耆尼赞》《火神赞》[1]的第 2、3 颂。作者达摩那仙人在这两个颂里强调如下意见：（a）生物的肉体，特别是人的肉体，实际上是一个物质的复合体，由地、水、火、风、空五大原素

---

[1]　参看拙著《印度哲学》，第 95—96 页。

构成;肉体死亡后,尸体被分解或火化,复归于本来所属的原素,即还归于五大原素。(b)颂中的"我"有二重含义,即"具体之我"和"抽象之我"。具体之我(肉体)是由五大原素和合构成;五大原素一旦分解,肉体随即死亡。原来存在肉体内的"末那"(抽象之我、灵魂)此时也就丧失其依存的物质基础。这就是说,在肉体内的"末那"(灵魂、抽象之我)随着肉体的死亡而消失。这一观点似含有浓厚的朴素唯物主义的意味。

E. 关于"轮回"与"解脱"问题。"轮回"与"解脱"这类宗教观念形态,纯粹是执神创世论的神学家和哲学家在冥思幻想中虚构出来的产物。

兹先讲"轮回"。梵语 saṃsāra,是一个阳性单数的抽象名词,源出吠陀词干"√sṛ"。词干"√sṛ"的原义是"走动、行动";加上前缀 sam,构成 sam-sṛ,把原义加强为"到处走动,从一地走到另一地";到了后吠陀时期,被转义为宗教概念,即所谓"轮回"(动词形式)。跟着,又用一个可以强化的元音后缀"a"接上,使之变为"saṃsāra"。这是一个阳性抽象名词形式,但仍保留其宗教意义上的"轮回"。很显然,saṃsāra(轮回)这个名词形式是经过相当长的词形变化而形成的,并在最后似被公认为一个"一词二义"的宗教专用术语(神学上和哲学上的重要范畴)。它的第一则意义(现实性的),在于说明在活人体内的意识(灵魂)无论何时何地绝不离开活人的肉体。这就是说,意识(灵魂)是因所依附的肉体(活人的肉体)的存在而存在,是跟着肉体的活动而活动。它的第二则意义(非现实性的),在于阐明命终者体内的意识(亡灵)"突然出窍",自然而然地离开死者的尸体,飘飘然在迷茫明灭的空间游荡,寻找新的活人的肉体,投胎再生。

轮回说,在《梨俱吠陀》还未见有专章或系统的论述,但在各卷神曲中,不时出现有关此说的颂文。综合执神创世说的吠陀仙人们关于此说的议论,他们似有三个重要的共识:(1)在活人身中的"末那"(意识、灵魂)是不灭的;即使所依附的活人因故死亡,它也不会"殉葬",随人之尸体火化而消失。相反,它(亡灵)会接受火神(阿耆尼)的引导沿黄泉古道,"移民"到天陲的阎摩王国,长享快乐。或者,返回阳世,探寻新生肉体,托胎再生。(2)轮回场所(亡灵应去的地方)。吠陀仙人们为亡灵设想的轮回场所,是天上乐园和地下深渊。① (3)轮回业因。须知,"轮回"是果报(天上乐园或地下深渊),"业因"是引生果报的具体善恶行为,即所谓"白业"与"黑业"。客观规则:由因致果。"白业"即善因(推动往上升高的潜质力);"黑业"即恶因(推动向下沉沦的潜质力)。善因所得的善果是:往生天宫,享受天乐;恶因所获的恶果是:跌入深渊,无有欢乐。所以,生前积足白业的善因,死后必能使亡灵获得登天享乐的果报。反之,生前所作所为属黑业恶因,也必然获得堕入深渊受苦的果报(注意:早期吠陀仙人们还未有"地狱"的设想)。

吠陀仙人们这三点共识,无疑反映了轮回说的原始"雏形"(这个轮回雏形为吠陀以后的各种宗教、神学和哲学流派接受,并加以

---

① 吠陀后的宗教为亡灵设想的轮回场所极为复杂;如婆罗门教把吠陀的地下深渊扩充为地下 21 层设有迫害亡灵种种离奇怪异的酷刑的地狱;又如佛教把天上与地下合起来改为"轮回六趣",或作"六道轮回"——地狱、饿鬼、畜生、阿修罗、人间、天上。其中"天趣"又分欲界天、色界天、无色界天,合称"三界"。又欲界有 6 个天,色界 18 个天,无色界 4 个天,三界共成 28 个天。

发展使之成为他们各自理论体系中一个不可或缺的要点和范畴）。

其次,关于"解脱"。梵语√muc(muncati)是动词;mukti 是名词。动词和名词,二词的汉语翻译,通常同作"解脱"。若作为动词,则"解脱"需要有直接或间接宾语。解脱,在印度宗教传统上,常作宗教专用成语。因此,宗教上解脱的宾语,总是采用表示身心伤痛和苦恼的词句。"解脱"也可以说是一种果报;不过,宗教意义上的"解脱果报"是纯善纯美、庄严超越,是精神世界里的真美善的顶峰。这实际上是一种神圣不二的超验性的"无漏"果报。不消说,取得这样"超凡入圣"似的果报,只能通过纯善纯净的"业因"才能实现。纯善纯净的"业因",按婆罗门教的说法,就是指这样的具体生活实践:离尘脱俗,遁入林野,苦修瑜伽密法,参究梵我真理;按佛家教义说,就是指在一切实际活动中必须坚持戒、定、慧三学,断绝贪、瞋、痴三毒。"轮回"实际上也是"解脱"的宾语。前边提到的"轮回场所"有六趣(或六道),其中"天、人"二趣,一般地说,是由实行"白业"的善因而取得;其余四趣,是由所作"黑业"的恶因而导致。这就说明,获得轮回中的"天、人"二趣也是一种解脱,解除四恶趣的痛苦,换得"天、人"二趣的快乐(虽然按佛教教义说,这种快乐仍然是"有漏的",远不是"无漏的常、乐、我、净"的圣乐)。

最后,必须理解,所谓"轮回"与"解脱"纯粹是执神创世论的绝对唯心主义者错觉上的幻象而已!

五、吠檀多——吠陀的总结

梵语 Vedānta,音译"吠檀多",意译"吠陀的终结、吠陀的总结"。吠陀(Veda)是在广义上泛称吠陀经的四部典籍："四吠陀、梵书、森林书、奥义书"；此四书即所谓吠陀文献。其中"奥义书"，按顺序，是四部典籍的最末一部，故称"吠檀多"（Vedānta，吠陀的终结、吠陀的末尾）。"吠檀多"（Vedānta）一词，见于《秃顶奥义》（Ⅲ.2.6）和《白骡奥义》（Ⅵ.22）。根据这二书的解说，吠檀多的含义是："知识""密义"。因此，"吠檀多"有二解：按文献说，它是吠陀文献的终结；按义理说，它是吠陀哲学的总结。也正因如此，所有较古老的"奥义书"无一不与吠陀经（四吠陀）有直接的渊源关系。吠陀仙人哲学家之间，由于对吠陀经的不同的解释而产生不同的吠陀学派，不同的吠陀学派又产生不同的"奥义书"。下表便是最古老的，也是最主要的"奥义书"和它们所属的吠陀学派：

1. 《梨俱》 ┤他氏学派：《他氏奥义》
　　　　　　└乔尸氏学派：《乔尸氏奥义》

2. 《娑摩》 ┤坦多氏学派：《歌者奥义》
　　　　　　└阇弥尼学派：《由他奥义》

3. 《夜柔》 ┤《黑夜柔》 ┬鹧鸪氏学派 ┤《鹧鸪氏奥义》
　　　　　　│　　　　　│　　　　　　└《大那罗延奥义》
　　　　　　│　　　　　├石氏学派：《石氏奥义》
　　　　　　│　　　　　├（缺学派名）：《白骡奥义》
　　　　　　│　　　　　└慈氏学派：《慈氏奥义》
　　　　　　└《白夜柔》：力授氏学派 ┤《广林奥义》
　　　　　　　　　　　　　　　　　　└《自在奥义》

4.《阿闼婆》$\begin{cases}《秃顶奥义》\\《疑问奥义》\\《蛙氏奥义》\end{cases}$

上述分属前三种"吠陀"的十一种"奥义书",公认为最古老、且直接阐述"吠陀"哲学的原始作品。属于《阿闼婆吠陀》的"奥义书"比较复杂、学派也不易考定,一般只列出它三种公认较早的"奥义书",并略去它们所属的学派名字。这样,公认的古老的"奥义书"一共十四种。此后,陆续出现许多新的"奥义书",到了十五、十六世纪时竟达二百余种。当然,原始而可靠的"奥义书"仍推上列的十四种。

　　奥义书文献的结集说明对"四吠陀",特别是对《梨俱吠陀》做总结的作者,几乎全是奥义书哲学家,后者并因此被称为吠檀多学者。奥义书哲学家对吠陀仙人们在《梨俱吠陀》中所阐述的有关宇宙人生的哲理,从多视角进行了总结,但特把重点放在继承、发展其中"原人"与"幻"的原理,并根据这一原理构思、创立新的哲学概念——"梵、我、幻"。"原人"在吠陀哲学里被设想为"超验实在"的外现形式,神格化为"宇宙尊神",他既是物质世界的创造主,同时也是精神世界的创造主。"梵-我"在奥义书哲学里,是"原人"的直接"化身",也是设想的"超验实在"的外现形式,具有和"原人"一样的特征。奥义书哲学家在最古老的第一部奥义书经典《广林奥义》(Ⅱ.5.1)中说:"……不死原人,于此大地,永放光辉;不死原人,内我为体,永放光辉;他正是我,此是不死,此即是梵,此即一切。"这则奥义完整地阐明原人即梵、原人即我的"原人、梵、我"三位一体的超验本体论和"幻"在这三者之间的"魔术"作用。

兹就这一奥义书哲学的核心理论略作提要式的解说。

(1)"梵"的奥义。梵语 Brahman,意即是"梵"。奥义书哲学家设想"梵"和"原人"一样,具有超验性的特征,而其哲学内涵更加丰富,更加奥妙。《秃顶奥义》(Ⅱ.2.9)说,"诚然,梵有的特征既有绝对的一面,又有相对的一面。绝对的一面是:无相、不死、灵活、彼岸;相对的一面是:有相、有死、呆板、此岸。前者又称为'上梵',后者又称为'下梵'。"二梵论,又一次反映奥义书哲学家唯心主义哲学上超凡入圣的创新智慧。他们特用否定与肯定两种模式来阐述这二梵奥义。(a)否定表述。这是从一个绝对否定视角来反思上梵,全面扬弃上梵的一切规定,彻底透视它的"无相、不死、灵活、彼岸"的超验本体。这个否定模式,是对上梵的奥义作否定的论证。《歌者奥义》(Ⅳ.15.5)说,"……超凡之原人引导它们向梵走去。此是前往诸天之路,前往梵之路"。此中"它们"是说超验原人外现经验世界的物质现象,与此同时,超验原人又使它们复归于超验之梵(上梵)。这便是在超验意义上所表述"原人即梵、梵即原人"的正确原理。(b)肯定表述。这是从上梵幻现种种美妙多彩的具体形象的角度来观察下梵——有相之梵。有相之梵的特征和无相之梵的特征恰好形成鲜明的对照:无相之梵,无规定性,不可描述,不可思辨;有相之梵,有规定性,可以描述,可以思辨。无相之梵的原理模式是"非如此,非如此";有相之梵的原理模式是"一切即此梵"。换句话说,梵就是物质世界的本原,宇宙的基础。然而,在奥义书"唯一不二"的超验哲理中,上下二梵,一真一假,由真而假,假本非真,终归一实;如是即真即假,即假即真,真假相涉,圆融同一。

(2)"我"的奥义。梵语 Ātman,意即是"我"。前文所述,原人即梵,原人即我,是在超验意义上阐述"原人、梵、我"三者同一不二的无差别的哲学内涵(设定的超验实在)。在经验意义上,三者又各有外在的经验性形式。原人全部经验性的内涵演变为两部分:一部分,分化成梵的经验性特征;一部分,分化成我的经验性特征。梵与我的区别主要在于二者在不同的范畴中有着不同的功能——梵被看作客观世界的基础,我被认为主观世界的根源。奥义书哲学家由此构想出二梵(如上节所说)和二我的理论。二我谓遍我(主我)和个我(众我)。[①] 前者是超验性的,后者是经验性的。超验之我的原理模式是:"此我非如此,非如此。此我不可把握;因为它不被把握;此我不可灭,因为它不被消灭;此我无执著,因为它不执著自我;此我无束缚,因为它无苦恼,不受伤害。"[②]这则奥义重申前边说的,在超验意义上,"原人、梵、我"是同一不二,无有差别。经验之我,则是超验之我幻现的外在形式或"化身"。化身的超级形象便是创世之我:"世界之初,唯我独存。……除我之外,别无他物。"[③]创世之我与创世之梵,同一性质,即同是超验实在的两个经验性的形式:"太初之际,唯梵独存,彼知自己,我就是梵。"[④]这说明"梵"与"我"二者同具创造物质世界和生物世界的神力;而且还共同为生物界创造了意识:"太初之时,

---

① 《歌者奥义》V.12.1—7。
② 《广林奥义》Ⅲ.9.26。
③ 《广林奥义》Ⅲ.4.1—2。
④ 《广林奥义》Ⅰ.4.9—10。

此界空无，……彼造意识，并祈有我。"①这则奥义涉及的重要哲学问题是：生物界的意识是由神（梵-我）创造，还是由别的什么构成？意识是否就是构成"我"的主要因素和内涵？关于这个主观世界如何产生的问题，吠陀哲学家早已提出，虽然还没有作出肯定或否

定的答案。长阐仙人（Dīrghatama Aucathya）说，"从地生气血，何处有我在？"②这意思是说，"我"就是肉体，它是由地、气、血构成的；离开这些物质原素，所谓之我便不存在。换言之，"我"产生于物质。随后，住顶仙人（Prajāpati Paramesthi）说，"初萌欲念，进入彼内，斯乃末那，第一种识。"③他肯定了意识（末那，manas）是在物质性的肉体构成之后进入体内的。但是，他没有阐明意识如何产生：意识是神造的，还是物造的，或自然而有？意识是否就是我？后吠陀的哲学家，特别是奥义书的智者，似乎比吠陀仙人更加重视意识和与此有关的问题。他们努力探索，深入反思，并提出他们的答案："创世之父为自我创造了意识（manas）、语言（vaca）和气息（prāna，生命）。……诚然，我乃由语言、意识、气息三者构成。"④在这里如果把"创世之父"的神话撇开，一个具体而典型的经验之"我"便会出现在人们面前——我的三个成分（语言、意识、气息）。我们所谓之"我"就是由意识、语言、气息三者集合构成；离开这三个成分，我便不可得。这三个成分中，"语言"和"气息"是物质，"意识"是精神；三者相互依存、互为条件、协调一致地构成一个和合体"我"。这也同时表明意识是在与其有关的物质基础上产生、存在的，并不是人们幻想中的天父或大自在天所创

---

① 《广林奥义》Ⅰ.2.1。

② 《梨俱吠陀》Ⅰ.164.4。

③ 《梨俱吠陀》Ⅹ.129.4。

④ 《广林奥义》Ⅰ.5.3。

造的。

（3）"幻"的奥义。梵语 māyā，音译"摩耶"，意译"幻、幻术、幻象"。早在吠陀经的初期，吠陀仙人、智者、哲学家对宇宙万有变动不居的现象进行了长时间观察、探索、反思，由此形成一个最具圣智的创见"摩耶"（māyā，幻）——一条确切地透视客观事物内在变动的规律，也就是"幻"的原理。"幻"这原理，从它被吠陀仙人们发现之时起，迄今三千余年，仍然为印度传统的、非传统的宗教–哲学流派所共同承认的客观真理，依然是他们各自哲学体系中不可或缺的重要成分。尤其是，它经过漫长的印度哲学史的发展历程，已在印度意识形态领域中成为人们认识论上的一个共识——经验世界的"如幻论"。如下，略讲它的奥义：

A. 梵天的创世幻术。上节讲了二梵论。"上梵"是设想的超验实在的"符号"，本身就是超验的存在，施展幻术，变出一个无限宏大的"幻象"——经验世界，也就是所说的"下梵"。"幻术"和"幻象"同一幻质，是假非真，将在自然规律制约下，归于消亡。《白骡奥义》（Ⅳ.10）说：

> 应知自性乃摩耶，摩耶作者大自在，[①]
>
> 彼之肢体即众生，一切遍住此世界。

---

① 大自在（maheśvara）是湿婆神的敬称。印度教多神队伍中有三位首领大神：梵天（Brahman），毗湿奴（Viṣṇu），湿婆（Śiva）；三神是三位一体的，共有创造宇宙万有的神力。"大自在"，若作复数，则泛指四大护世神：因陀罗、阿耆尼、阎摩、婆楼那。若作阴性单数，则是湿婆之妻波尔婆娣（Pārvatī），雪山公主。有神话说，湿婆独身不能生育子女（不能创造众生），他必须与雪山公主结婚，二神洞房合卺后，才能创造他想创造的生物界。

颂中"摩耶 māyā"意即"幻、幻象";"自性"即"自然、自然界",也就是"经验世界";"大自在"是湿婆神的称号;"摩耶作者 māyin"即幻术师、魔术师。这个颂只讲了"幻"的"幻现"(湿婆神祭出幻术,变出经验的情世间和器世间——幻象),但没有讲"幻"的"幻归"(即幻象如何变动,终归消亡)。"幻"在《广林奥义》(Ⅴ.5.1-2)有一个陀罗尼(dhāraṇī)式的"隐语"(类似咒语):satyam(原义:真实)。此字由三个语音组成,其中前后两个音:"sa、yam",隐含"真"的密义;居中一个音:"ti",隐含"假"的密义。又按音序来读,第一个音"sa",寓意超验实体,"梵";第二个音"ti",寓意"梵"以自身的幻术变化出一个巨型的幻象(经验世界);第三个音"yam",寓意幻象在自然规律制约下,运动演化,直至它自身完全消亡的终点(回归于超验之梵体)。此中突显"幻"有两个形式,并在其间表现为哲学的"中介",即,"sa"与"ti"组合为幻的"幻现","ti"与"yam"组合为幻的"幻归"。这就是"幻"在"幻现-幻归"之间的"哲学中介"作用,而这也正是"幻"所蕴含的奥义书哲学奥义。

　　B.事物演化的原理。奥义书哲学这套世界如幻说,虽然被其后所有唯心主义和非唯心主义的哲学流派所接受,并且各自按本宗需要进行解释;但综合来观察,显然都不如佛家的解释来得合理些。佛教哲学基本上承认,"幻"是支配一切事物生灭变化的内在规律。任何事物,无论其为物质的或精神的,都是因其内在与外部有关条件的协调而产生,因条件的稳定而暂存,因条件的弱化而衰变,因条件的破坏而消亡。释迦牟尼佛陀的启示:"诸法从缘生,诸法从缘灭",[①]正是此哲理。佛教辩证法大师龙树菩萨如

_____

① 　参看拙著《印度哲学》,第 404 页。

仪地全盘接受了佛陀的"衣钵"（缘生缘灭法），并按这缘生真谛，加以"般若"智的发挥：

> "众因缘生法，我说即是空，
>
> 　亦为是假名，亦是中道义。"[1]

颂中的"因缘"是指事物产生、暂存、衰变、消亡的四个阶段的内外有关条件。"即是空"，是说事物在因缘（生灭规律）支配下，它实际上是不存在的；"不存在"即是"空"。然而，在它消亡（空）的前一刹那，是存在的；这个"存在"是暂时的，故称之曰"假"；"假"就是"幻象"，非真存在。"中道义"，是说"空"与"假"这两个范畴、概念，在佛教大乘哲学上即所谓空假二谛（或称"真俗二谛"）；说空不绝假，言假不离空；即空即假，即假即空；空假相融，称曰中道——中观的道理。这个颂阐明，龙树菩萨如理地和正确地运用"幻"来透视、照见事物的产生、暂存、衰变、消亡的运动变化全过程。这个过程在中观哲理上总结为"幻"的三个逻辑范畴——空、假、中。而这正是龙树在他权威的《中论颂》中所阐述的"中观"理论。

公元八世纪初，吠檀多学派奠基人乔荼波陀（Gaudapada），以婆罗门教教徒身份，潜心研究佛家大乘空有二宗的理论，而对龙树的"中观"学说，似乎相当精通。在传统奥义书哲学界里，他首先提出"无差别不二论"，并以此为理论基础，创建了新的吠檀多

---

[1] 《中论》观四谛品二十四，第18页。

学派。他发展、丰富了"幻"的内涵,用拔高"幻"的否定功能来论
证他的"不二"理论。他在他的名著《圣教论》中自如地运用佛家
的大乘哲学术语来表述设想的超验实体(上梵)的特征:不二、不
变、无生、无差别、不可说、不可得、无老死。与此同时,超验实体
以自身的幻力,变出一个经验世界(幻现、下梵),它的特征是:有
二、有生、差别、有说、有得、有变、老死;表明经验世界毕竟是一个幻
象,它必然在"幻"的规律支配下产生、暂存、衰变,直到消亡(幻归、
上梵)。如见下表:

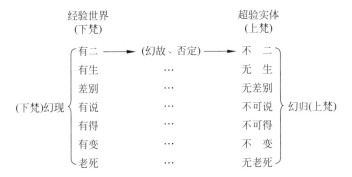

这个表简明地解读奥义书的"二梵"和"幻"的奥义。不过需要知
道,"经验世界"在乔荼波陀的新吠檀多主义理论中意涵两种境
界:梦境与非梦境。这两种境界,是同一幻境,同在被否定范畴之
内。他的"无差别不二论"也因此被冠上"绝对"二字,称为"绝对
无差别不二论"。这意味着"否定的功能"被推到极端方向。乔荼
波陀的哲学接班人商羯罗(Śaṅkara),虽然继承了他的理论衣钵,
但略为加工改造,把"绝对无分别不二论"的"绝对"二字删去,留
下"无分别不二"五个字,使之成为商羯罗自己的"无分别不二
论"。接着,商羯罗在他的传世名著《梵经有身疏》(Śarīraka-

Bhāṣya)竭力弘扬他这一新理论——无分别不二论。从八世纪开始,以商羯罗的哲学为主流哲学的吠檀多学派逐渐在印度意识形态领域中占据主导地位,成为占印度人口 75% 的印度教徒的人生观赖以形成的思想基础。今天,吠檀多哲学已不成文地被印度统治集团奉作治理国家大事的指导思想。

第 一 章

三界的神名和神曲

《梨俱吠陀》10 卷神曲的美妙绝伦、瑰玮多彩的艺术作用,扼
要地说,就是在于记叙了印度文明早期流传的创世神话故事。所
谓创世神话,是说吠陀诗仙、神学家和哲学家设想的超验大神,以
其自身本具的不可思议的神力,同时创造出两个世间——器世间
和情世间。前者是物质世界,也就是吠陀经中说的包摄天、空(大
气层)、地三界的宇宙。[①] 后者,即我们说的精神世界;但按吠陀
经,这是指生活在三界里具有意识的“居民”(众生、生物)。[②] 住在
天界、空界的(和少数居住地界的)是“神众”;住在地界的是为“凡
众”,即印度社会四个种姓的群众——婆罗门、刹帝利、吠舍、首陀
罗。[③] “神众”与“凡众”虽然同是精神世界的具体现象,但二者天
然地各具不同的特质;“神众”是“不死的,amrta”,“凡众”是“有死
的,mrta”。或问:二者在三界的“人口”有多少?《梨俱吠陀》没有
空界“神众”和地界“凡众”的“人口”记录,但有三界神众“人口”总
数的议论。吠陀仙人作者们从泛神论(多神论)开始到尊一神论
的讨论过程中,曾对三界神众的总“人口”提出若干推测性的看

---

① RV. Ⅷ.10.6;90.7.

② RV. Ⅹ.136.4.

③ 四种姓的名称,源出《原人歌》(RV. Ⅹ.90)。婆罗门教据此制定“四种姓制”,
把“人”划分为四个种姓(阶级),严厉地限制人们婚、丧、喜、乐的一切社会活动,只能在
本种姓内进行,不得跨种姓界限来往。数千年后的今天,此制尚未见弱化、消除!

法,如有说三界神众的总"人口"仅数十,①有说千余。② 然而,从讨论中,他们似乎得到一个"不成文法"的共许数字——大体一致承认天、空、地三界共有 33 个神,分成三组,每组 11 个神。这样,第一组:天界 11 神;第二组:空界 11 神;第三组:地界 11 神。三组的具体神名如下:

第一组,天界 11 神

1. 狄奥斯(Dyaus,天父神);

2. 婆楼那(Varuṇa,包拥神);

3. 密多罗(Mitra,友爱神);

4. 苏利耶(Sūrya,太阳神);

5. 莎维特利(Savitṛ,朝暮神,太阳东升西没的余晖);

6. 补善(Pūṣan,育生神);

7. 毗湿奴(Viṣṇu,遍入天);

8. 密多罗-婆楼那(Mitrā-Varuṇa,友爱神-包拥神);

9. 阿迭多神组(Ādityas,共有六个,谓是无缚女神的六子);

10. 乌莎(Uṣas,黎明女神);

11. 阿须云(Aśvins,主马双子神,藕生神)。

第二组,空界(大气层)11 神

1. 因陀罗(Indra,雷电神);

2. 底利多阿波提耶(Trita-Āptya,海光三相神);

3. 阿班那巴特(Apām-napāt,水子神);

① RV. Ⅰ.164.
② RV. Ⅹ.52.6.

4.摩托利斯梵（Mātariśvan，母育神）；

5.阿醯勃陀尼耶（Ahi-Budhnya，海龙神）；

6.阿贾依迦波陀（Aja-ekapad，一足羊神）；

7.鲁陀罗（Rudra，荒神）；

8.摩鲁特（Maruts，风暴神队）；

9.伐陀-伐尤（Vāta-Vāyu，风神）；

10.波罗阇尼耶（Prajanya，致雨神）；

11.阿波诃（Āpah，水母神）。

第三组，地界诸神（地界有大小、抽象、动植物等神，不止 11 个）

A.地界主神

　　1.萨罗斯瓦底（Sarasvati，圣河女神-辩才天女）；

　　2.毕利提维（Pṛthivi，大地女神-地母神）；

　　3.阿耆尼（Agni，火神）；

　　4.毕利诃斯波底（Bṛhaspati，祷主神）；

　　5.苏摩（Soma，树神-月神-酒神）。

B.低级神群

　　1.梨普（Ṛbhus，工艺神）；

　　2.阿波莎罗斯（Apsaras，水畔仙子）；

　　3.乾达婆（Gandharvas，香音神）；

　　4.伐斯多斯主（Vāstospati，护宅神）；

　　5.迦娑陀罗主（Ksatrapati，农田牲畜保护神）；

　　6.沼泽小神群。

C.抽象神群

　　1.驮特里（Dhātr，创造神）；

2. 波罗贾底(Prajāpati,生主神);

3. 陀伐斯特里(Tvastṛ,工匠神);

4. 毗湿伐羯摩(Viśvakarman,创世主);

5. 摩尼尤(Manyu,嗔怒神);

6. 阿迪娣(Aditi,无缚女神);

7. 湿罗驮(Śrādthā,虔诚女神);

8. 迪蒂(Diti,好施女神);

9. 阎摩(Yama,俗称阎罗。吠陀的阎摩王国是天宫,不是地狱);

10. 阎美(Yamī,阎摩的妹妹);

11. 补卢莎(Puruṣa,原人,一个纯概念人格化的抽象神)。

　　三界中的地界有 21 个神。这表示三界的 33 个神是主神;此外,还有少数次要之神。然而,三界神众中,无论其为主要的,或次要的,都是吠陀诗仙、神学家、哲学家设想和幻想中的产物,因而自然而然地成为《梨俱吠陀》作者们所创作的 1028 支神曲的歌颂对象和艺术角色。在这里,我们从这千余支神曲中选出约 50 支赞颂三界 33 个主神的神曲,并按下述程序进行译解:(1)列出三界 33 个神的具体神名,随即选译比较典型的、歌颂他们的神典(共三章);但请注意,在本章所列的神名中,有的只有名,而不带与其有关的曲。此下各章将换有名有曲的神名来代替(地界有名无曲的神名较多)。(2)结合吠陀仙人、神学家和哲学家所阐述有关宇宙人生的早期朴素哲理,以及吠陀时期的现实世情点滴,增译一组有关神曲(两章)。这样,五章《梨俱吠陀》神曲选,便组成本书的主要内容。

第 二 章

天界神曲

天父-地母神

（Dyāvā-Pṛthivī）

梵语 dyaus，意即"天、天父"；pṛthivī，即"地、地母"。天地是自然现象，拟人化后，合成复合双数的二神——天父-地母神。或者简称为"天地二神"。二神关系，天然密切，是《梨俱吠陀》里最常见的神名之一。吠陀诗人创作了 6 支歌颂二神连体形相的神曲，但没有单独描写"天父 Dyaus"的神曲。"地母 Pṛthivī"也只在一支短曲的三颂之一中提及（RV. V. 84）。《梨俱吠陀》把"天"与"地"合称为两个世界一百余次，但也经常把二神分开称呼，"天"为父亲，"地"为母亲；或合作双亲，甚至把他们拔高为万神之双亲，众生之父母。作为一切神与人的父母，二神对众生似有亲缘之情，喜爱、保护众生，不让他们遭受屈辱与不幸。二神是智慧之神，恢弘伟大，维护正义，是广阔而适宜的生物住地；赐给善男信女们以食物、财富、荣誉和领地。二神的拟人化，完整完美，有足够资格被誉作祭典的领导者；据称，在祭典中二神自己围着祭品，坐下应供；但是二神始终没有取得活的人格化或重要之神的地位。二神的神格，同等同级，无异无别，而二神之一（天父或地母）在大部分其他双神组中格外突出、显著。此外，在某些诗颂里，说二神自己是由别的个别神所创造的；说二神之一是多产的公牛，另一是多彩的母牛；而二者都有足够的育种潜力。

下引《天父-地母神赞》是 6 支歌颂天地二神的神曲之一，即

《梨俱吠陀》第 1 卷，第 160 曲：

《天父-地母神赞》

（《梨俱吠陀》第 1 卷，第 160 曲，共 5 个颂。

作者为长阁仙人，Dīrghatamā Aucathya）

1.　　　　天地斯二元，普利一切物，

恪守世秩序，支持空中仙；

是此二巨碗，合创宇宙美；

光辉太阳神，如律行于中。

2.　　　　伸延远无际，宏伟超极限，

父亲与母亲，庇佑一切物。

是此二世界，如二娇美人，

慈父给穿上，华丽靓衣裳。

3.　　　　是彼运输神，圣洁双亲子，

智仙施幻力，净化众生界；

牝牛身斑点，牡牛富精子，

如常日挤奶，新鲜有淳脂。

4.　　　　彼在诸天中，作业最精勤，

　　　　　　　　创造二世界，利益一切物；

　　　　　　　　妙智表丈量，上下二空间，

　　　　　　　　支持无衰变，普遍受赞扬。

5.　　　　　　天地诚伟大，周遍受颂扬，

　　　　　　　　惟愿赐我等，荣誉及领地；

　　　　　　　　随此祈带来，值赞赏力量。

　　　　　　　　我等将永远，治民遵此章。

　　提要：此曲共有 5 个颂，集中叙述天地的起源，并说天地乃超验大神所创造；形象地描绘天地好像两只超巨型的大碗，光辉灿烂，庄严无比，合创真美善；天地二神与太阳神和火神阿耆尼天然地相互联系；太阳神是按规律在天地之间运转，火神同样按规矩在天地之间为缺席应供的神运送斋主的供品。最后，赞叹天地二神受到普遍的崇敬和歌颂，给人间的善男信女带来利益和福乐。

　　以下按颂序逐一讲解：

　　颂 1：描绘天地的伟大形相。天地：梵语 dyo（天），阳性名词（亦作阴性），主格单数是 dyaus；主格双数是 dyāvā，常与 prthivī（地）组合，构成双数复合名词：dyāvā-prthivī（天-地）。世秩序：宇宙规律。空中：在半空中。仙：诗仙（kavi）是对火神阿耆尼（Agni）的敬语，也表示阿耆尼与天父-地母有"血缘"关系，因为传说阿耆尼诞生于天地交合中。二巨碗：吠陀诗人直观宇宙现象，猜测天地就如两只巨碗，合在一起，共创美妙的世界。行于中：意谓太阳在天地之间，按照自然规律运行，表明天地与太阳的自然关系。

　　颂 2：讲慈父创造主创造天地。父、母：即是天地。二世界：天

地二界,万物庄严,辉煌宏大,犹如娇柔窈窕美人。慈父:意指创世主(Viśvakarman)。此神在《梨俱吠陀》(RV.Ⅹ.81.1、2)称为"我们的父亲"。靓衣裳:意谓创世主给天地化妆打扮,美化成一对具大魅力的美人。

颂3:讲述火神与天地的"血缘"关系。双亲子:意即火神阿耆尼,他的双亲就是天地,故称为"双亲子"(RV.Ⅹ.2.7)。火神又被称为运输神,因为他有一个特殊使命,经常驾驶自己的天车,将天上的神仙送到人间的祭坛上,共同享受斋主的献供;之后,将剩余供品收集起来,运上天宫,分给缺席而未随他下凡的天神。智仙:对火神的另一尊称。牝牛:喻如地母。牡牛:喻如天父。挤奶:火神挤牝牛的奶汁。意谓火神作为神坛祭官,祈祷上天(喻如牡牛)行云致雨,滋润大地(喻如牝牛);后者因而变得肥沃,适宜于庄稼的生长。

颂4:彼:本颂歌颂创造天地的创世主,故"彼"是指他而言。诸天中:在众多天神之中。作业:创造天地的事业。二世界:即天界和地界。一切物:包括生物界和非生物界。妙智:神的内在超验智力,以此智力对宇宙空间进行测量。二空间:天上和地下的空间,亦即宇宙空间。无衰变:无变化、无时限;意思是,创造神对所创造的天地二界的支持是不会变化的,不会中断的,因而备受赞扬。

颂5:本颂讲信徒们赞颂天地,祈求赐福。领地:统治者的统治地域,统治范围(似是人间的统治者向天地二神提出请求)。力量:统治者的统治力量、势力。此章:意指天地神明所赐给的治国力量、神谕。

密多罗

（Mitra，友神、友爱神）

密多罗(Mitra)在 10 卷《梨俱吠陀》里,仅占有一支神曲(RV.
Ⅲ.59)。这支神曲提供有关此神的资料并不充分。他本身的特点
显得有些不明确。神曲的作者只是一般地描述他:密多罗是太阳神
族中之一神,具有伟大的号召人群的力量。他下降人间,接触凡世
生活,以妙好的嗓音,动员信众,团结起来,从事劳动。他有一个特
殊的称号——"召集人群者"(Yātayajjana)。密多罗有几位与他有直
接关系的神友。他们是:莎维特利(Savitr,朝暮神,由于按密多罗的
法规来运行,故被认同于后者。RV.Ⅰ.35)、毗湿奴(Visnu,遍入天。
他按照密多罗的法规,迈出三大步,横跨整个宇宙。RV.Ⅰ.154。这
反映密多罗调控太阳运行轨道的作用)、阿耆尼(Agni,火神。他出
现在黎明之前,也就是说,点燃在晨曦之先,而当被点着时,阿耆尼
便变成为密多罗。因此,便有阿耆尼生产密多罗的神话)。密多罗
与婆楼那(Varuna,包拥神)的关系更加密切。按《阿闼婆吠陀》
(Atharvaveda),密多罗在日出时现身,而婆楼那则见在黄昏时分;就是
说,二神在出现的时间上形成鲜明的区别。在《梵书》(Brāhmanas),
密多罗被说成联系着白昼,而婆楼那则是与黑夜相关联。

从吠陀经有关资料来推断,密多罗是太阳神族之一员,这一
说法得到了波斯古经《阿维斯特》(Avesta),以及流行的波斯宗教
的确证。在波斯神话里,密多罗无疑是一位太阳神,或者是一位
与太阳有特殊关系的带光之神。

下引《密多罗赞》便是密多罗仅有的歌颂他的唯一神曲：

《密多罗赞》
（友神赞）

（《梨俱吠陀》第 3 卷，第 59 曲，共 9 个颂。

作者为伽陀那仙人，Gāthana Viśvamitra）

1. 　　　　　友神发话，鼓动人群；

　　　　　　友神支持，乾坤二界；

　　　　　　友神凝睇，俗世人寰。

　　　　　　酥油制品，奉献友神。

2. 密多罗！　让此凡夫，给神上供；

　　无缚子！　按尔誓愿，如仪鞠躬。

　　　　　　幸承庇佑，得免诛服，

　　　　　　不从远近，灾害到来。

3. 我等：　　离诸疾病，喜食圣食；

　　　　　　双膝紧跪，在大地上；

　　　　　　遵守奉行，阿迭多神谕；

　　　　　　获庇护于，密多罗善意。

4.   此乃友神，可敬吉祥；

            生为明君，治国擅长。

            我等祈祷，求得沐恩：

               于彼神圣呵护中，

               于彼至善慈爱中。

5.   伟大阿迭多，敬礼得亲近；

            启发善信众，歌者最吉祥。

             精美之斋食：

              献与最受赞颂者，

              火中供给密多罗。

6.   密多罗，   支持百姓之神：

             承其恩惠，五谷丰收；

             藉其富有，荣获盛誉。

7.   密多罗，   盛名遍闻宇宙：

             以其伟大，高过天界；

             以其光荣，优于地界。

8.   密多罗，   有力施助之神：

             五类人群，悉所皈依；

             支持天界，所有神仙。

9.　　密多罗，　　既在天中，亦在人间；

　　　　　　　　按其法规，制作食物，

　　　　　　　　赐予男士，预铺圣草。

提要：这支《密多罗赞》就是密多罗在《梨俱吠陀》里所独有的唯一一支神曲（由 9 个颂组成）。梵语 mitra，音译"密多罗"，意译"友人、朋友"。是一个普通名词。作者伽陀那仙人在本曲的第一颂里把"朋友"神格化为一个"有相自然神"，叫作"友神密多罗"。这样，显示出密多罗具有双重性质：一是人性，一是神性。密多罗的人性，体现在他遍行天地二界，亲切接引一切众生；教化五类群众，集合团结，如仪设祭献供、皈依友神，由是获得幸福的回报。密多罗的神性，体现在他有超验的神力，创造天地，支持天地；天界神众，地界人群，俱在他的慈爱与呵护下获得吉祥与欢乐的享受。二界众生因此感激密多罗，赞叹密多罗："其伟大高于天界！其光荣优于地界！"

以下按颂序逐一解说：

颂 1：（本颂首先描述，友神密多罗作为一个有相自然神，活动在天地二界，接近俗世众生，鼓动他们祭祀友神。）鼓动：启发信众进行劳动生产，设祭供神。支持：意同创造。友神密多罗亦具有创造世界的神力。凝眸：谓密多罗和婆楼那一样，目不转睛地观察人间的一切活动，或善或恶，了如指掌；同时，按道德法则，进行赏善罚恶。

颂 2：凡夫：普通信众。无缚子：无缚女神（Aditi）之儿子，即友神密多罗。誓愿：神之誓言，神之法则。诛服：诛灭与屈服。"不从远近":意即远近灾害都不会到来。

颂3:我等:信徒们。圣食:供神的斋食。阿迭多:(Āditya)意
为"无缚女神之子",缩写"无缚子";此即密多罗。(阿迭多与密多
罗事实上是一神二名或一神二相。但偶尔,被当作两个不同的
神,分开歌颂)。神谕:神的法规、神旨(婆罗门教士替自己幻想出
来的所谓神而制的法规)。

颂4:明君:把密多罗的有相自然神格进一步提高为一位治世
的明君。

颂5:最吉祥:是说阿迭多(密多罗)是最吉祥之神,凡歌颂他
的歌手,将获得最吉祥的回报。火中:是给神献供祭品的方式,即
在祭坛上点起祭火后,将祭品献给所请之神;或者,将祭品投入祭
火中焚化,通过火神阿耆尼运上天宫,分发给未曾随火神下凡应
供的天神。

颂6、颂7:(从颂6到颂9的颂式是"三行诗"的形式,即梵语
"Gāyatrī,唱诵律"。)这两颂盛赞密多罗具有创世神力,是支配天
地规律的主神之一。

颂8:"五类人群":泛指人间所有各类生物,亦即生物界里所
有众生。"所有神仙":生活在天上的神性生物。意谓友神密多罗
支持天界神性的和地界非神性的生物的存在。

颂9:天中:在诸天神众之中。男士:男信徒、善男子。"预铺
圣草",(这是"男士"的定语)意谓男信徒事先按规定将圣草(祭祀
用的小青草)铺在祭坛地上,因而得到密多罗的称赞,将把美味的
祭神斋品赐给他。

婆楼那
（**Varuna**，包拥神）

婆楼那（Varuna）意译"包拥神"。婆楼那与因陀罗原是雅利安人崇拜的古神。他们从中亚移民时把这两个古神分别带进波斯和印度。古波斯神曲集《阿维斯特》中的二神——阿修罗（Ahura Mardah）和因陀罗，就是印度神曲集《梨俱吠陀》中的婆楼那和因陀罗。"阿修罗"在早期的《梨俱吠陀》神话中是对最高之神的尊称，而这个最高之神正是婆楼那（包拥神）。"包拥、遍摄"（varuna）是一个抽象名词，但吠陀诗仙似乎把"包拥、遍摄"看作宇宙本然的作用，因而又可看作是一个具体实词。吠陀仙人和神学家把这个词的内涵神性化，把它的外延神格化，从而使它变成为一个具有二重神格的神名——婆楼那（包拥神、遍摄天），既具有（有相的）自然神格，又具有（有相的）超自然神格。

婆楼那的"有相自然神格"是他在天上人间的庄严形相和神圣功行的集中反映：婆楼那头戴金色斗篷，身披金色长袍，庄严地端坐在天界的最高层。围绕着他有他一队精干敏捷的"神探"在侍候。他们为主神婆楼那准备了由数匹神驹牵引的华丽彩车，随从他在宇宙间巡回视察世间生物的一切活动。婆楼那是支配自然规律的主宰。他开天辟地，让天地按他的法令一上一下各自分开。是他为太阳修筑了一条宽广的运行轨道，让太阳按照他的指令在太空中回旋转动。他规定月亮只在夜晚放光照耀，规定遍布高空中的星群要在黑夜出现，白昼消散。婆楼那还把火置于水

域,把太阳吊在空中,把苏摩(树)栽在岩壑。婆楼那同时是主管
道德法理的主神,因而受到在众神之上的尊敬和赞扬。他严肃地
贯彻"赏善罚恶"的原则。他加庇、保护皈依他的信众,用智眼关
照他们,鼓励他们举办祭典,祈祷天地神灵,赐给他们前来婆楼那
神宫共享圣食的恩典。那些真正实践婆楼那神谕的苦行者有望
未来在他的世界亲自瞻仰天国乐园的二大主管——婆楼那、阎摩
王。婆楼那痛恨犯罪者,对破坏他的法令的人尤为恼火,要给他
铐上桎梏。不过,知罪悔过者也会获得婆楼那的饶恕,免受惩罚。

　　婆楼那是一位超验大神,一身体现"有相自然神格"和"有相
超自然神格"。这就是一体二相、二相一体的哲理。歌颂婆楼那
的6支神曲中,有的神曲侧重写他的有相自然神格,有的神曲重点
写他的有相超自然神格。下边所引的《婆楼那赞》便是从一个侧
面描写婆楼那的有相自然神格。

《婆楼那赞》
(Varuṇa,包拥神赞)

(《梨俱吠陀》第 7 卷,第 86 曲,共

8 个颂。作者为最富仙人,Vasistha)

1.　　　　依彼大威德,众生获知觉,

　　　　　亦缘彼主持,宇宙分乾坤;

　　　　　穹苍广无际,繁星耀其间;

二者及大地，俱因彼展开。

2.　　　　且我乃如此，对自己说言：

我将于何时，融入婆楼那？

如何我祭品，始获彼欣赏？

何时我快乐，感受彼慈祥？

3.　　　　婆楼那！

请问该过失，我欲知其详。

往谒众智仙，恳赐我启示；

智仙告诉我，竟乃同一事：

"是此婆楼那，因汝而恼怒。"

4.　　　　请问婆楼那，何罪为最大？

礼赞者朋友，汝欲诛之乎？

伏祈对我说：

神明具自力，绝难被蒙骗！

我清白无过，渴望敬礼汝！

5.　　　　伏祈汝赦免：父辈之罪业，

及我等自身，所犯诸过失。

国王请释放，最富大仙人；

如劫畜盗贼，如脱绳小犊。

6.　　　　此非我本意，而是有诱惑，

酒浆与恼怒，骰子及非心；

　　　　　　　　复有老一辈，误导年轻人。

　　　　　　　　即使是睡梦，矫枉亦徒然。

7.　　　　　　　我清白无罪，愿如一奴隶，

　　　　　　　　诚心来服侍，慈爱盛怒尊。

　　　　　　　　至上提婆天，让无知者变为有知；

　　　　　　　　更大睿智仙，让机敏者迅获财富。

8.　　　　　　　婆楼那！

　　　　　　　　依自威力者，愿此颂神赞，

　　　　　　　　完美复动听，印在汝心上。

　　　　　　　　让我等获得财富！

　　　　　　　　让我等善用财富！

　　　　　　　　求汝赐福祉，长久护吾人。

　　提要：本曲共有 8 个颂，首先歌颂婆楼那（包拥神）创造宇宙，划分天地的广大威力。信徒们举办祭典，向婆楼那顶礼祈祷，奉献祭品，虔诚地默愿有朝一日在心灵上融入婆楼那的清净超验神境。婆楼那被尊为道德伦理的维护神，有绝对的神权，在天上人间实施赏善罚恶、护正驱邪的准则。信徒们请教他如何可以忏悔免罪，何日可以获得他赐予财富的恩典。

　　以下按颂序逐一解说：

　　颂 1：知觉：即意识，意谓婆楼那既创造了物质世界，又创造了精神世界——意识。分乾坤：宇宙本来浑然一体，婆楼那妙施幻

术(摩耶,māyā),使之分成两半,一半在上为天,一半在下为地。二者:指穹苍(天)与繁星(空间),意即天、空、地三界俱由婆楼那创造。

颂 2:我:指信徒们,自言自语,暗示对婆楼那的祈求。融入:悟入、进入,意即达到与婆楼那同一的境界。欣赏:享受、享用祭坛上的美味供品。快乐、感受:前者是果,后者是因;意谓由感受到包拥神的慈祥和庇佑而获得快乐。

颂 3:(从颂 3 至颂 7 重点写信徒向婆楼那神乞求赐福、赦罪。)过失:指违反婆楼那神规的行为。智仙:精通吠陀的智者、具有吠陀知识的仙人。同一事:众智仙同说婆楼那因我有过失而生气的事。恼怒:即婆楼那因信徒违背其教导而引起的恼怒。

颂 4:罪:主要是指不信或背离婆楼那法规的罪。礼赞者:敬礼、赞叹婆楼那神德的人,是朋友,是善人;他犯了罪,但愿忏悔改过。这样的朋友似应受到婆楼那的宽容与饶恕,而不应把他诛灭?自力:自身内在的超验智力。婆楼那具有这样的智力,所以明察秋毫,明辨是非,赏善罚恶,不受反对婆楼那法规者的蒙骗。无过:没有背离或反对婆楼那神谕的过失。婆楼那信徒在此表白:众智仙虽一致说婆楼那因我而生气,但我自问清白无过,因为给婆楼那叩首顶礼,献花上供,始终是我强烈的愿望。

颂 5:赦免:请求婆楼那宽恕两种罪:一是吾人父辈所犯之罪,二是吾人自己所犯的过错。国王:世友王(吠陀传说中的一位圣王)。关于世友王(Viśvamitra)与最富仙人(Vasistha)的关系,据吠陀传说,(1)世友王一日往访最富仙人的静修林,见仙人的牛栏里有一群乳牛。提出愿以巨额财宝换取仙人的母牛群。最富仙人拒绝了世友王的要求,后者因此生气,欲以强力来夺取母牛群,结果引起他与最富仙人之间一场长时间的斗争。本颂作者似在劝世友王放弃与最富仙人的斗争。（2）世友王出身于婆罗门教的第二种姓刹帝利（Ksatriya,武士族）。为了要取得像最富仙人那样的智慧与神通,他舍弃王位,出家专修苦行。苦修结果,他成功将自己的刹帝利种姓改变为婆罗门种姓,取得王仙、大仙、婆罗门仙的系列神圣称号;同时悟入和最富仙人一样的神秘境界,成为名正言顺的"世友仙人"。《梨俱吠陀》的绝大部分神曲的作者正是这二大仙人——最富仙和世友仙。颂的最后两句"如劫畜盗贼,如脱绳小犊",是本曲作者给世友王的规劝,叫他放弃与最富仙人的斗争,好让后者获得像被释放的盗贼或像脱了绑绳的小牛那样的自由。

颂6:诱惑:包括物质性和精神性的诱惑。且如酒浆、恼怒、骰子(赌博)和非心(无知),便是物质性的诱惑;老一辈人对年轻人的误导,便是精神性的诱惑。矫枉:意谓即使在梦中也难纠正上述不良嗜好和习惯。

颂7:信徒在此宣誓:衷心愿如奴隶那样忠实、殷勤来侍奉慈爱的、同时盛怒的尊神婆楼那。尊神的慈爱是赐给虔诚信众的;尊神的盛怒是对不信不敬尊神者的谴责。睿智仙:婆楼那的别称。机敏者:是指那些既有对婆楼那的信仰,又有处理纷繁俗务的精明的信众。

颂8:信徒在这最后一颂中,热烈赞叹婆楼那威力广大,同时,再次请求婆楼那惠赐财富与福寿。

Āditya

（阿迭多）

　　Āditya（阳性名词）是 Aditi（阴性名词）派生的另一词式。Aditi，音译"阿迪娣"，意译"无缚女神"，或"自由女神"。她是宇宙神工"德萨"（Daksa）的女儿，是日光神摩刹支（Marici）后代迦叶波（Kaśyapa）之妻，生有数子。Āditya，音译"阿迭多"，意译"阿迪娣之子"或"无缚女神之子"。Āditya 常作复数使用，表明阿迪娣所生的儿子，不止一个。《梨俱吠陀》里，有的神曲描述她有 6 子（RV. II. 27），有的写她有 7 子（RV. IX. 114. 2），有的讲她有 8 子（RV. X. 72）。然而，她 6 子的名字比较常引在有关神曲中。他们是：密多罗（友爱神）、阿利耶曼（友伴神）、帕伽（机敏神）、婆楼那（包拥神）、德萨（天鲁班）、庵娑（配给神）。

　　《梨俱吠陀》里，有 6 支歌颂阿迭多（Āditya）神组的神曲。兹选译其中之一于后：

《阿迭多赞》

　　（《梨俱吠陀》第 2 卷，第 27 曲，共 10 个颂。

　　作者为吉利森摩达，Krtsamada）

　　1.　　　　　是此醍醐飘香的语言，

　　　　　我如常献与高贵的阿迭多。

　　　　　伏祈:密多罗、阿利耶曼、帕伽、

　　　　　强大的婆楼那、睿智的庵莎,

　　　　　赐聆我等祈祷!

2.　　　　密多罗、阿利耶曼、婆楼那,神功丰硕;

　　　　　今天,敬祈驾临,欣赏我此颂歌。

　　　　　阿迭多神组:

　　　　　圣洁、净化、正直、无过失、无伤害!

3.　　　　阿迭多神众:广大,深远;

　　　　　无有束缚,但行束缚。

　　　　　是诸神天眼:洞见凡人内心;

　　　　　明察世间善恶,离近神祇。

4.　　　　阿迭多神队:

　　　　　总摄一切动与非动,

　　　　　是全宇宙之保护者;

　　　　　所行正确,储蓄雨水,

　　　　　坚持真理,是债务之解除者。

5.　　　　阿迭多!

　　　　　让我知道:汝之保护乃危险中安全因素。

　　　　　阿利耶曼、密多罗、婆楼那!

让我凭汝指教免犯跌入深渊之罪。

6. 阿利耶曼、密多罗、婆楼那！

汝之道路，毕直畅通，途无荆棘，便利行走。

阿迭多神组，仁慈示知：

赐给我等永不消失的福乐！

7. 阿迪娣，高贵儿子之母！

请将我等安置在怨恨之外。

敬祈阿利耶曼领我等走顺畅的好路。

我等平安无事，子孙满堂，惟愿得到：

伟大密多罗-婆楼那的欢乐！

8. 阿迭多总持三世界、三重天；

举行立三誓愿之祭典。

阿迭多，伟大，汝依真理故伟大；

阿利耶曼、密多罗、婆楼那，

此乃最殊胜之伟大！

9. 阿迭多：壮严现相，

以光芒耀眼、水淋净化的黄金饰物；

不瞌睡、不眨眼、威严无畏、普受赞扬；

为了世间正直者，护持光辉神圣之三区域。

10. 婆楼那！

汝乃一切众生之主宰，

无论其为天神、阿修罗或凡人。

伏恳赐予我等百岁长寿,获得享受:

一如古仙享受味犹甘露之生活。

提要:本曲《阿迭多赞》(Āditya)原有 17 个颂,这里选译其前 10 个颂。全曲内容是作者采取信徒式的态度,选用如仙乐奏鸣、人天共赏的吠陀赞美诗来歌颂阿迭多 6 大神。6 大神中,婆楼那、密多罗和阿利耶曼(Aryaman)显得较为重要;而这 3 神中又以婆楼那为首席主神。有时候,6 神的母亲阿迪娣(Aditi)或因陀罗从别的神曲来加入阿迭多神组。

在吠陀神谱上,有若干表示集体的神组名;例如本曲 Āditya (阿迭多神组,由 6 个神组成),Maruts(摩鲁特神队,有 21 个暴风雨神成员。RV.Ⅰ.35),Āpah(阿波诃神组,诸水之母。RV.Ⅰ.49)。还有表示二神一组的名字,如 Aśvins(藕生神、双子神。RV.Ⅶ. 71),Dyāvā-Pṛthivī(天地二神,RV.Ⅰ.160)。在集体神组名字中, Āditya 由于有神级高的大神婆楼那加入,似乎显得比较重要。

如下,按本曲颂序解说:

颂 1:此颂特写信徒以醍醐飘香似的美妙颂诗献给阿迭多神组成员——6 位高级大神,并礼请他们一同莅临、聆听、欣赏信徒的敬神歌赞。此中"醍醐"的梵语"ghṛta",亦称"酥油",一种以牛奶精炼而成的高级奶酪。其味特别醇厚,印度人常以它来祭神,即作供品。

颂 2:颂的前半部热情地请出密多罗、阿利耶曼和婆楼那 3 大神;同时恳求他们驾临祭坛听取信众对 3 神的丰硕神功神德的歌颂。颂的后半部。展示阿迭多神组全体成员(6 位大神)的神体神相的特质:圣洁、净化、正直、无过失、无伤害。此中"无过失、无伤害"是以否定模式来强调阿迭多神组的 6 位神圣成员,本自纯净,超验完美。

颂 3:颂的前半部,赞叹阿迭多神组全体神员(6 大神)的神体:无限广大,深远无际! 颂的后半部阐述 6 大神的神相——由神体幻现一个肢体完整的超验性"化身",故能以天眼洞见人心,明察众生的善恶活动。颂中"无有束缚",是说神体本然自在,绝对圣洁。"但行束缚"是说神体幻变的"化身"以神通改造世界、教化众生。"离近神祇",离,谓背离,不礼敬神祇,是不善的行为;近,谓主动亲近神祇、礼拜神祇,是善的行为。这句话示意:人们,尤其是信徒,应时常近侍神祇,不要离开神祇;因为"近神祇"与"离神祇"是善与恶的分界线。

颂 4:本颂展示阿迭多神队护世教人的伟大而神圣的形象。"总摄一切动与非动":总摄,意即"总包括、全面保护";"动"是生物世界,"非动"是物质世界。"储蓄雨水":寓意阿迭多神队,旱灾时,普施雨水;涝灾时,调控雨水;从而让农民旱涝二时都得到好收成。

颂 5:颂中"安全因素":意谓信徒们相信阿迭多神队在他们遭遇危险时不受伤害的安全保证。"深渊":意指巨大的困难、困境。

颂 6:此颂凸显阿利耶曼、密多罗、婆楼那 3 位大神,赞扬 3 神指明信徒们应走的好路。"仁慈示知":是说阿迭多神组告诉信众,走 3 大神所指出的好路,就等于阿迭多神组赐给他们永恒的幸福。

颂 7：此颂叙述阿迭多神组（6 神）的母亲阿迪娣（Aditi，无缚女神）到来加入该神组，和她的儿子们一起下凡，共做教化众生的工作。"高贵儿子"：就是该神组的 6 位大神。"怨恨"：即是烦恼、精神上的困惑。"安置在怨恨之外"：寓意恳求阿迪娣女神帮助解决精神上的苦恼。"顺畅的好路"：意即请阿利耶曼提供解决困难的好方法。

颂 8：信徒们以高度的热情和敬意来歌颂阿迭多神组伟大而神奇的业绩——总持三世界、三重天、举行立三誓愿的大祭典。"三世界"：吠陀仙人、神学家、哲学家，猜测宇宙的背后存在一个万能之神。此神创造了宇宙，宇宙分为三界，即天界、空界、地界。这就是三世界（RV. Ⅷ. 10.63；Ⅸ. 91.6）。"三重天"：吠陀仙人们又猜测天、空、地三界，每界有三重，即三重天界、三重空界、三重地界（RV. Ⅰ. 108.9；AV. 4.53.5）。"三誓愿"：是说阿迭多神组在祭典上立下保卫三世界、三重天的誓言。"真理"：原文 rta，意即客观规律、客观真理。

颂 9：描写阿迭多（6 位大神）以净化的黄金饰物装饰着的庄严形相，赞扬 6 大神不辞辛劳，为世间虔诚的信众维护神圣的三区域（三世界的存在）。

颂 10：本颂单独颂扬超级大神婆楼那为一切众生之主宰。这似乎反映婆楼那乃阿迭多神组的首席主神。"味犹甘露"：甘露，原文 amrta，意即"不死、不灭"，表示瑜伽行者超验性的精神境界。但它的俗谛意义，却是一种具有神奇效应的稀有饮料。印度宗教传说，凡人饮后，可获长生不老的福寿。

苏利耶

（Sūrya，太阳神）

《梨俱吠陀》约有 10 支有关苏利耶（太阳神）的神曲。苏利耶（太阳）这个名字反映着太阳的运行轨道。吠陀诗仙人格化太阳为自然之神——太阳神，使之成为吠陀神话的阳神家族中最具自然神格的一员。太阳神自身的光是与所有带光的神和物相关联的。太阳神的这一特点深深刻印在诗人的脑门上，从而形成了激发他们创作太阳神话的物质基础和思想源泉。最突出的例子是，苏利耶与乌莎（Usas，黎明女神）的关系。乌莎是生产苏利耶的母亲。苏利耶躺在乌莎怀里，并由此放出他的太阳光照。有时候，乌莎又被说成是苏利耶的妻子。但据另一则神话，苏利耶的父亲是蒂奥斯（Dyaus，天父、天帝），母亲是阿迪娣（Aditi，无缚女神）。苏利耶因此得到一个属于母亲的名字"阿迭多"（Āditya），意即"无缚女神之子"。苏利耶作为一位善神，天然地具有这样的神圣责任与作用：他的太阳光是为支持、保护天上人间所有神性的和非神性的众生的存在而释放的普照；同时，以其超高温的万道神光消灭世界的黑暗，消灭生物界的疾病。这在神曲中有很形象的表达：苏利耶把黑暗现象当作一张兽皮卷起来，然后把它抛进大海。

在一些神曲中，苏利耶还被塑造成不同的形象，如说苏利耶是一只在空中飞翔的血红色飞鸟，或是一只雄鹰；或说苏利耶是一头白斑点的公牛，或说是乌莎女神带来的一匹骏马。另有神曲把苏利耶作为无生命的物体来描写，如说苏利耶是空中的一颗宝石,或一块镶嵌在天庭中央的斑驳陆离的彩石。

至此,请读下引神曲《苏利耶赞》:

《苏利耶赞》
(太阳神赞)

(《梨俱吠陀》第 7 卷,第 63 曲,共 6 个颂。

作者为最富仙人,Vasistha)

1.　　　　至善福乐神,一切遍照见,

太阳苏利耶,人类所共有。

友天与水天,二神之眼睛;

扫除诸黑暗,如卷一兽皮。

2.　　　　人类唤醒者,正从东升起,

太阳巨旌旗,招展高飘扬。

如同一独轮,欲令其运转;

套讫伊陀娑,牵引此独轮。

3.　　　　放光神升起,是自乌莎怀;

歌唱家祝颂,欣然生欢喜。

在我面前者,似即朝暮神;

此神不损坏,共同之规律。

4.　　　　　天中央宝石,远照随升起;

目标极遥远,迅行复放光。

今愿苏利耶,唤醒世间人,

从事众劳务,实现其目的。

5.　　　　　该处不死者,为彼筑道路;

彼如一雄鹰,循其路运转。

友天与水天,太阳正升起,

吾人备供品,敬献汝二神。

6.　　　　　今恳密多罗,水天友伴神,

赐我及子孙,宽广之空间。

愿求我道路,平易复通畅;

祈汝施福祉,永远佑吾人。

提要:本曲是歌颂苏利耶(太阳神)10 支神曲之一,有 6 个颂,似乎是对别的神曲对太阳神描写的复述与补充,但它也有它的特色。作者在第 1 颂中便开宗明义点出太阳的光辉遍照三界,为人类所共有,为人类所共爱。接着,强调苏利耶与其两位神友的密切关系:友神密多罗是他的眼睛;水天婆楼那也是他的眼睛(神圣的智眼)。苏利耶与黎明女神乌莎的关系是最令人感兴趣的。按本曲颂 3,太阳(苏利耶)是从乌莎怀抱上升中天,放光普照;这就是说,乌莎与苏利耶之间存在着母子的"血缘"关系。此外,作者列举若干有重要意义的事物来比喻太阳神的金光形相。其中最突出的比喻是说太阳像卷一张宽大的兽皮,把世间的黑暗统统卷走。本曲的结尾颂(颂6)是信徒们向三位神明祈祷,乞求赐予恩典,让他们子孙满堂,长享福寿。三位神明是:密多罗(友神)、水天(婆楼那)、友伴神(Aryaman,阿利耶曼)。关于阿利耶曼,资料甚少,没有单独描写他的神曲,但他在天界的一些零星活动,似乎反映他有双重神格,即"友伴神"和"至圣神"。他的友伴神格,表现在他善于和别的天神做朋友,尤其是他经常与密多罗或婆楼那一起现身于天上人间的一切与神有关的神圣场合。他的至圣神格,表现在显示出他的太阳神的原形(苏利耶)。因此,这个颂所谓三神明,其实就是密多罗、婆楼那和苏利耶三大神。

以下按颂序逐一讲解:

颂1:本颂首先歌颂三大神:太阳神苏利耶、友天密多罗、水天婆楼那;同时凸显三神间的密切关系:太阳是密多罗和婆楼那之眼睛。太阳神扫除世间一切黑暗,就像卷走一张巨大的兽皮。

颂2:本颂用独轮来比喻太阳的形象。"如同一独轮":太阳的形象如同一个独轮。"伊陀娑"(Etaśa):拉太阳独轮的神马名。意谓如同独轮的太阳是靠伊陀娑神驹牵拉而运转。

颂3:本颂讲太阳苏利耶与乌莎和朝暮神的关系。放光神:指太阳苏利耶。乌莎:黎明女神,太阳神的母亲。从她的怀抱里,太阳出来,升空放光。这表示苏利耶与乌莎的子母关系(一说乌莎是苏利耶的妻子。RV.Ⅶ.75.5)。朝暮神(Savitr,莎维特利):此神有两个特征:(a)他是太阳在清早东升前的晨曦;(b)他是太阳在黄昏没落后的余晖、暮色。其次,朝暮神的光源是太阳,故苏利耶的母亲,也是他的母亲(乌莎)。歌唱家:指唱诵吠陀神曲的祭司,祝颂太阳神和朝暮神,令生欢喜及欣赏。我:太阳神。规律:自然规律、神的法规、神谕。

颂4:本颂用宝石来比喻太阳。宝石:在吠陀诗仙看来,太阳就是一块宇宙宝石,绕着地球,回旋光照。"远照随升起":此中"随"字,表示太阳的"远照"与"升起"是同时的。"目标极遥远":目标,即是太阳光的射程终点;极遥远,意谓太阳光的射程是没有终点的。

颂5:本颂以雄鹰来比喻太阳。"该处不死者":该处,似指太阳升起的方位,或神群集中所在地。不死者:梵语有两个词,一是marta,意即"有死者、死者、凡夫";一是amarta,意即"无死者、不死者、天神"。这里的"不死者"正是泛指众天神,如密多罗(友天)、婆楼那(水天)、阿利耶曼(友伴神)等。这些天神曾为太阳修筑运行的道路(轨道,RV. Ⅶ.60.4)。彼:即太阳。正升起:意指太阳正从东方升起的时候。"敬献汝二神":汝二神,即友天与水天。意谓汝二神,曾参加为太阳修筑运行轨道的工程,信众因此在太阳正从东方升起时,特设斋供献与汝二神,以示衷心的感激。

颂6:这是结尾颂,信徒们再一次请求三神赐福。"今恳密多罗,水天友伴神":密多罗(友神)、水天(婆楼那)、友伴神(阿利耶曼)共三明神。信徒们再次设斋献与此三明神,恳求慈爱加庇,赐给我们、我们自己,和我们子孙后代以广阔的生存空间。我:(复数)我们(信徒们)。汝:(复数)三大神(友神、水天、友伴神)。

莎维特利

（Savitr，金体神、朝暮神）

莎维特利（Savitr）是吠陀神谱上的一员重要的阳神。他在《梨俱吠陀》里占有 11 支歌颂他的完整的神曲；此外，还有不少描写他的分散颂诗。他的最突出的、最鲜明的形相是一位金色之神；因而有好些适用于他的称号，如说他是金眼神、金手神、金舌神等。他的座车是全金的，由两匹或多匹白足神马拉动。他常乘此车巡行在上下两条道路上，观察尘寰界下的一切众生。他具有极其壮丽的金色光辉，遍照着天、地、空三界。他高举他的强有力的、伸展到地球四端的金色双臂，用以唤醒和祝福所有生灵。莎维特利的光源是苏利耶（太阳、太阳神）。二神同是从东方释放他们的光芒。不同的是，苏利耶的光照是在白昼，莎维特利的光则出现在早晨和黄昏这两个时分；因为莎维特利既是太阳早晨升起前的微明，又是太阳黄昏西下后的余晖。莎维特利也因此获得"朝暮神"的称号。从二神的活动范畴来看，苏利耶与莎维特利是"一神二相"，即同一神的两个表现形式。因此，在形相上，二神似有区别；但在神体上，二神则无法截然分开。莎维特利是一位伟大的善神，恪守宇宙规律，令别的许多神服从他的领导，没有敢于违抗他意志的人和神。他慈爱地保护善良的群众，帮助他们断除噩梦干扰，保持清白无罪；在这同时，他打击妖魔鬼怪，消灭坏人坏事，为信众创造良好的生活与静修的环境。这就是为什么一首专门歌颂他的颂诗（RV.Ⅲ.62.10）成为印度教徒早祷的主要内容之一,流传近三千余年。

Savitṛ 一词,由词根"√Su"(刺激)派生而成。在不少场合,伴有 deva(天神)与之组合为一复合词,意为(生命、宇宙)刺激之神、创造者。在后吠陀,Savitṛ 就是太阳和湿婆神(Śiva)的代名词。

兹从 11 支歌颂金体神的神曲中选译 1 支《金体神赞》于后:

《金体神赞》
(莎维特利赞)

(《梨俱吠陀》第 1 卷,第 35 曲,共 11 个颂。

作者为金塔仙人,Hiraṇyastūp Āṇgirasa)

1.　　　　我为获福祉,首先求火神;

　　　　　我为得援助,在此求友天-水天。

　　　　　我求司夜神,让世界安息;

　　　　　敬祈金体神,赐予我恩惠。

2.　　　　莎维特利神,乘其金色车,

　　　　　驾驶且穿行,阴沉黑空间;

　　　　　降临来观察,诸有众生界,

　　　　　死与不死者,俱令得安息。

3.　　　　提婆踩下道,彼从上道走;

尊者逍遥行,乘其二神骏。
莎维特利神,驾临自远道;
为扫除一切,难除诸障碍。

4.　可敬金体神,圣光遍照耀,
披起黑夜空,拥有诸威力;
登上最高大,宇宙型神舆,
珍珠所庄严,复饰以金针。

5.　彼之二骐骥,微黑足白色,
拽动五彩车,插上金旗杆;
巡视人世间,诸有众生界,
永恒安住在,金体神怀里。

6.　金体神怀抱,三层天之二;
一层摭拾人,在阎摩王国。
如车轴两端,不死居其中。
愿明斯理者,于此间宣说。

7.　神鸟展美翅,环视中天界;
阿修罗善导,感应尤深化。
太阳今何在?谁复得知之?
苏利耶光照,照到何天界?

8.　　　　大地八山峰，七河三荒原，
　　　　　以及众星座，彼俱视察已。
　　　　　莎维特利神，金眼者驾到，
　　　　　赐予其信众，所求诸财宝。

9.　　　　莎维特利神，活跃金手者，
　　　　　巡行天与地，介于二界中，
　　　　　祛除诸病疫，引导苏利耶；
　　　　　穿越黑气层，直上天碧落。

10.　　　金手阿修罗，神明善指引，
　　　　　仁慈复慷慨，光临至此间；
　　　　　赶走罗刹鬼，降伏妖魔怪；
　　　　　被赞颂之神，朝暮色升起。

11.　　　莎维特利神！
　　　　　　　汝之古道路，位处中天界，
　　　　　　　修筑最完善，洁净无尘垢。
　　　　　　金体提婆天！
　　　　　　　今日恳求汝，沿斯易行路，
　　　　　　　驾临赐我等，保护与庇护。

　　提要：本神曲共有 11 个颂。颂 1，是一首归敬颂（也是开章颂）。作者在阐述全曲之前，先在第 1 颂向有关神明致敬，祈赐智

慧和加庇。颂 2 至颂 9,作者细致地描述金体神以其金色神通利
乐众生的神圣活动。其中主要的有:(a)金体神乘其金色座车遍巡
天上人间,穿过黑暗空间,扫除黑暗,恢复光明;(b)运用神力降伏
妖魔,驱逐鬼怪,为众生创造安宁、安息的舒适环境;(c)引导人间
寿终逝世者的亡灵随火神阿耆尼前往阎摩王国安居享乐;(d)接
受信徒们的恳求,赐予他们保护与福乐。

以下按颂序逐一解说:

颂 1:这个颂的形式似是一个"归敬颂"或"开章颂"。作者在
写颂的正文内容之前,先向有关神明或前辈仙人、诗人、智者行礼
致敬,祈赐智慧与帮助。本颂所举受归敬的对象是五位神明。他
们是:火神(Agni,阿耆尼)、友神(Mitra,密多罗)、水天(Varuṇa,
婆楼那)、司夜女神(Rātrī,罗娣莉)、金体神(Savitṛ,莎维特利,朝
暮神)。金体神被列为五神的最后之神,其寓意似暗示金体神莎维
特利是本神曲的主角,他在天上人间一切神圣活动中,将会获
得其他四位神友的协助与合作。

颂 2:本颂讲金体神的第一个重要活动。金体神莎维特利乘
坐自己的金色宝舆,黑夜巡行,观察诸有众生,死与不死者,并为
他们提供安息的环境。诸有:即天、空、地三有,也就是所谓三界
(这是婆罗门教神话里的三界,不是后来佛教说的欲界、色界、无
色界的三界)。死:mṛta,有死者,即世间凡夫。不死者:amṛta,非
有死者,即天界神仙、天神。众生界:包括天上人间一切生物界
(有死和无有死的众生)。

颂 3:本颂写金体神骑两匹神驹绕着太阳跑。"提婆踩下道,
彼从上道走"。提婆(deva):泛指一般天神。彼:即金体神莎维特

利,在这里又称为"尊者"。上道下道:似指太阳在空中运行的轨道,分为轨道上和轨道下。颂意:一般天神走在太阳轨道下,尊者莎维特利乘着两匹神驹从太阳轨道上跑。扫除"难除诸障碍":意谓即使难以清除的障碍,金体神也能以其神光扫除干净。

颂 4:颂的前四句:金体神的圣光遍照世间,又以其无限神奇的威力,把整个夜空托起来,披在身上(像披一件巨大无边的斗篷)。颂的后四句:金体神的金色座车,车型宏大犹如宇宙;珍珠金针所装饰,庄严华丽,人天赞羡。

颂 5:写金体神乘其二神驹拽动的五彩车,巡行观察三有众生界,并令后者:"永恒安住在,金体神怀里"。这个句子的含义,是把金体神的神体(怀抱)哲理化,并拔高为一个超验式的抽象宇宙容器,能够统摄、储存宇宙三界一切生物和非生物。

颂 6:上一颂,即颂 5,讲了金体神的神体"怀抱"哲理化为宇宙容器。在这颂 6 里,则进一步阐明储存在这个宇宙容器内三界众生的具体情况。"金体神怀抱,三层天之二。"三层天:即天、空、地三界;之二:即天界、空界;这二界正是储存在金体神的宇宙容器(怀抱)中。其次,"一层摭拾人,在阎摩王国。"这里"一层"是三界中的地界、凡夫界。摭拾,意即收集、集合。人,即人世间的凡人,尤指凡人死后的亡灵。意谓地界是专门收集世间凡人死后亡灵的场所,而这个场所就在阎摩王国;也就是说,这个亡灵聚集的场所是由阎摩王掌管的(在吠陀神话里,阎摩王国并不是所谓地狱。地狱这个概念是后吠陀时期形成的)。车轴两端:喻指空界与地界;在这二界的中央地带居住者是不死的神仙们。此间宣说:意即在这个世间宣传本颂所阐述的道理。

颂7:本颂至颂9,专讲金体神与太阳苏利耶的关系。"神鸟展美翅,环视中天界。"神鸟:喻即金体神,亦即金体神的化身。中天界:即空界(大气层),是天界与地界的中间区域。意谓金体神化身为神鸟在黑夜中绕着中天界回翔视察。"阿修罗善导,感应尤深化":"阿修罗"(Asura),在早期吠陀,是善神;到了吠陀的后期变为恶神、魔神,常给善神制造障碍。这里称金体神莎维特利为"阿修罗",表明前者是早期吠陀神话中善神之一。善导,是说金体神在黑夜指导太阳继续循其轨道运行。"感应尤深化":意谓金体神莎维特利,有求必应,即迅速回应祈祷者的请求,做到"神人合一"的境界。"照到何天界?":信徒请问:天、空、地三层天界中,太阳在黑夜里照射到哪一层天界?

颂8:(吠陀传说)地球有八大山、七长河、三大荒原及众星座。金眼者:莎维特利神的一个称号。

颂9:描述金体神在天地二界中央的空界所做各项利乐有情的活动,以及引导太阳穿越夜空的黑暗回归天上。金手者:是金体神的一个称号。二界中:介于天界与地界的空界(大气层)。

颂10:讲述金体神下凡降伏妖魔鬼怪的战斗。"金手阿修罗":是对金体神的尊称。金手:是金体神的称号,这里作为"阿修罗"(最高之神)的形容词或定语,组成一个复合词"金手阿修罗"(金手最高之神)。此间:即此世界、凡夫世界、人世间或泛指天上人间。罗刹鬼(Raksas)食尸鬼,一类专食人间死者尸体的恶鬼。朝暮色:金体神的具体形相,事实上就是"晨曦"(太阳东升前的微明)和"黄昏"(暮色,太阳西没后的余晖)。所以金体神的具体形相只在"朝暮"这两个时辰出现(升起)。

颂 11：似是一个总结颂，总赞金体神所居的圣地中天界，和他允予信徒们以保护和庇护（有辩护、袒护、支持之意）。中天界：即天地的中间区，空界。提婆天：提婆意即天、天神；"提婆天"，是梵汉混译，实际含义，就是"天神"。

补善

（Pūsan，育生神）

　　《梨俱吠陀》有 8 支歌颂育生神补善的神曲。其中 5 支集中在第 6 卷里。这些神曲对补善形相的描写是模糊的，对他的拟人化的具体特点也表述得很少。只是简单地提到：补善有一足、一右手、一头辫形头发，蓄着络腮胡子；随身携带一根金矛、一个锥子和一头山羊；他的座车是由山羊牵动，而不是马匹。他的食物很特殊，是燕麦和牛奶混合制成的稀粥。

　　补善神在天上人间主要的"育生"活动：补善是他自己母亲的求爱者，是他自己妹妹（黎明女神）的情人；他又被神群送去做太阳淑女苏莉娅（Sūryā）的丈夫。他常为人们主持婚礼，按神曲（RV. X.85）规定的结婚仪式进行。补善是太阳苏利耶的通讯员，他利用他驾驭的金色空间飞船来做这一通信工作。他是一位保护神，在向前活动的同时，能够观察整个宇宙，了解一切众生，并且在天上建立自己的宫室。作为御者队伍中的最优秀的御者，他驱动太阳的金轮向下运转。他横穿分隔天地的远道，而来回于天地二界中所建立的豪华殿堂。他引导人间死者的亡灵走上自己祖先走过的黄泉路。补善也是一位护路神，负责清除道路上的种种险阻，因而被誉为"救苦难之子"。他随护家畜，带领它们平安回家，同时把其中掉队的追赶回来。他的慷慨情怀备受称赞；"仁爱悲悯"，是他的"育生"神性特征之一。

　　下面录引的《育生神赞》是一支反映他这种"仁爱悲悯"的特

性的典型神曲：

《育生神赞》
（补善赞）

（《梨俱吠陀》第 6 卷，第 54 曲，共 10 个颂。

作者为婆罗多力仙人，Bharadvaja Bārhasptya）

1.   补善！

                请让我等，联系学者，

                彼将直接，教导我等；

                彼将说出：正是此处。

2.   请与补善，一同前往；

                彼领我等，来到兽屋，

                彼将指出：是此兽屋。

3.   补善车轮，不受破坏，

                车上水桶，不会坠落，

                车之轮辋，不会摇晃。

4.   他以供品，向彼敬礼；

                补善不会，将他忘记；

他为第一,得财富者。

5.　　　　　惟愿补善,随我牝牛;

惟愿补善,护我马匹;

惟愿补善,为我夺战利品。

6.　　　补善!

斋主为汝,榨取苏摩;

我等对汝,唱诗赞扬。

请汝去看护,我等之母牛。

7.　　　　　一牛不失,一牛不伤;

无一堕坑,皮损骨折;

如是牛群,安全来归。

8.　　　　　我等亲近,补善明神:

彼在倾听;保持警觉,

无失财产;复善理财。

9.　　　补善!

汝发誓愿,利乐有情;

我等藉此,永免伤害。

我等在此,对汝赞扬。

10.　　　　　惟愿补善，从遥远界，

　　　　　　伸出右手，卫护我等；

　　　　　　祈为我等，驱回所失。

　　提要：本曲是5支集中歌颂育生神补善的神曲之一（RV.Ⅵ.54），讲述信徒们向育生神提出各种的请求：请求育生神指教、允许他们去联系学者（意指吠陀经师、婆罗门祭司、仙人智者等），请学者们教授吠陀圣典和各种祭祀仪轨；请求育生神去视察他们牛栏里的母牛，帮助他们找回失去的母牛群；请求育生神接受他们的供养，赐予他们财富；他们还请求育生神为他们从敌人（妖魔鬼怪）手中夺取胜利品。信徒们这些真诚的请求感动了育生神，并获得育生神的关注和答应。

　　本曲共有10个颂。以下按颂序解释：

　　颂1：本颂讲信徒们受到育生神慈爱的关怀与教导，请求育生神允许他们去联系学者。学者：泛指吠陀经师和婆罗门祭司、教士。联系：意即去请老师教授经典或传授智识。此处：即老师讲学所在地（在吠陀时期，印度尚没有特设的教室，课堂是野外大树下的浓荫。老师和学生一起坐在树荫下的干地上进行讲课和听课活动）。

　　颂2：育生神应信徒们的请求，和他们一同前去视察他们的"兽屋"（实际上是牛厩，特别是牝牛栏）。

　　颂3：是关于育生神座车的特写。育生神去视察信徒们的牛厩，可能是驾驭自己的座车前往的。

　　颂4："他"，应是复数（他们、信徒们）。"彼"，即育生神。颂意,信徒们向育生神奉献供品、祈祷得到育生神赐予财富的回报。
第一:意谓首先献供者,首先获得财富。

　　颂5:信徒们在向育生神献斋上供后,表示愿望和具体的请求:(a)请育生神跟随我们的母牛,给予保护;(b)保护我们的马队;(c)请育生神为我们从被打败的敌对者手中夺取战利品。这些就是信徒们希望育生神赠予的财富。

　　颂6:本颂有两个句子,讲两种向育生神补善献供的方式。第一个句子:"斋主为汝,榨取苏摩。"此中斋主:是举办家庭祭祀的家主。苏摩:苏摩树汁(酒)。斋主榨取苏摩树酒献给育生神。第二个句子:"我等对汝,唱诗赞扬。"我等:是主持祭典的婆罗门祭司。在祭典中的祭司通常由四人组成"祭司组",共同主持祭仪(四名祭司的名称:祈神祭司、唱赞祭司、司仪祭司、监坛祭司)。这四名祭司在祭典中按祭仪程序,各司其敬神的职责,分别唱念不同章节的吠陀经文咒语,颂扬育生神的神德。斋主榨苏摩酒供神,祭司以诗歌颂神,两种敬礼育生神方式不一样,但目的完全一样——"请汝去看护,我等之母牛"。这意思是说,斋主方面有母牛,祭司方面也有母牛;两方面同时请育生神去看护两方面的母牛群。

　　颂7:母牛群在育生神关注、保护下,没有一牛遭受伤害;在放牧后,全群母牛都安全回归牛厩。

　　颂8:表述育生神补善的三点特殊神德:(a)"彼在倾听"(意即育生神在倾听信众许愿求助的声音);(b)"保持警觉,无失财产"(意即育生神时刻对其财产保持警惕性的保护,使之不受损失);(c)"复善理财"(意谓育生神像个精明的金融专家善于理财致富)。

育生神有此三德,所以吸引信众前来亲近、崇拜。

颂9:信徒们赞扬育生神的利乐有情的誓愿,使他们因此得到永恒的安宁。"我等藉此,永免伤害"。这是说,育生神利乐有情的誓愿,就是保护众生免受伤害的保证。我等(信徒)有幸也在他这个保护众生的保证范畴之内。我们(信徒)借此受益,获得永恒不受伤害的安全福乐。

颂10:信徒祈愿,请育生神下凡援助。遥远界:即远天界。右手:印度古老风尚,认为人之双手,其右者为洁净、吉利之手;反之,其左者为不洁净、不吉利之手。故凡干净物品或食品,只能用右手执持,或传递给别人。所失:指信众失去的母牛群,今请明神补善下凡,施展法力,将他们失去的牛群驱回牛厩。

乌莎

（Usas，黎明女神）

　　Usas，音译"乌莎"，意为"黎明、晨光、晨曦、曙光"。用双数时（Usasau），表示"早晨与黄昏"，或者"白天与黑夜"。有时候，Usas也单指"黄昏时分"。

　　"黎明"是自然的现象、幻象；吠陀诗仙在它消失前一刻捕捉到它，把它人格化为一位"黎明女神"，命名为"乌莎"，并且为她编造出一个浪漫主义色彩极浓的神话：乌莎出生于天国，称为天之女儿。她姿容秀美，装扮豪华，正如一个"飞天"的舞娘。她的身体是一个用之不竭的光源；上下罩着网络似的"光子"衣裳，闪耀着柔和悦目的晨光。她特别喜欢在东方展示自己倾倒仙凡的美姿。她好像刚刚在浴池里浴罢起来，全裸着她那无比皎洁的光体，娇嗔地把黑暗驱散，解下黑夜的黑袍。她始终亮着同一色彩，销蚀着人间生命。她一觉醒来便把天际照亮，把天国大门打开；她的灿烂夺目的光芒正像家畜的饲料。她把噩梦、不祥的幽灵和可憎的黑暗一一赶走。她揭开被黑暗密封着的宝藏，慷慨地把里面的珍宝全都发放。她唤醒所有生物起来活动。每当她放光照耀，鸟群立即离巢起飞，世人也去寻觅资生养料。日复一日，她出现在特定的场合，从不违反自然的规律和天神的法令。她唤起她所有的善男信女，点燃早晨的各种祭火，给神群提供良好的服务。她乘坐一辆由红色的神马或神牛牵引的、放射着彩光的辇舆，带领着神众应邀降临人间祭坛共同畅饮献给他们的苏摩神酒（红色的牛马和彩光象征着早晨的红光)。

乌莎女神和太阳族中的福生男神结婚,但太阳神同时在追求她,就像年轻男子追求妙龄少女一样,故又说她是太阳神的妻子,恪尽为太阳东升开路的妇道。然而,由于总是走在太阳之前,她偶尔也被看作太阳的母亲,携带着一个金光灿烂的婴儿。乌莎的妹妹是黑夜,同时也是她的死敌,这也是为什么姊妹俩(黎明与黑夜)常常合写成双数(Uṣāsā-naktā 和 naktoṣāsā)。祭火(Agni,火神阿耆尼)总是在清早点燃,这使得乌莎和阿耆尼的关系密切,甚至说二者是一对热恋中的情人。乌莎还有两个孪生的朋友阿须云(Aśvins,双马童),她往往一清早叫醒他兄弟俩,让他们备车载她去天外天纵情漫游。

乌莎还被塑造成一位福善的女神,庇佑礼拜她的虔诚信众,祝福他们人财两旺,福寿双全。

吠陀诗人在构想乌莎女神美丽而圣洁的形象的同时,进行了心灵上的艺术加工,写成 20 支富有美学韵味的神曲——对她的赞美诗。

兹从 20 支歌颂乌莎女神的神曲中,选引《乌莎女神赞》一曲于下:

《乌莎女神赞》
(黎明女神赞)

(《梨俱吠陀》第 4 卷,第 51 曲,共 11 个颂。

作者为爱天仙人,Vāmadeva Gautamā)

1.　　　　　此光在东方，照耀最经常，
　　　　　　脱离夜黑暗，纯洁现本相。
　　　　　　乌莎天之女，遐迩放明光；
　　　　　　愿为黎民利，开路示航向。

2.　　　　　多彩美晨妃，挺立于东方，
　　　　　　犹如祀神杆，竖立祭坛上。
　　　　　　乌莎放光照，净化尤晶亮，
　　　　　　冲击黑暗闸，砸开两扇门。

3.　　　　　博爱富仙子，今日放异彩，
　　　　　　教导开明人，施舍财与物。
　　　　　　黑色波尼怪，昏睡在梦乡，
　　　　　　堕入暗渊中，永不觉天亮。

4.　　　　　乌莎圣天女，昔日向古仙，
　　　　　　展示汝财富。古仙名字是：
　　　　　　那瓦格瓦仙，鸯吉罗大仙，
　　　　　　陀娑格瓦仙，什陀阿舍仙。
　　　　　　富有光仙姬，今日之程序，
　　　　　　为汝而安排，该是旧或新？

5.　　　　　洁净光仙子，按时套骐骥，
　　　　　　遨游诸有界，一日行程中。

乌莎在唤醒，沉睡生物界，

二足及四足，起来作生计。

6.　　请问在何处，是何古仙姬，

群神嘱支援，利普众任务？

乌莎撒银光，慢步银色路，

无异无衰老，同一难分辨。

7.　　　诚然，

是诸乌莎仙，曾示善吉祥，

光辉助人者，真理性真实。

辛勤主祭司，遵此办祭典，

诵经唱赞歌，立即获财富。

8.　　绰约光仙子，全显在东方；

展现其自身，同样从东方。

彼从法理座，雍容觉醒起，

犹如牝牛群，放牧任自由。

9.　　同一光仙子，颜色无改变，

即使在今时，行动亦如前。

光闪闪体形，晶莹尤皎洁，

释放金毫光，黑魔被收藏。

10.　　艳丽圣天女，放光周遍照，

祈赐予我等,财富及后嗣。

我等已觉醒,向汝卧榻上;

期望将成为,英雄族父亲。

11.　　我虔诚高举,祭祀之旗帜;

乌莎天之女,伏祈光普照!

我将享盛誉,在民众当中;

天地与仙姬,佑我成斯事。

提要:本曲共有 11 个颂,作者细致地描写乌莎女神的形象。乌莎出现于东方,而永恒停留在东方。她的天然美,艳丽绝伦,天人敬羡。她的绚烂多彩的金色光波,首先冲击她"胞妹"司夜女神罗娣莉,揭去后者的漆黑夜幕;进而降伏黑妖波尼怪,收拾凶恶的黑魔。乌莎自身本然地具足精神的和物质的财富。她曾慷慨地向古仙人、智者布施财富。她现在"现身说法",以身作则,教导皈依她的信众,要高举祈祷、祭祀旗帜,创造财富,普行布施。她预言,这些信众将会因此获得荣誉与幸福的回报。

下边按颂序逐一解说:

颂 1:首先点明"此光",乃黎明女神之光,出自东方,而常留在东方。她释放第一道光束,直接射向她的"胞妹"司夜女神罗娣莉(Rātrī),冲破后者漆黑的夜幕。"脱离夜黑暗":意谓黎明(Usas)与黑暗(Rātrī)虽为同胞姊妹,但又是"有我无你,有你无我"的绝对独立的双方;光明与黑暗的势不两立。因此,随着晨光破晓,黑夜立即消失。"示航向":有二义,一是为黎民利益而指示光明的方向;一是为紧随自己之后升起的丈夫——太阳神作开路先锋。

颂 2：描述乌莎是祭坛的卫护神，喻如围栏神杆。"祀神杆"：是祭坛上的木棍或木桩。婆罗门教徒举行祭祀时，先筑一祭坛，在祭坛四周竖起若干木桩，以示对神坛的保护。黎明破晓，黑夜消失，世间万物复苏，看到了生活的曙光，获得了生命的保护伞——乌莎女神；她喻如在祭坛四周竖立的祀神杆（又叫祭杆），祭坛得到保护免受不祥和不净之物的干扰、污染。

颂 3：教导人们要乐善好施，谴责吝啬鬼波尼怪。"波尼怪，Pani"：是吠陀神话中的一种鬼怪，专门劫夺人间财富，由此引申为守财奴、吝啬鬼、不愿布施财物者。乌莎在此鼓励、表扬乐善好施的人们，而对专门损人利己的吝啬鬼波尼怪们，则予以申斥和谴责，让他们堕入黑暗深渊，永睡不醒，罪有应得。

颂 4：信众问乌莎天女，我们应以何种方式礼拜、供养你？是照你过去向古仙们献宝的方式，还是按今日之方式？"程序"：即方式、仪式。"该是旧或新"：旧，意指乌莎天女过去向古仙人献财宝的方式。新，意指现在的供神仪式。四古仙名字：那瓦格瓦仙（Navagva）、鸯吉罗大仙（Aṅgira）、陀娑格瓦仙（Daśagva）、什陀阿舍仙（Sapta-āsya）。

颂 5：写乌莎光仙子乘其神驹周游宇宙三界，唤醒各类众生起来从事劳动生产、生活。"诸有界"：诸有，即天、空、地三有，亦即三界（吠陀神学家把宇宙幻想地划分为天、空、地三界）。"二足及四足"：二足，指高级动物的人类；四足，指低级动物的四足兽类。

颂 6：讲乌莎、阿耆尼（火神）和利普（天工匠）三神之间的关系和故事。"古仙姬"：意指众古女仙中之一（乌莎）。"群神嘱支援，

利普众任务”：意谓天上众神仙嘱托乌莎女神帮助、支持利普工艺
神完成后者众多的任务，“利普”：原文是一个复数名词 Rbhus，是
吠陀神话里三个半凡半仙的神的名字。他们是：利普（Rbhu）、伐
阇（Vāja）、毗婆梵（Vibhvan）。这三个半仙，三位一体，而以利普
为首，一提利普，便包括其余二仙。诗人设想，半仙们生活在太阳
城里，是超天才的工艺家。他们的工艺作品，出神入化，几乎可与
创世工匠神的作品媲美。“众任务”：意谓利普三仙此前曾经完成
了许多神奇的任务，而现在尚有不少等待他们去完成的任务；其
中首要的一项是火神阿耆尼要求他们仿照火神的一个神杯，制作
出另外四个神杯；而它们的式样和神妙的作用，必须与火神的神
杯一模一样。利普幸运地得到乌莎女神的暗助和加庇，从而顺利
地完成这一神奇的挑战性任务。“乌莎撒银光，慢步银色路”：乌
莎（Usas），通常按名词单数变格，在本颂却是一个复数主语。这
个复数主语（Usasas）的含义相当复杂：乌莎出现，一日一个，两日
两个，如是逐日往下计算，便会出现数不清的乌莎。然而，乌莎的
光辉本相天然自在，始终如一，没有丝毫的异变，更不会随着日数
的多寡而有所增减；她每日清晨，如律现身东方，如常留在东方。
故颂曰：“无异无衰老，同一难分辨”（表述“一”与“多”的哲理）。

　　颂 7：本颂的前四句，讲乌莎从前曾因祭司主持“乌莎祭典”而
赐予祭司财物。“是诸乌莎仙”：乌莎在此是复数主语，含义同上
一颂。“曾示善吉祥，光辉助人者，真理性真实”这三句是形容乌
莎的定语，其中“真理性真实”是说乌莎的存在是真实不虚，是与
真理完全契合的。这是把乌莎的存在哲理化为超验境界。（颂的
后四句，讲现在的祭司应以过去的祭司为榜样，设办乌莎祭典，便

同样得到乌莎赞赏，获赐财富。）"遵此办祭典"：意即按过去的祭司所办的祭典来办现今的祭典。

颂 8：赞叹乌莎按自然规律出现于东方。"法理座"：符合自然规律的座位、自然规律的位置、自然规律。

颂 9：阐述乌莎的颜色，过去与现在，如一不变。"颜色"：意指乌莎的本相不受时间的不同而有所改变。"黑魔"：即黑暗的夜幕，"收藏"：即消失。黑夜随着黎明的出现，便立即消失。这也寓意，当夜黑幕暂时隐藏，但可待机（次夜）恢复。

颂 10：信徒们祈求乌莎赐予财富与子嗣。"我等"：信徒们。"向汝卧榻上"：意谓我们把卧榻安放在朝向乌莎黎明升起的方向。我们是从这床卧榻上醒觉起来。"英雄族"：即国家的将士、军官与士兵，武装部队，"父亲"：国王、将帅。

颂 11：本颂和颂 10 同说国王或将帅向乌莎女神提出愿求。"祭祀之旗帜"：是说国王或将帅礼拜乌莎女神，请求赐福时，他们所举的旗帜，不是军旗，而是"祭旗"（祭神用之旗）。

阿须云

（Aśvins，藕生神）

Aśvins，音译"阿须云"，意译"藕生神、主马双子神"，表示这是一对孪生的连体神，或二神合一的神组。在吠陀神话里，阿须云是在因陀罗、阿耆尼和苏利耶之后的一位最重要的天神。《梨俱吠陀》有 50 支专门表述、歌颂他们的神曲。在其他神曲里也常有涉及他们的章节。

阿须云是天国的孩子，他们的父母说是日光神毗伐斯瓦特（Vivasvat）和工匠神的女儿莎兰妞（Saraṇyū）。阿须云与苏利耶（太阳神）的关系很密切，说他们是苏利耶的女儿苏莉娅（Sūryā）的丈夫。苏莉娅作为新娘坐上丈夫阿须云的座车，伴随丈夫环游天地，欢度蜜月。这是一则有趣、有特色的神话；由是引生一支有关婚礼的神曲（RV. X.85）。这支神曲叙述阿须云特别关注人间天上的婚礼：在婚礼中，阿须云接受请求，使用他们的神车将新娘送回到新郎家。阿须云的妹妹说是乌莎女神，而他们的儿子说是补善（育生神）。

阿须云有一特殊的爱好，也可以说有一突出的特点，那就是他们比任何神明更加喜爱蜂蜜。他们最渴望得到蜂蜜，最喜欢食用蜂蜜。他们有一张满布蜂蜜的皮，能够从中倒出百罐蜂蜜。他们的座车是蜂蜜色的，是载着蜂蜜的；车身各部分，纯金黄色，就像当空的红太阳，金光照耀。车体分三层，车轮装三个，但它的车速比思念或眨眼还要快。此车是天国工艺神利普三半仙（Ṛbhus）特为阿须云设计、制造的。它由数匹骏马牵引，而让飞鸟或飞马来拉动,则是最经常的;偶尔,也用一头或数头水牛。阿须云驾驭着这辆神车,遨游太空,巡视人间,甚至绕着遥远的太阳环行旋转;而只需一天工夫便完成对天、空、地三界的穿越。他们著名的"宇宙环行路线"因而经常为神众所称道。

阿须云是典型的救护之神,是最迅速的灾难解救者。他也是一位典型的神医,采用药方,治疗疾病;他能使眼疾者复明,卧病者痊愈,残疾者健全。在他许多治病救人的传说中,口碑载道最多的是他曾经以大海拯救普祖(Bhuju)的故事。阿须云在天上人间所做的一切救助事情,是属于普通的和平善行,并不涉及对战争所引起的危机的解救。

阿须云虽说是天国的孩子,但他们的人格化的具体基础是什么？古来一直是个谜。现代学者提出若干解释的理论:阿须云这对孪生之神是对自然界一种半明半暗的黎明景色的展现;或者说,他们是在具体地反映旦暮二星。也有可能,阿须云是从远古的印-伊时期发展而来的。阿须云是天帝的儿子,是两名马师,骑着他们的神马遨游宇宙。他们还有一个妹妹。这则吠陀神话与宙斯的两名有名的马师的希腊神话十分相似。

兹从众多有关阿须云的神曲中选录一支《藕生神赞》于后,这是一支比较集中地和典型地反映阿须云二神形象的神曲。

《藕生神赞》

（阿须云赞）

（《梨俱吠陀》第 7 卷,第 71 曲,共 6 个颂。

作者为最富仙人,Vasistha）

1.   夜神辞其姊,乌莎晨曦仙;

     黑者为红者,让出运行道。

     我祈汝二神,富有牛马群,

     不论昼与夜,箭矢离吾人。

2. 阿须云,

     敬请来帮助,虔诚凡世人;

     驾汝二神车,运送众财物。

     疲劳与疾病,远离于吾人;

     蜂蜜嗜好神,昼夜护吾人。

3. 阿须云,

     祈祷汝二神,让驯服骏马,

     最迟于拂晓,拉车到此处。

     如时套马已,缰带系于车,

     满载众财宝,请驾此车来。

4. 人类之主,

     此是汝辇舆,内设三座位,

     满载众财物,启动在拂晓。

  真理之神!

     敬祈汝降临,神车让装上,

     所有美食品,运抵我处来。

5.　　　　汝二神明！

帮助坠动仙，解脱衰老相；

赠送给毕都，快马诛巨蟒；

营救阿特里，离开苦黑暗；

复为查呼莎，安置自由境。

6.　　　　此乃我之思，此乃我之歌；

美妙斯赞曲，欣赏请接受。

伟大阿须云！

是诸祈祷词，虔诚献给汝；

惟愿赐福祉，永远佑吾人！

提要：本曲共有 6 个颂，展现阿须云二神孪生的自然"原形"——半明半暗的自然现象；描述他们是天上的财神，神群中的首富，财物数量如此庞大，需要车载斗量；经常以此布施给其信众。他们还是神中的神医，行医全世界，为所有病人进行治疗服务。他们本身有一奇癖，着迷蜂蜜，唯蜂蜜是食；信徒们也常用蜂蜜作主要供品献给他们。

如下，按颂序逐一解说：

颂 1：本颂描述阿须云的自然现象。颂的第 1 句中的"夜"与"晨"是姊妹俩；"夜"是妹妹，"晨"是姊姊（乌莎女神）。每天清晨若明若暗的微茫光景，司夜的妹妹退出黑幕，让位于司晨的姊姊去执行施放晨曦的任务。其次，"夜"与"晨"在梵语中常作双数变格：naktosāsā（黑夜-晨曦）。颂的第 2 句中的"黑者"：是黑夜；"红者"：是太阳。意谓黑夜与白天交接给太阳让路，以便太阳按其轨道运行。颂的第3句的"富有牛马群"说明阿须云的具体财富。颂的第4句中的"箭矢"：寓意灾难、祸害。信徒们祈祷阿须云庇护免遭任何灾害。

颂2：点明阿须云酷爱饮食蜂蜜的嗜好。信徒们似乎已准备了蜂蜜，献与阿须云，同时请求阿须云用神车把财物运来；愿我们和世上群众（凡人）在你二神保佑下获得财富、免除病患。

颂3：信众祈求阿须云用骏马把财宝运到祭神的地方。缰带：系马的皮带，系在车辕之后，马便可把车拉动。

颂4：信众请求阿须云同时赐予财物和美食，并同时把财物与美食一起用马车运来。

颂5：叙述阿须云曾经帮助过的四位仙人朋友。他们是：车梵那（Cyavāna，《梨俱吠阿》第10卷，第19曲的作者。阿须云帮他转老还童，脱离衰老形相）、毕都（Pedu，阿须云的信徒，曾多次被提及因阿须云赐给他一匹能杀巨蟒的神马而获得安全）、阿底利（Atri，又名大食仙，是一位著名的吠陀仙人、诗人，写作不少吠陀神曲。据说，阿须云曾把他从苦难与黑暗中营救出来）、查呼莎（Jāhusa，阿须云的信徒，曾被阿须云从其被围困中救出来）。

颂6：信徒们最后把赞美诗和祈祷词献给阿须云，再一次祈求阿须云赐福保佑。

毗湿奴

（Visnu，遍入天）

在《梨俱吠陀》里，歌颂毗湿奴的神曲仅有五六支，因而他在吠陀神谱上所占的位置显得比较次要。这些关于他的神曲，主要描述他仅有的人格化的特征——走路时所迈的三大步，他已不是小孩，而是一个有大肚皮的青年。毗湿奴这三大步是他个性的中心特点，他就是用这三大步走完整个地球或地上的空间；他因此获得他独有的称号："走阔步者"（urugāya）和"迈大步者"（urukrama）。他三大步的前两步是肉眼看得见的，但他的第三步，即最大最高的一步则远超飞鸟所及的范围，是在凡人视野之外。他这最高的一步就像安装在天上的一只眼睛，亮光光地照耀着下界尘寰；它又是他的神堡，让虔诚的信众和神群在那里伴着他共享欢乐。毫无疑问，这三大步是寓意太阳的运行轨道，而最有可能是说太阳所通过的宇宙三大区域，即地界、空界、天界的所谓三界。毗湿奴以其神威驱使他的90匹骏马（意即90天）和这些马的四个名字（意即四季）一起像旋转的车轮那样循环运转。这是寓意阳历一年360天的循环往复。由斯看来，毗湿奴似乎原来就是太阳活动的拟人化；而太阳就是一个快速运动的发光体，以其广阔的步伐穿行整个宇宙。此外，毗湿奴是为人的存在而使用他的脚步，他把大地当作住宅授予于人。毗湿奴最突出的第二个特征是他与因陀罗的友谊，他常与后者结盟，共同与黑魔弗栗多进行战斗。在一支单独写毗湿奴的神曲里，因陀罗是唯一一位偶

尔和他在一起的另一神。另有一支神曲(RV. Ⅵ. 69)是将二神合
起来歌颂。通过与弗栗多战斗的神话,也将因陀罗的伙伴摩鲁特
(Maruts)引入与毗湿奴的联盟。因为这一联盟,毗湿奴受到一支
神曲(RV. Ⅴ. 89)通篇的赞扬。

　　下面所引的神曲《遍入天赞》正是描绘毗湿奴"三大步"的神
妙力量。

《毗湿奴赞》
(遍入天赞)

　　(《梨俱吠陀》第 1 卷,第 154 曲,共 6 个颂。

　　作者为长闇仙人,Dīrghatamā Aucathya)

1.　　　　　我今乐意说,毗湿奴神力,

　　　　　　地球上土地,彼悉丈量已,

　　　　　　空间凝聚层,构造并完成;

　　　　　　彼迈大步走,数有三大步。

2.　　　　　赞叹毗湿奴,具大威神力,

　　　　　　犹如可怖兽,出没峰峦间;

　　　　　　所迈三大步,跨度广无边,

　　　　　　遍及于诸有,一切众生界。

3.　　　　　愿我激情曲,上献毗湿奴,

山间林栖者,大步走公牛;

聚众此会场,宽广又漫长,

独自以三步,完成其测量。

4.　　　　　彼之三大步,充满甜蜜味,

持久不消失,滋滋享欢乐。

唯被独使用,智慧三方便,

总持天与地,诸有众生界。

5.　　　　　可爱彼神域,我愿能达到;

虔诚善男子,该处得欢乐;

斯人真近似,迈大步行者。

明神至上步,正是蜜源泉。

6.　　　　　汝二神圣地,我等欲朝礼;

该处牝牛群,多角复轻捷;

复有此牡牛,迈大步行者,

彼之最上步,朝下施光照。

　　提要:本神曲共 6 个颂,作者以多视角来歌颂毗湿奴和他的"三大步"的神妙功用。毗湿奴具大神力,他只迈开"三大步",便横跨整个宇宙,准确地测量天地的纵横方位。本曲的颂 6,有一半叙述毗湿奴与因陀罗之间的神交关系,表明这二神同具创造宇宙的神力。毗湿奴在神格上还有一个十分重要的特征,即他在创造宇宙的同时,他对宇宙和众生的存在表示肯定的支持与保护。这一特征使他在后吠陀的印度教时代,被拔高为三大宇宙明神之一。印度教三大明神是:宇宙创造神大梵天、宇宙保护神毗湿奴、宇宙毁灭神湿婆。

以下按颂序逐一解说:

颂1:首先阐明毗湿奴的神力,丈量地球上的土地,开始迈开他的三大步。"空间凝聚层":即空间的大气层。毗湿奴以其神力丈量地球上的土地,同时还创造空间大气层。三大步:意谓毗湿奴迈步行走,仅走三步,便走完整个宇宙。他的三大步的前两步,凡人肉眼可以看得见;他的第三步是最高最大的一步,超出凡人视野之外。毗湿奴的三大步神话是一则影响深远的吠陀神话,它是在后吠陀的婆罗门教(印度教)中最受教徒接受、传播的神话。

颂2:赞叹毗湿奴的威神力,赞叹他的"三大步"的神妙功能,统摄诸有及一切众生。可怖兽:意指兽王狮子。毗湿奴以其超级威力,喻如兽王狮子,雄踞深山,百兽臣伏,无所畏惧。诸有:天、地、空三有(三界)众生。(此颂2和下边各颂均述毗湿奴的"三大步"所起的各种神奇作用。)

颂3:赞叹毗湿奴独自一神用三大步完成对天界、空界、地界的测量。公牛:同上颂2的可怖兽(狮子),借喻神通广大的毗湿奴;"山间林栖者,大步走"是公牛的定语。聚众:一切众生的集合(共同的存在)。会场:"宽广又漫长"的会场(意指天、空、地三大世界,是一切众生赖以存在的物质基础),毗湿奴独自以其三大步便完成对这个广大无边的场所的测量(寓意完成了宇宙的创造)。

颂4：阐述"三大步"拟人化理论。三大步：拟人化（为一无相自然神物），但具有超凡的特征。首先，三大步自身自然充满奇妙的甜蜜气味；这气味持久存在，永不消失，三大步就在此享受神圣的欢乐。"智慧三方便"：三方便，即三方式，也即是三大步。意谓唯彼毗湿奴运用超验智慧的三大步创造宇宙，以及天、空、地三有众生界。

颂5：鼓励信众皈依毗湿奴，可以达到毗湿奴的神圣境界。神域：毗湿奴的神宫、他的超验境界。皈依毗湿奴的善男子到达毗湿奴的神域后，便可享受毗湿奴所赐予的神圣欢乐（精神上的解脱）。斯人：皈依毗湿奴的善男子、虔诚的信徒。真近似：意谓虔诚的信徒所得的欢乐，是真正近似"迈大步行者"毗湿奴神的境界。明神：明神毗湿奴的第三大步就是"至上步"，而至上步正是神圣蜜味的源泉。

颂6：本颂前四句，陈述毗湿奴与因陀罗二神的神交关系；颂的后四句讲毗湿奴的最上步（第三大步）从上施光，照这下方世界（空界和地界）。二神：即因陀罗和毗湿奴二神。圣地：二神共同的神宫、神殿。该处：二神所在的圣地。牝牛群：在二神住地牧放着一群牝牛（牝牛，寓意晨光或阳光）。牡牛：公牛（喻"迈大步行者"毗湿奴）。牡牛（毗湿奴）同在二神所在的圣地，以其最上步（他的第三大步）朝下方释放神光（下方，意指天界下的空界和地界）。

密多罗-婆楼那

（Mitrā-Varuṇa）

密多罗-婆楼那是二神合一的形式（变格作双数）。《梨俱吠陀》里虽有把二神分开作个别神来描写的神曲，但把二神合作一神来歌颂的神曲，其数量之多，仅次于天地二神。在二神合一的神曲中，密多罗的个性特征是不明显的，而二神合一的神格和神通（作用）实际上全是婆楼那独具的那些特点：年青英俊，太阳眼睛，身穿闪光的五彩天衣，驾驭他们在最高天的銮舆，利用太阳光能来发动、推动，就像使用自己双手那样操作自如。二神位在中天的神宫，黄金颜色，巍峨宏伟，千柱支撑，千门开关。二神被尊为国王、宇宙大帝；又称为阿修罗（Asura），施展摩耶（幻力）来治理神域；以同样的幻力放出黎明，勒令太阳升空照耀，但又排云驭雨，使之阴暗明灭。这些正说明二神是全世界的统治者与保护者，支撑着天、地、空三界的存在。

密多罗-婆楼那，二神也是河流的主管，是信徒们最常祈求的降雨之神。他们用神通来管制、调节所有致雨的气候和河流水域；并采取香酥油（雨水）来浇湿放牧场，以蜂蜜润湿空地。总之，含有大量甜美水分的雨全是来自他们。由于宇宙变化的规律是在二神支配下而起作用，所以二神的法令，永恒有效，即使不死之神也不能不遵守它。二神是真理之神明，最恨虚伪行为；惩罚不重视礼拜他们的人，后者因而遭受疾病痛苦。

《梨俱吠陀》的"密多罗-婆楼那"二神合一形式与古波斯《阿

维斯特》的阿呼罗（Ahura）–密多罗（Mithra）二神同体形式是完全同源同根的。

下引《密多罗–婆楼那赞》是众多歌颂二神合一神曲中之一：

《密多罗–婆楼那二神赞》

（《梨俱吠陀》第7卷，第61曲，共7个颂。

作者为最富仙人，Vasistha）

1.　　　（密多罗–）婆楼那！

汝二神眼睛，美丽而明亮；

此即苏利耶，升起施光照。

婆楼那叨念，三有众生界；

于诸凡夫中，细察其心怀。

2.　　　密多罗、婆楼那！

虔诚此祭司，盛誉闻远方；

归敬汝二神，送来赞美诗。

愿二睿智神，喜欢彼祈祷；

使之长智慧，度满许多秋。

3.　　　密多罗–婆楼那，

从广袤大地，从绝顶穹苍，

慷慨善智神，派遣众密使，

分头去侦察，林野及住区；

汝目不转睛，注意以保护。

4.　　我歌颂密多罗-婆楼那之法令；

二神威力大，划分天地界。

屡月不祭祀，虚度无子息；

心系祭祀者，繁衍其后代。

5.　　强大睿智者！

所有赞美诗，歌颂汝二神；

是中看不见，惊奇与神秘。

仇恨者执著，人间妄伪业；

但无隐秘情，二神所不知。

6.　　我如仪行礼，为汝办圣祭；

我诚心召请，友天包拥神。

是此新意念，用以歌颂汝；

献讫祈祷词，愿得神欢喜。

7.　　神圣诸天众！

为敬汝二神，祭司服务事，

在诸祭典中，如仪已办讫。

密多罗-婆楼那！

伏祈提携我,超越众险阻;

惟愿呵护我,永远享福乐。

提要:本曲共有 7 个颂,阐述密多罗与婆楼那二神共有的主要特点、特征:二神同具创造宇宙、划分天地的威力,同具遍观天、空、地三有(三界)一切生物的智眼。二神同受信徒们的崇敬和礼拜;信徒们举办祭典,一位著名的远方祭师应邀参加。送来歌颂二神的赞美诗。二神同是监管天上人间道德规范的尊神,因而常派他们的"密使"(天上神探)下凡侦察众生界中的一切善恶活动。最后,在颂 6 和颂 7,信徒们在为二神设置的圣祭中盛赞二神的神功圣德,并祈赐福乐。

以下按颂序逐一解说:

颂 1:(密多罗–)婆楼那:本颂的主语是"婆楼那",但用了双数变格,意即包括(密多罗)在内——在变格上是"密多罗–婆楼那"二神合一。苏利耶:太阳,意谓密多罗–婆楼那二神的眼睛就是太阳,故能遍照宇宙间每一角落。三有:即天、空、地三界,亦即指三界内的众生,神性的与非神性的,俱在二神太阳眼睛视线之内。凡夫:梵语 marta,意为"有死者",即所谓"凡人";凡夫中:意即在众生界中。

颂 2:祭司:主持祭典的祭官,也是吠陀诗人和学者。这位诗人祭司遐迩闻名,但住在远方,在受到祭典主办者的邀请后,虽未亲来参加祭典,却制作了歌颂二神的赞美诗送来。许多秋:许多年、一辈子、终生。意谓虔诚的远方祭司,由于对密多罗–婆楼那二神的礼拜与祈祷,得到二神对他送来的赞美诗的欣赏,他将毕生获得二神的加庇和与二神的智慧为伍。

颂3：密使：大神下属的小神、天上的"神探"，专门打听，侦察世间或善或恶的人和事。汝：密多罗-婆楼那二神。信徒们祈请二神时刻注意保护周围的群众，在林野的和在居民区的。林野：森林（丛林、山林）和野外；这是指印度古代人口中的一部分不在城镇居民区生活的人——婆罗门教的苦行修道者、化斋行乞者、精通吠陀经的智者、仙人、诗人，以及从社会退休的人员（他们退休后，离家外出，走访名山大川，野岭林泉，选择适于参禅打坐，修心养性的清净地，借以心无挂外地走完人生最后一站）。

颂4："划分天地界"意谓密多罗-婆楼那二大神，威力无边，将宇宙区分上天下地两部分，意即创造了天地。"屡月不祭祀"：屡月，即数月；意指有长时间不举行祭祀的人，这类人虚度时光，得不到二神的加庇，得不到生育子嗣的人生幸福。"心系祭祀者"：意谓有一类信仰二神的人，他时刻牢记按神谕、按时间举行祭祀，因而得到二神赐予繁育后代的恩典。

颂5：本颂阐明：(a)信徒们献给密多罗-婆楼那二神的赞美诗是歌颂神德辉煌，光明遍照；没有什么神秘或惊奇的内容。(b)不信二神，心怀仇恨者，从事隐秘的诈骗勾当；但他这些妄伪行为无法逃离二神智眼的视觉。"是中看不见"：意即"不存在"（不存在令人感到惊奇和神秘的内容）。妄伪业：诈骗勾当，黑业。隐秘情：隐秘的罪行。

颂6、颂7：这两个颂是本曲最后的总结颂，信徒们举办最后一次圣祭，歌颂二神的神德，祈求二神庇护，消灾免难，永享福乐。圣祭：隆重的祭典、祭仪。"友天包拥神"：友天，即密多罗；包拥神,即婆楼那。新意念:有新的祈神思想内容的赞美词、祈祷词、神曲。"祭司服务事":婆罗门祭司主持祭祀仪式之事[按吠陀仪轨,一坛祭祀仪式,须请四名婆罗门祭司共同主持。他们是:一、祈神祭司(hotṛ,负责召请神明);二、唱赞祭司(udgāta,负责唱诵《娑摩吠陀》中的经咒);三、司仪祭司(adhvaryu,负责组织和建立祭坛);四、监坛祭司(brāhman,负责念诵祭仪结束的经咒)]。我:复数之我。

第 三 章

空界神曲

因陀罗

（**Indra**，雷电神）

一、人间英雄本色

梵语 Indra，音译"因陀罗"，意思是"最胜、最优秀、最优越、征服"。作为专有名词，"因陀罗"似是印伊时期前（约公元前三四千年）中亚各地雅利安部族共同敬奉的神灵。随着雅利安人在印伊时期（约公元前 2000 年）分两路向外大迁移——一路南行，进入伊朗，一路东行，入侵印度，因陀罗的神格发生了变化。定居在伊朗的雅利安人改变了因陀罗的性质，使之从一个善神一变而为恶神（如见于《阿维斯特》）；而移民印度的雅利安人则奉因陀罗为一位福善的大神（如见于《梨俱吠陀》）。在雅利安远征军征服印度土著民族的过程中。因陀罗被拔高为一位民族之神。

因陀罗在印度文明早期究竟是神还是人，晚近，印度有不少学者对此进行了探讨，并推论：因陀罗原是中亚雅利安部族的一个英勇善战的首领，类似今日的 Senāpati（将军）。他率领雅利安侵略军，越过兴都库什山脉，从西北入侵印度，征服了当时的土著居民。由于他在这场征服异族的战争中屡建奇功，为雅利安人对印度（北部五河地带）的统治奠定了基础，雅利安诗人和歌手用一种独特的威严美和崇高美的艺术形式，创作了数以百计的神曲（赞美诗），虔诚而又纵情地对他歌功颂德。在《梨俱吠陀》中献给他的神曲约有 250 支，占全书四分之一（如果加上那些涉及他或者他和别的神一起被歌颂的神曲,则至少有 300 支)。这些神曲把因陀罗神格化的形象拔高到一位具有无限神力、不食人间烟火的超级大神。他在人间所创立的许多英雄业绩,统统被编造成一个个不可思议的离奇惊人的故事(这正好说明,因陀罗首先是人间的英雄,其次才是天上的大神)。

二、凡与非凡身世

吠陀诗人又把因陀罗人格化,把他当作一个活生生的、有血有肉的,但被赋予超凡力量的英雄来刻画——因陀罗有一个完整的人的肉体,头、臂、手、足,四肢齐全,上下一身呈黄褐色(金黄色)。他有生身父母。他的母亲一说是一头牝牛,一说是无缚女神(Aditi),一说是生主神(Prajāpati)的女儿。父亲是天父神狄奥斯(Dyaus),故传说因陀罗出生在天上,一出娘胎便成为三十三天主,威震天上人间的英雄。因陀罗(雷电神)和阿耆尼(火神)是一对孪生兄弟。雷电也是火的一种形式。传说因陀罗在两片石块摩擦过程中找到他的兄弟阿耆尼。又说,阿耆尼原来潜藏在水里,后被他的哥哥因陀罗发现。因陀罗的妻子叫做“因陀罗尼”(Indrānī)。《他氏梵书》说波拉婆诃(Prasahā)和舍娜(Senā)二女神才是因陀罗的妻子。《梨俱吠陀》则确认散脂(Sācī)是因陀罗妻子的真名(吠陀后的佛典沿用此说)。在《阿闼婆吠陀》(Ⅶ.38.2)还有一则因陀罗的罗曼司:阿修罗(Asura,恶神)是因陀罗的死敌,但因陀罗却爱上一个美赛天仙的阿修罗女维莉登伽(Vilisteṅgā)。为了接近她,因陀罗化身为阿修罗前往后者的住处。在阿修罗女众中,他变成女性阿修罗,在阿修罗男众中,他变成男性阿修罗，借此来向维莉登伽求爱。

因陀罗虽然在三十三天上享有"九五"之尊，但仍然和其他大小神明保持平等的友好关系。他和司法大神婆楼那、太阳神苏利耶、风神伐尤(Vāyu)等过从甚密。不过，他的主要友伴和同盟却是摩鲁特(Maruts，风暴神群)。在数不清的《梨俱吠陀》诗句中，叙述着摩鲁特如何无私地、忠诚地支持、协助因陀罗降妖伏魔的战斗。因陀罗和摩鲁特的关系如此密切，以至他获得这样的称号——"Marutvat"(有摩鲁特陪伴的)和"Marudgana"(有风暴神群侍从的)。这两个称号偶尔也用来尊称别的大神，但主要还是指因陀罗。

三、苏摩酒仙生活

因陀罗是神群中的美食家和酒仙。他特别爱喝苏摩(Soma)酒，可以说嗜酒如命。酒瘾发作时，他甚至偷别人的苏摩酒。正因他如此酷爱苏摩饮料，《梨俱吠陀》不断地使用"Soma-pā，Soma-pāvan"(爱饮苏摩酒者)这样的词来形容他这一嗜酒特性。苏摩酒，对因陀罗来说，是一种特别的兴奋剂，它能够刺激因陀罗去表演惊天动地的角色；尤其是因陀罗在准备与黑魔弗栗多决战前饮了它，便会立即鼓足勇气，冲杀敌人，直至黑魔在他的金刚神杵下服罪消亡。有一支神曲(Ⅷ.66.4)说，因陀罗为了除掉黑魔弗栗多，事先竟喝了三池苏摩酒。作为"美食家"的因陀罗，食谱是多样化的，除了苏摩酒，他还喜欢喝牛奶加蜜糖，爱吃献给他的祭典上的供糕和主食。他还打破神规，开创吃牛肉的先例——他爱吃公牛肉，或吃由火神烤熟的水牛肉。《梨俱吠陀》(Ⅴ.2.9)说，他曾吃掉 300 头水牛肉。

四、超验神格境界

乌莎(黎明女神)和阿耆尼(火神)是自然现象神格化的形象
(自然神)。因陀罗不是自然现象的雷电,但在《梨俱吠陀》的神谱
上他竟被列作一个完整的雷电神,并且被吠陀诗人用无限夸张的
艺术手法刻画出他的超级神格(形象)——他现身广大,包摄宇宙
三界(天、空、地);空界在三界的中央,他是空界的神王,一伸手就
能抓到上边的天界和下边的地界;天、地、空三界只等于他身体的
一半,还不够做他的腰带;如果大地比现在大十倍,他的形体也会
和它相等。他的神通如此广大,天上地下,没有一个神或人,无论
其为现在的或未来的,能够超过他或与之匹敌——在世间,无论
过去、现在、未来都不可能有人能够获得像他那样压倒一切的英
雄气概;在天界,神群中也没有一个神能够得到像他那样显赫的
知名度,那样超强的神变力。他的行动,他的目的,任何神祇都无
法进行干预或阻挠。即使是支配宇宙规律的婆楼那和太阳神苏
利耶也得听他使唤。他被誉为宇宙主、自在主,是天人同拜的"排
头"神。在《梨俱吠陀》里有好几个专门用来颂扬他的威力的定
语,如"Śakra"(能天主)、"Śacivat"(力量主)、"Śacīpati"(力主)等
等。总之,因陀罗在《梨俱吠陀》神谱中是一个近乎超验的超级
主神。

五、降魔救世神功

因陀罗既是人格化的雷电神,雷电现象便是他的本相,而雷

电棒(闪电行雷)也自然成了他杀敌的主要武器。雷电棒又叫做
金刚神杵(Vajra),用纯金制成,色泽黄褐光亮;杵身铸成百角百节,
杵顶镶有千端,尖锐锋利非常。它的铸造者,一说是创世工匠神,一
说是天上神群集体为因陀罗制作的。这根金刚神杵原藏在海洋
深水底下(Ⅷ.89.9);一说原搁在太阳所在的地方(Ⅹ.27.21),因
陀罗把它拿来作为手中最犀利的武器。因此,凡是用 Vajra(金刚
神杵)这个词和别的词构成的复合词几乎全被看作是因陀罗的别
称。在《梨俱吠陀》里常见的这样的复合词有如下几个:

Vajra-bhrt	(持金刚神杵者);
Vajra-vat	(有金刚神杵者);
Vajra-daksina	(右手执金刚神杵者);
Vajra-bāhu	(臂携金刚神杵者);
Vajra-hasta	(手持金刚神杵者);
Vajrin	(金刚神杵所有者)。

前三个词专用于因陀罗,后三个偶尔也用来称呼鲁陀罗(Rudra)、
风暴神群和嗔怒神(Manyu)。

　　因陀罗还有几种次要的武器,即神弓和神箭,金钩和神网,后
者专门用来捕捉所有的敌人。因陀罗还有一辆运载工具——他
的二马牵引的金辇,车速超过意念;因陀罗经常乘坐去飞赴祭坛,
享受供品;或者追捕在逃的牛鬼蛇神。

　　在《梨俱吠陀》里,吠陀诗人在创造善神角色的同时,还创造
了与之对立的角色——恶神和妖魔鬼怪。其中黑魔弗栗多
(Vrtra)和乌蟒阿醯(Ahi)是魔众的头目,也是因陀罗的首要敌人。

弗栗多专门在由云致雨的过程中制造障碍,阻止雨水下降;阿醯躺在水里,封锁河川,不让水流通畅,灌溉农田。这两只魔鬼,其实就是旱灾的制造者,农作物生长的破坏者,给人类生存和社会发展造成极大的危害。因陀罗出于善神的本性,出于对这些妖魔的罪恶行为的深恶痛绝,立下誓愿,为民除害,因而摆开和弗栗多、阿醯决战的阵势。正是这些和妖魔作殊死战的宏伟场面构成了歌颂因陀罗的绝大部分神曲的主题。

在本书,从二百余支歌颂因陀罗神曲中选择三支,分为"一、二、三";虽然数量上极少(不到因陀罗神总数的百分之一),但在反映这一主题思想和吠陀美学中威严美的艺术创造方面,是具有典型意义的。

《因陀罗赞》

（一）

(《梨俱吠陀》第 1 卷,第 80 曲,共 16 个颂。

这里选译其中 10 个:1、2、6、7、8、9、10、12、15、16 颂。

作者为牛最仙人,Gotamo Rāhugana)

1.　　　　　强大金刚神杵挥舞者!

　　　　　如是畅饮已,醉人苏摩酒;

　　　　　婆罗门祭司,唱毕赞美诗;

　　　　　运用汝力量,打击魔阿醯;

　　　　　即从大地上,将之逐出去。

欢呼汝显示,至大之神威。

2.　　　　　　金刚神杵挥舞者!
香醇苏摩酒,神鹰自天取,
斟出作供品,令汝狂欢喜;
施展汝神力,空中斩黑魔。
欢呼汝显示,至上之神权。

6.　　　　　　天帝因陀罗,酒醉喜若狂,
高擎雷电器,百刃金刚杵,
攻击弗栗多,在彼脑门上。
愿供众友好,醍醐甘美食。
欢呼彼显示,至高之神权。

7.　　　　　　云生因陀罗,金刚神棒主!
天然即具有,无比勇猛威;
妙施摩耶法,杀彼幻变鹿。
欢呼汝显示,至上之神威。

8.　　　　　　因陀罗!
挥动金刚杵,施放雷与电,
遍及众河川,数有九十九。
具大勇猛威,双臂藏力量。
欢呼汝显示,最高之神权。

9.　　　　　千人齐集合，向他致敬礼，
　　　　　　祭司二十名，朗诵祈神诗，
　　　　　　复有百仙人，再三唱赞歌。
　　　　　　为供因陀罗，祭品俱备已。
　　　　　　欢呼他显示，无上之神权。

10.　　　　　天帝因陀罗，施展神力量，
　　　　　　制服弗栗多，彼之魔力量。
　　　　　　正是因陀罗，有此大胆量，
　　　　　　斩除该黑魔，雨水得释放。
　　　　　　欢呼他显示，最神圣力量。

12.　　　　　黑魔耍伎俩，震撼加狂吼，
　　　　　　但俱吓不倒，神王因陀罗。
　　　　　　金刚雷电杵，铁制镶千刃，
　　　　　　神速发射出，击中此恶魔。
　　　　　　欢呼他显示，至圣之威望。

15.　　　　　神王因陀罗，遍入一切者；
　　　　　　吾人实不知，在此世间上，
　　　　　　有谁能胜过，彼巨大力量？
　　　　　　此缘诸天众，集中他身上；
　　　　　　财富与祭品，及所有力量。

　　　　　　　　欢呼他显示，神威乃无上。

16.　　　　　　　阿闼婆梵仙，或人祖摩奴，

　　　　　　　　或达驮廷支，俱按古规矩，

　　　　　　　　举行祭天礼；供品及颂歌，

　　　　　　　　集中齐献给，神王因陀罗。

　　　　　　　　欢呼彼展示，超级神力量。

　　提要：本曲原有 16 个颂，今此选译其中 10 个，即颂 1、2、6、7、8、9、10、12、15、16。这 10 颂中的颂 1、2、6、7、10、12，详写因陀罗与黑魔弗栗多和巨蟒阿醯战斗的场面。因陀罗每次出击魔敌之前，必先痛饮信众献给他的苏摩神酒。他的杀敌武器“雷电神杵”，被喻如百刃金刚棒和千刃利棒。其次，8、9、15、16 四个颂赞叹因陀罗受到天上神仙和地上凡人的礼拜，同时也受到超凡入圣的仙人道者的礼敬。

　　如下，按颂序讲解：

　　颂 1：因陀罗在畅饮苏摩神酒之后前去攻击乌蟒阿醯魔，并把它从大地上驱逐出去。（阿醯 Ahi，意指蟒蛇或黑魔；在本颂是指蟒蛇。）金刚神杵挥舞者：因陀罗的称号。金刚神杵：即雷电，为因陀罗的主要武器，他正挥舞这件武器去与乌蟒和黑魔战斗。苏摩酒：因陀罗习惯在去和黑魔（本颂说在去和乌蟒）斗争之前，必然畅饮苏摩神酒，借以提神壮胆，打败敌者。（苏摩树，被神格化为一树神；吠陀诗人在《梨俱吠陀》第 9 卷里竟写了 114 支歌颂他的神曲。此外，还有不少关于他的神话和传说，苏摩树长在山上，人

们去采集时，只能乘月夜上山时进行；又说，苏摩酒原来密藏在天宫，由神鹰飞上去取下来交给住在空界的香音神乾达婆保存。）阿醯：乌蟒，蛇妖。

颂 2：上一颂讲因陀罗饮苏摩神酒后制服了阿醯蛇妖，本颂则说因陀罗饮了神鹰从天宫取来的苏摩神酒后去斩杀另一妖怪黑魔弗栗多。神鹰：它飞上天去，将存在天宫的苏摩神酒取下来，奉献给因陀罗（有学者解释，神鹰是伽耶德莉 Gāyatrī 女神插上鹰翼，像鹰一样飞上天宫，取出藏在天宫的苏摩神酒，献与因陀罗。"伽耶德莉 Gāyatrī"原是《梨俱吠陀》神曲格律之一，神格化为诗韵女神。）黑魔：弗栗多（Vrtra，意即"乌云、黑暗"，拟人化后，变成一个黑色妖魔）与乌蟒阿醯都是因陀罗的死敌。弗栗多和阿醯拟人化后变为两个恶魔，专门阻止降雨，制造旱灾；但其罪行无法使它们逃脱被因陀罗消灭的命运。

颂 6：描绘因陀罗高举其雷电武器，对准黑魔弗栗多的脑门，狠狠一击，置之于死地；另外，因陀罗将斋主送来的醍醐美食，分与同来的（和未同来的）神友，和他们共同享用。天帝：即三十三天主，为因陀罗的一个有特权含义的称号。（吠陀诗人、哲学家和神学家幻想宇宙划分天、地、空三界；每一界居有 11 个天神，合称三十三天神。地界神实际上不止 11 个。因陀罗是统治空界的主神，但他的神权神威扩张到其他二界，故被称为三十三天主，也就是三十三天的大帝、天界霸主。）众友好：意指因陀罗每次降临人间应供时，总是带着一群侍从（如摩鲁特风暴神队）和神友（如火神、太阳神、婆楼那、毗湿奴等）同来，与他分享祭坛上的上好供品。

颂 7：叙述黑摩弗栗多在被因陀罗的迅猛打击中，败下阵来，施展幻术，化身为一只小鹿，迅速逃离战场。因陀罗穷追不舍，终于逮住它，并将之消灭。云生：意即"产生于云层"，是因陀罗的另一别号。因陀罗是空界的主神，亦称为雷电神。空界即大气云层，是雷电的"诞生地"，故因陀罗又被称为"云生因陀罗"。摩耶意即"幻"，颂中的"摩耶"与"幻"同一含义："魔术、幻术、幻变、把戏。"在因陀罗与黑魔的战斗中，黑魔战败，却采用幻术，化作一小鹿逃跑。因陀罗也施幻术去追捕。最后逮住这只在逃的"小鹿"，并立即把它宰杀掉。

颂 8：因陀罗在取得捕杀黑魔弗栗多的胜利后，紧接着行雷闪电，普降甘雨，使"九十九"条河川，满溢流动。九十九：意为无限数，指所有河川都因雷电神王因陀罗的致雨神通而恢复"水声激激"，奔腾流动。

颂 9：描述由千人参加的、向因陀罗祈祷礼拜的祭典。千人中有一部分是直接参与祭典等办事宜的信众。他们是：祭司，20 名；婆罗门仙人，100 名。在 20 名祭司中，又分为：正式祭司，16 名；斋主夫妇，2 名；祭典程序主持者，2 名。

颂 10：盛赞因陀罗的神力量战胜弗栗多的魔力量；因陀罗勇猛胆大，斩杀黑魔，从而释放雨水，清除旱灾。

颂 12：称赞因陀罗发射像铁制千刃的雷电神杵，准确地击中恶魔弗栗多。铁制：因陀罗的武器是雷电，不是铁器。本颂说"铁制"是比喻说法，意谓因陀罗的雷电杵就像铁制的千刃棒，犀利无比。

颂 15：赞叹因陀罗为"遍入一切者"。遍入一切：意谓因陀罗

的威力遍及三界(天、空、地)的每一角落。因陀罗是神王,所以诸
天神众把财富、祭品,以及所有物质的和精神的力量统统集中在
他身上。这也示意,在另方面,因陀罗天然地具有一切物质的和
精神的财富。信徒们通过歌颂和礼拜他的祭祀,可以从他身上获
得所求的财富。

　　颂16:介绍吠陀传说中的几位仙人。他们是,阿闼婆、摩奴、
达驮延支。这三位仙人,不论分开或集合,同样按照吠陀古老规
则,制作祭天仪轨,向因陀罗献供致敬。梵仙:意即婆罗门种姓的
仙家、道士。这里似是特指阿闼婆(Atharva,事火僧)而言(从种
姓常识看,三位仙人不可不属于婆罗门种姓)。"人祖摩奴":按吠
陀神话(RV. Ⅹ.4.1),阳神族的毗伐斯瓦特(Vivasvat)与他的妻
子迅行女神莎兰妞(Saraṇyū)生有二子一女:长子阎摩(Yama),次
子摩奴(Manu)及小女阎美(Yamī)。其中阎摩是人类初生的第一
人,同时也是人类先死的第一个。他的弟弟摩奴则是生产人类最
初第一人的始祖,故称他为"人祖"。

《因陀罗赞》
(二)

(《梨俱吠陀》第 10 卷,第 112 曲,共 10 个颂。
作者为云散仙人,Nabhahprabhedana)

1.　　　因陀罗！

　　　　　开杯酣饮，醇味苏摩；
　　　　　我之晨祭，即汝早食。
　　　　　英雄气概，杀敌为乐；
　　　　　激情赞歌，颂汝功果。

2.　　　因陀罗！

　　　　　汝之战车，速超意念，
　　　　　愿驭此车，来饮苏摩。
　　　　　汝之战马，迅行骐骥，
　　　　　愿乘此马，愉快降临。

3.　　　因陀罗！

　　　　　汝如阳神，相好殊胜，
　　　　　光芒遍照，照触我身。
　　　　　我乃汝友，诚心召请；
　　　　　偕汝扈从，欢喜就座。

4.　　　因陀罗！

　　　　　庄严伟大，欢乐融和，
　　　　　霄壤一体，两难分开。
　　　　　汝之玉驹，上辄配鞍，
　　　　　驾驭前来，食汝喜食。

5.　　　　因陀罗！

愿汝常饮，苏摩妙味；

挥起武器，杀敌无比。

苏摩令汝，气力充沛，

苏摩为汝，提供欢娱。

6.　　　　受百祭者！

是此酒杯，置备久矣，

供汝使用，盛饮苏摩。

甘酒满溢，香醇喜人，

诸天神祇，莫不冀求。

7.　　　　因陀罗！

各色人等，广设供养，

向汝祷告，圣恩普扬。

吾等甜食，味美非常，

作为供物，祈汝品尝。

8.　　　　因陀罗！

我今宣讲，汝之往昔，

最初成就，英雄业绩。

汝下决心，拨云降雨，

便利梵志，寻回母牛。

9.　　　　风群之主！

　　　　　坐在风群，彼等呼汝，

　　　　　智者之中，最大智人。

　　　慷慨施主！

　　　　　若不求汝，无事能成，

　　　　　愿汝获得，种种尊敬。

10.　　　　慷慨施主！

　　　　　愿汝关注，吾等请求。

　　　　朋友，财富之主！

　　　　　愿汝理解，朋友心意。

　　　　骁勇战士！

　　　　　汝具实力，为我战斗；

　　　　　未分财富，祈赐一份。

　　提要：本曲共有 10 个颂，集中讲述因陀罗在不同的场合中接受信众献来的苏摩美酒和他喜食的食品。他一边欣赏这些供品，一边指导信徒们制作醇厚的苏摩甜酒。因陀罗畅饮苏摩之后所感到的刺激是：兴奋、愉快、力量、勇气，也就是所谓陶醉状态。在这状态里他顿觉天地混成一体，没有区别（见颂 4）。因陀罗乘酒后产生巨大的力量和胆量，挥起神奇的雷电杵，直冲魔阵，斩杀弗栗多和阿醯，夺得大量战利品（财富）。信徒们十分喜悦地向因陀罗表示祝贺，并恳求因陀罗赐予他们一小部分战利品。

　　如下，按颂序详解：

颂1:信徒早起,设立晨祭,给因陀罗献上早供,包括味道醇厚的苏摩甜酒和美味斋食;歌颂因陀罗降魔杀敌的伟大功德。杀敌,即斩杀黑魔弗栗多和巨蟒阿醯。

颂2、颂3:信徒在把晨祭仪式摆设妥帖后,随即祈请因陀罗驾驶战车或战马,率领扈从,迅速降临祭坛,接受信徒的礼拜和祈祷,享受信徒奉献的香醇的苏摩美酒和精制的斋食。扈从:即侍从、近身卫士;这里主要是指摩鲁特风暴神队,后者是因陀罗的助手和卫队。

颂4:信徒请因陀罗尽快给马上轭配鞍,驾之前来祭坛享用他最喜欢的食品——苏摩神酒和苏摩制品。"霄壤一体":是说因陀罗畅饮苏摩神酒之后,精神振奋,达到极点。这时候,在他的超验意念中,乾坤相交,浑然一体,难分难辨;也就是说,天与地的自然美,以及经过明神内在加工的再生美,完全融成一体,集中体现在因陀罗身上——因陀罗就是天地。

颂5:信徒劝请因陀罗常饮苏摩神酒,因为对因陀罗来说,苏摩神酒有神奇的功效——(因陀罗饮后)能使因陀罗气力充沛;能使因陀罗照常享受到天上娱乐;能使因陀罗英勇奋发,挥动武器降魔杀敌,无有阻碍。武器:即因陀罗日常使用的金刚神杵,雷电"操纵棒"。杀敌:因陀罗所要杀的主要敌人是黑魔弗栗多和大黑蟒阿醯。

颂6:"受百祭者":谓有资格接受百家或百种祭礼的神灵。这又是因陀罗的一个称号。此酒杯:一只久已为因陀罗准备使用的杯子。苏摩神酒,香醇喜人;诸天神众,都在寻找去尝一尝它的机会。今天,偏爱因陀罗的信徒敬请因陀罗在此祭典里,使用这只为他准备已久的酒杯去装苏摩神酒,开怀畅饮,享受陶醉的欢乐。

颂 7:上一颂(颂 6)讲信徒请因陀罗下凡畅饮苏摩老陈酒,本颂则讲信徒请因陀罗来享用美味食品。"各色人等":似乎不包括所谓贱民种姓的"首陀罗 Sūdra"。不过,在吠陀文明早期,种姓制(阶级社会)尚未形成,四种姓(婆罗门 Brāhmaṇa、刹帝利 Kṣatriya、吠舍 Vaiśya、首陀罗 Sūdar)的群众均有设祭供神的权利与自由。各色人等,应该包括四个种姓的信众("色"意即种姓)。

颂 8:信徒讲述因陀罗过去的"英雄业绩",并突显其中两项利乐有情的善业。一是"拨云降雨",这是说因陀罗消灭了乌云化身的黑魔弗栗多和乌蟒阿醯,解放了被堵住的甘雨,解除了大地上的旱灾。二是,帮助梵志寻回母牛。梵志:梵,原文 brṁh 的音译,它派生出三个常用名词:(a)Brahman(音译"梵",中性,抽象名词,宗教哲学中的最高存在、宇宙本原);(b)Brāhmaṇa(阳性名词:婆罗门种姓的男人);(c)Brāhmaṇī(阴性名词:婆罗门种姓的妇女)。中性的抽象名词"梵",拟人化后,便是婆罗门教的上帝——梵天。梵天,在乾坤始定之际,为印度创造了四个种姓的男女。"梵志"是一个梵汉合译的复合词,意思是说,一个信奉梵天的婆罗门教徒,是有志于实践婆罗门教的一切严格教规和教条的瑜伽行者或苦修行者。母牛:婆罗门教奉母牛为圣牛,不杀不食,除挤其奶之外,不加任何约束,大街小巷,草地平原,任其自由行动,随便觅食,拉屎撒尿。"……拨云降雨,便利梵志,寻回母牛",意思是,气候骤变,乌云四起,母牛看不见回栏道路;此时婆罗门祭司或家主(梵志)祈请因陀罗"拨云降雨",驱散乌云,以便寻回迷路的母牛。

颂 9：信众歌颂因陀罗为大智人，同时高呼他的两个称号。第一个称号是"风群之主"。风群：即因陀罗的近身侍从摩鲁特神组，亦即风暴神群。因陀罗是他们的主帅、主人。第二个称号是"慷慨施主"。因陀罗是天神中的财神，富有精神财富和物质财富。他爱护信众，有求必应。信众说，"若不求汝，无事能成"，这意思是，信众无论在精神上或物质上遇到困难，如果诚心诚意请求因陀罗帮助解决，因陀罗定会垂念你的请求，帮助你圆满地解决困难。反之，若不请求因陀罗帮助，困难是难以解决的。

颂 10：信众敬呼因陀罗的三个称号——慷慨施主！财富之主！骁勇战士！同时向因陀罗表示"朋友心意"。朋友：信仰因陀罗的信徒。心意：信徒们的心愿：一、愿求因陀罗赐福寿，赐财富；二、愿求因陀罗从其战胜敌人所斩获的大量战利品中分出一小部分给崇拜他的信众。

本颂是本曲的第 10 颂，似是一个结尾颂，总结因陀罗在前边（9 个颂所述）战胜黑魔弗栗多和乌蟒阿醯的英雄业绩，和他所斩获的大量战利品。因陀罗在此接受信众的请求，将战利品的一小部分赐给他们。

《因陀罗赞》

（三）

（《梨俱吠陀》第 2 卷，第 12 曲，共 15 个颂。

作者为黠喜仙人，Grtsamada Sarnaka）

1.   彼于初生时，诸天神群中，

                乃首席智神，威力胜天众。

                缘彼力超强，震撼二世界。

                    尘世人须知：

                具大勇气者，唯此因陀罗！

2.   大地震动时，彼使之稳定；

                群山跃起时，彼令其歇息；

                丈量二世界，扩充更宽广。

                    尘世人须知：

                支撑天界者，唯此因陀罗！

3.   彼诛黑蛇已，释放七河水；

                砸开岩洞门，救出牝牛群；

                再在二石间，产生阿耆尼。

                    尘世人须知：

                战场胜利者，正是因陀罗！

4.   世间众物类，因彼而变动；

                征服达娑色，使之俱消失；

                彼如一赌徒，胜利赢赌注。

                    尘世人须知：

                夺走敌财物，乃是因陀罗！

5. 请问：可畏者何在？

　　复言：可畏者不在。

　　彼坏敌财物，犹如在赌博。

　　　尘世人须知：

　　敬信此明神，彼乃因陀罗！

6. 劝勉富有者，支援贫困者；

　　鼓励婆罗门，唱圣歌乞士。

　　美唇施助神，助人使石块，

　　重压苏摩枝，榨出苏摩汁。

　　世人应知道，此乃因陀罗！

7. 在彼统管下，马队牝牛群；

　　部落诸氏族，及所有车乘。

　　　彼造太阳与黎明；

　　　　引导水域水流向。

　　世人应知道，彼即因陀罗！

8. 两军同列阵；分开呼吁彼；

　　敌对两营地，一远一在近。

　　二人齐登上，己方之战车，

　　异口念祷词，恳彼来助阵。

　　世人应知道，彼即因陀罗！

9.　　　　　若缺彼在场，胜利不可得；
　　　　　　作战中战士，呼吁彼支援。
　　　　　　彼推动不动，无有匹敌者。
　　　　　　世人应知道，彼即因陀罗！

10.　　　　彼放箭射杀，众多犯罪者；
　　　　　　其罪极重大，超乎意料外。
　　　　　　彼亦不饶恕，骄傲者傲慢。
　　　　　　彼乃一杀手，杀绝达休族。
　　　　　　世人当知道，彼即因陀罗！

11.　　　　值秋第四十，终于彼发现：
　　　　　　妖精森巴罗，躲藏深山里。
　　　　　　彼复诛黑蟒，正在发魔功；
　　　　　　此即檀奴子，卧倒截水流，
　　　　　　世人应知道，彼乃因陀罗！

12.　　　　力大彼牡牛，系带七缰绳，
　　　　　　释放七河水，恢复其流量。
　　　　　　彼执金刚杵，穷追楼希那，
　　　　　　挑战因陀罗，败走碧天上。
　　　　　　世人应知道，彼乃因陀罗！

13.　　　　天地二元神，低头敬礼彼；
　　　　　　缘彼超勇猛，山岳亦悚然。

　　　　彼乃名酒仙,酷嗜苏摩汁,

　　　　臂挽金刚环,手持金刚杵。

　　　　世人当知道,彼即因陀罗!

14.　　　　彼帮助(斋主):

　　　　榨取苏摩汁,烹调精美食,

　　　　作歌赞群神,备妥祭神典。

　　　　祷文与苏摩,以及此供品,

　　　　完全献给彼,增强彼威力。

　　　　世人当知道,彼即因陀罗!

15.　　　　彼诚超勇猛,斩获战利品,

　　　　赐榨苏摩者,赠调美食者。

　　　　　　汝正是谛理!

　　　　因陀罗,

　　　　我等将永恒,是汝可爱者,

　　　　会同善子弟,宣告行圣祭!

　　提要:本曲共有 15 个颂,描写因陀罗在 15 个场合不同的神变活动,其中有数颂是哲理性的。例如,颂 1,说因陀罗初出娘胎便是诸天神群中的首席智神,威力在所有天神之上,甚至天地二界也被其威力所震动。颂 4,说世间一切物类,是因为因陀罗而变动不居;这就是说,因陀罗是支配世间生物界和非生物界生、住、异、灭变化过程的潜隐的客观规律。故颂 15 说,因陀罗是谛理,"Satya,真理"。

以下，按颂序详解：

颂 1：颂中的主语"彼"，即因陀罗。颂意欢呼因陀罗一出娘胎便是一位超自然之神，是诸天神众中的首席智神，是智慧最高之神；同时，彼具有如此超强威力，天地二世界也因此而震动。

颂 2：本颂前 6 个句子，具体地表述因陀罗就是天地二界的创造者，天地在他掌握之中。故他能使震动的大地稳定下来，使跳跃的群山趋于静止。他丈量他所创造的天地，但他把丈量的范围超出天地二界以外。

颂 3：讲述因陀罗所进行的三项重要活动。(a)斩杀黑蛇的战斗。黑蛇：亦即巨型的乌蟒阿醯；据说，它也是黑魔(乌云)弗栗多的变形、化身。它横卧在七河水中，截断河水，造成农田干旱，庄稼歉收，形成一场严重地威胁人们的生活与生存的灾害。因陀罗因此大怒，迅速把它捕杀掉，恢复七河的流水(七河在北印度旁遮普地区)。(b)为信众救出被妖怪关在岩洞里的牝牛群。妖怪：即大力魔伐拉(Vala)。它盗得一群母牛，关在他的妖洞里。因陀罗砸开妖洞门，放出母牛群。(c)使用石块两片，合起来摩擦，使阿耆尼(火、火神)从摩擦中诞生。按吠陀神话，阿耆尼的出生地有好几处：(a)在两朵白云之间诞生；(b)在天地之间诞生；(c)在二石摩擦之间诞生。本颂采用阿耆尼产生于二石间的说法。战场：指因陀罗与黑魔弗栗多战斗的战场。

颂 4：本颂阐述一条重要的哲理。"世间众物类"：意即经验世界所有的生物和非生物。"因彼而变动"：意谓世间的生物和非生物之所以有产生、暂存、衰变、死亡的现象，是由因陀罗引起的缘故。这里的"因陀罗"的"神像"面纱已被揭开，变为一个自然规律

（客观规律）的代名词。这就是说，经验世界的一切事物的产生、暂存、衰变、消亡的变化，是由于事物本身自然规律（客观规律）在起作用；或者说，这些自然现象的变化，是对客观规律支配的运动的外在形式的反映。本颂还提及一个种姓压迫问题。"征服达娑色，使之俱消失"意谓因陀罗具大神力，征服了达娑色，并使之从地球上消失。这是两句有关因陀罗活动的神话；但是，如果把这两句神话翻过来看它的反面，你便立即看到一幅社会现实的立体图景。"达娑"，是梵语 dāsa 的音译，意为"野蛮者、粗野者、未开化者、奴隶"，"色"的梵语是 varṇa，意为"颜色、肤色"。被征服的土著人民，肤色是黑的；而入侵的雅利安（Ārya）征服者的肤色是白的。谁是征服者，谁是被征服者，一看其肤色，便即辨别出来。"色"由此转义为"种族、种姓"。"达娑色"（dāsa-varṇa），实际的意义就是，黑肤色的"被征服的种族、奴隶种姓"。征服者又是谁？是"因陀罗"。因陀罗是当时中亚雅利安部落的首领。他带领雅利安部落队伍，从印度北方入侵，征服印度原始土著民族，压迫他们为被征服者奴隶。"使之俱消失"这句话的寓意很清楚，被征服的土著群众，不甘于忍受压迫，奋起反抗，而以因陀罗为首的雅利安征服者，对他们实施残酷的镇压，企图把他们完全消灭而后已。

颂 5：称赞因陀罗神通广大，是一位在宇宙间无处不在的大神。他是敌人的可畏者。他鼓励信徒们深信他的威德。颂的第一句"请问"的主语和第二句"复言"的主语都是因陀罗的信众；两句的宾语也是信众。可畏者：因陀罗作同位宾语。第一句的疑问"何在"，和第二句的回答"不在"是说因陀罗的神通活动，上穷碧落，下进地心，周遍寰宇，无处不在。（第三句的）彼：因陀罗；坏：

破坏、减少;敌:与因陀罗为敌的妖魔鬼怪。

颂6:本颂每一句的主语都是因陀罗,是写因陀罗以不同的形相(化身)来教化不同的信众。(因陀罗)一是"劝勉富有者"(劝诚富人布施财富,热心公益);二是"支援贫困者"(以财物救济贫困群众);三是婆罗门乞士的鼓励者("唱圣歌乞士"是婆罗门的定语。婆罗门,这里是指婆罗门种姓的苦行僧。因陀罗鼓励他们要一边精修苦行,常唱吠陀圣歌,一边行乞化斋,做一名身心双净的乞士);四是苏摩神酒制作者的帮手("美唇施助神",因陀罗的别称,也就是说,因陀罗亲自为苏摩汁制作者搬运石块,压榨苏摩树枝)。

颂7:本颂称因陀罗乃是天上人间一切生物与非生物的创造者和统管者。颂的前四句是写生物界,第五、六两句是写非生物界;二界同为因陀罗所创造,同受因陀罗所支配。

颂8:描述因陀罗被两支相互敌对的军队各自呼吁求助。颂的第二句"分开呼吁彼":意谓相互对抗的两军,各自分开向因陀罗发出求援的呼吁。颂的第五、六两句"二人齐登上,己方之战车":此中"二人"是指"战车"(或指挥官)和"御者"。这二人,双方各有。这是说,甲方的战士和御者同登(甲方)自己的战车;乙方的战士和御者同样登上(乙方)自己的战车。这两人,在己方的战车上,异口同声,唱诵祷词,祈求因陀罗圣驾前来助阵。

颂9:歌颂因陀罗是胜利的象征,是胜利的保证,所以敌对的两军战士各自但同时呼吁因陀罗前来支援。颂的第五、六两句"彼推动不动,无有匹敌者":赞扬因陀罗具有超验神力,能够支配事物变化的规律。"动"与"不动"有二解。第一解:"动"作动词,义为"推动、变动",意指因陀罗的神奇力量;"不动"是宾语,义为山河大地;"推动不动"寓意因陀罗以其无有匹敌的神力,能够移山倒海,改变现实世界的存在。第二解:"动"寓意精神性的超验神力;"不动"寓意经验性的一切事物。这反映因陀罗同时是物质世界和精神世界的创造者。

颂10:描述因陀罗放神箭射杀世间犯罪者,尤其是要消灭那些犯"超乎意料外"的大罪的罪犯。杀手:意指因陀罗。达休(dasyu):吠陀神话里妖魔鬼怪的通称。

颂11:本颂特地点出吠陀神话里被因陀罗捕杀的三个臭名昭著的恶魔,其一是,森巴罗(Sambara),水怪的一种,爱神和因陀罗的宿敌。它筑有许多自卫的堡垒,但隐藏在山洞里。因陀罗追踪它,竟花了"四十个秋天"(40年)的时间才找到它藏身的山洞。最后,因陀罗把它从洞里揪出来,推落山下,并就地把它消灭掉。其二是,黑蟒阿醯,它横躺在河里,正在发魔功来堵截河水,因陀罗当下把它诛杀掉。其三是,檀奴子:檀奴(Dānu),是黑魔弗栗多(Vrtra)的母亲;檀奴子(Dānava),意即弗栗多。"卧倒截水流"说明"黑蟒"和檀奴子实际上是同一制造旱灾的魔鬼。

颂12:本颂前四句写因陀罗化身为牡牛(或喻如牡牛)。牡牛:通常喻指一般天神,但在此特指因陀罗,表示他比其他神明更具强大的神力和生产力。(系在牡牛身上的)七缰绳:表示无可抗拒的力量;另一含义是,七种致雨的彩云。七河水:似指印度北方旁遮普邦的七条河流。颂的后四句描写妖怪楼希那(Rauhina)在挑战因陀罗中失败,逃上天宫;因陀罗穷追不放,终于把它捕获、诛杀掉。(注意:"挑战因陀罗,败走碧天上",这两句是楼希那的定语。)

颂 13：颂的前四句，歌颂因陀罗的超验威德如此神圣，甚至天帝和地母也要向他低头致敬（天、地是物体，神格化为自然神，故"天"称为天父神 Dyaus，"地"称为地母神 Pṛthivī）。其次，又称赞因陀罗乃神群中知名的酒仙，是酷爱饮苏摩酒者（Somapā）。苏摩酒（或称苏摩汁）对因陀罗来说，是一种特殊的兴奋剂，它能够刺激因陀罗鼓足勇气去与魔神恶鬼战斗。有一支神曲（RV. Ⅷ. 66. 4）说，因陀罗为了要降伏黑魔弗栗多，事先竟喝了三池苏摩酒。

颂 14：叙述因陀罗现身人间，帮助斋主（祭典的主办信徒）进行祭典等筹备事宜；例如，帮助压榨苏摩树枝、烹调美味食品、撰写圣歌颂文，等等。当祭典所需的供品备妥后，斋主把供品的全部作为礼品奉献给因陀罗。

颂 15：这是本曲的最后一颂，似阐明几点总结意义：(a)因陀罗从战胜群魔的一系列英勇斗争中斩获了大量战利品。现在他把这一大批战利品分赠给两部分信众：一部分是为因陀罗压榨苏摩树枝取得树汁者；另一部分是为因陀罗烹调美味珍馐者。(b)综观以上各颂对因陀罗降魔救世的丰功伟绩的描写与歌颂，证明因陀罗就是谛理，是真理（satya）。(c)虔诚的斋主向因陀罗许愿，他与他的善良子弟，将永远遵照吠陀法典的规定，宣扬神圣的祭礼。

鲁陀罗

（Rudra，荒神）

鲁陀罗（Rudra）在《梨俱吠陀》神谱上占具一个比较次要的位置。吠陀诗人只写了三支完整的神曲来歌颂他。此外，在别的一支神曲的部分诗句里和一支他与苏摩神一起被歌颂的神曲里，兼有一些关于他的内容。这些神曲描写了鲁陀罗的肢体，说他有一双美唇，披着一头辫子式的头发。他的褐色的体形，灿烂耀眼，光芒四射，就像红太阳和纯黄金那样。他以百分之百的纯金饰物装扮，颈上戴着一串闪亮多彩的项链，驾驶自己的座车。他的武器就是常见挂在臂上的雷电杵，后者是他从空中释放出来的，不过，一般说来，鲁陀罗是以坚硬牢靠、快速释出的弓与箭来武装的。

然而，吠陀诗人、哲学家基于哪一类自然物质拟人化和神格化成"鲁陀罗"；或者说，鲁陀罗的物理原形是什么？这个问题在有关神曲中还没有说清楚。

在吠陀神话里，常见鲁陀罗和暴风雨神队摩鲁特在一起活动（RV.Ⅰ.85）。这似乎是一个引发人们推测的迹象——推测鲁陀罗的物理本相可能就是暴风雨之类；不是无害的弱势暴风雨，而是会给人畜和庄稼造成危害的狂风暴雨，是所谓"列缺霹雳，丘峦崩摧"。这是一种极具破坏性的物理现象；当它被拟人化为鲁陀罗后，它的危害性并没有因此有所削弱或完全消失，而是通过鲁陀罗在经验世界的一切神化活动表现出来——鲁陀罗表现：像一头猛兽那样凶狠可畏，力量超强，无有匹敌，战胜一切，摧毁一切；

被喻如地上的公牛,天上的红公猪。他还显得年青少壮,无衰老相,
俨然是世界的创造主,具有支配宇宙间一切的力量和神通;因此,对
天上的神群,地下的凡夫的所作所为,皆能明察秋毫,了如指掌。

鲁陀罗毕竟是被神性化而成为的一个大神,他还有赏善罚恶的
表现:对善男信女,他显示慈祥可亲,慷慨祝福;不仅帮助他们消灾
免难,还赐给他们享受幸福生活的恩典,让他们知道他是一位内科
医生之中最伟大的内科医生,拥有医方千百种,能广为群众治疗疾
病。他因此享有两个独有的称号:一个是 jalasa(治病者);另一个
是 jalasa-bhesaja(拥有治病药方者)。对作恶犯罪者,鲁陀罗予以
严厉的惩罚;但在他们表示悔过后,鲁陀罗又饶恕他们免予惩罚。

鲁陀罗在天上人间的赏善罚恶行动,导致他获得一个专用的
称号"Śiva"(湿婆,吉祥)。这个称号从此便成为后吠陀神学上鲁
陀罗的历史继承者的常用名字。

梵语 Rudra(鲁陀罗)一词的词义在字源学上尚未考核清楚。
但根据词根含义"rud,呼喊",似可解释为"呼叫者"。

兹从三支歌颂鲁陀罗的神曲中,选择其中一支如下:

《鲁陀罗赞》

（《梨俱吠陀》第 2 卷,第 33 曲,共 15 个颂。

作者为黠喜仙人,Gṛtsamada Śaunaka)

1.　　　　摩鲁特父亲,善意亲吾人!

　　　　　苏利耶光照,愿不离吾人!

英雄请宽待，吾人之马队！

荒神佑吾人，繁衍族后代！

2. 　鲁陀罗！

承汝赠给我，最有奇效药，

预期服用后，将获冬百个。

瞋恨离开我，苦难更远去；

从而使病患，祛除于十方。

3. 　鲁陀罗，

汝乃已生者，优秀中之最，

强者中最强；臂挎金刚杵；

安全送我到，离苦难彼岸；

邪恶诸攻击，无伤吾人身。

4. 　鲁陀罗，

乞汝勿生气：吾人失敬处，

滥哼俚俗曲，举办联合祭。

公牛神，

祈汝用良方，提高我士气；

恭聆汝教言，医中之至圣。

5. 　祈祷及供品，恭请鲁陀罗，

我诵赞美诗，愿彼心欢喜；

　　　　　　　慈祥复善邀，唇美体褐红，

　　　　　　　乞勿让吾人，于汝生疑虑！

6.　　　　　　公牛有侍卫，摩鲁特伴随，

　　　　　　　具大威神力，鼓舞我求援。

　　　　　　　我身感安全，如获热中荫；

　　　　　　　我渴望赢得，鲁陀罗善爱。

7.　　　鲁陀罗，

　　　　　　　请问在何处，天医之妙手，

　　　　　　　治病施妙药，迅收回春效？

　　　　公牛神，

　　　　　　　出身天神族，伤害祛除者；

　　　　　　　我愿能沐恩，于汝仁爱中。

8.　　　　　　公牛体褐红，微带淡白色，

　　　　　　　为彼我高歌，伟大中伟大。

　　　　　　　我用最诚敬，礼拜放光者，

　　　　　　　唱念鲁陀罗，可怖畏名字。

9.　　　　　　非凡者四体，结实示多相，

　　　　　　　一身褐红色，灿烂金庄严。

　　　　　　　广袤此世界，不离王统治，

　　　　　　　神圣彼国土，不离鲁陀罗。

10.　　　　汝执弓与箭，威严受尊敬；

　　　　　项链款式新，多彩妙妆饰；

　　　　　所有力资源，唯汝能挥使；

　　　　　世无更强者，比汝鲁陀罗。

11.　　　　对彼应赞叹，年青负盛名，

　　　　　坐在车座上，斗杀如猛兽。

　　　鲁陀罗！

　　　　　怡然受颂扬，恩赐善歌者，

　　　　　祈释汝神箭，射他非吾人。

12.　　　　童子面朝父，叩首接足礼；

　　　　　父悦接受子，嘉许复示教。

　　　　　我赞真慈父，财富善施主；

　　　　　汝受赞美已，良药赐我等。

13.　　摩鲁特！

　　　　　汝所有药物，纯正而质优！

　　　牡牛神队！

　　　　　此药乃精品，服后生奇效！

　　　　　是吾人远祖，摩奴所选择。

　　　　　我求获此药，鲁陀罗疗效与祝福！

14.　　　　荒神放标枪，祈绕过我等！

　　　　　恐怖者恶意，祈远离我等！

为乐善施主。祈松汝所握!

博爱之神,

祈汝施慈爱,加被我子孙!

15. 鲁陀罗!

褐红色公牛,遐迩俱知名;

如是提婆天:不怒亦不害。

荒神请在此,垂听我祷词;

我偕众英豪,祭典上朗诵。

提要:本曲共 15 个颂,主要歌颂鲁陀罗也是主宰宇宙大神之一,尽管他在《梨俱吠陀》神谱上被排在较次要的位置。其次,描写鲁陀罗神格上的两个表现形式。一个形式是,鲁陀罗作为一位天医,给广大信众,赐药治病,提高其健康水平。另一个形式是,鲁陀罗是一位监管世间伦理道德的司法主神,执掌赏善罚恶的无上权力。故对虔诚的男女信众,保护有加,使之避凶趋吉,永享福祉;而对违法作恶,给社会造成危害者,鲁陀罗则给予严厉的惩罚;当他们知罚忏悔时,又予以饶恕,不加惩处。

印度教的教徒们都了解,鲁陀罗在吠陀神话里因其无限的"赏善罚恶"的神圣功德而赢得一个特殊的、专用的称号"Śiva"(湿婆,吉祥)。这个称号,从此一直使用到现在,变成为印度教三大主神之一(或者说,"鲁陀罗"原是"湿婆"的前身)。

以下,按颂序解说:

颂 1:这是一首祈祷颂,故句号均用感叹号标明。颂的第一、二两句,是向摩鲁特的父亲鲁陀罗祈祷,请求他以慈悲的善意,亲切地接受吾人(信众)。此中摩鲁特(Maruts)是风暴神队(复数)。他们的父亲是鲁陀罗,母亲是毕莉斯妮(Pṛśni,花斑牝牛),二者结合,生下一组儿子,摩鲁特风暴神队。故"摩鲁特父亲"意即鲁陀罗。(另一神话,说毕莉斯妮是朝暮神莎维特利的妻子。)颂的第三、四两句,是向太阳神祈祷,愿彼阳光,永恒照耀,不离吾人(信众)。第五、六两句,是向英雄之神鲁陀罗祈祷,请求宽待吾人和吾人之马队。此中"宽待":请求鲁陀罗仁厚地对待吾人,同时也请求鲁陀罗保护吾人的马队,免被他的超强锐利武器所损伤。第七、八两句,是向荒神鲁陀罗祈祷,请求保佑吾人,繁育后代,长衍族福。

颂2:这是献给鲁陀罗的感谢颂。鲁陀罗是一位天医,他赠给信徒们各种良药,有效地治疗他们的疾病。吃药病愈后的信众特向鲁陀罗表示衷心的感谢。此中"冬百个":即一百年时间。意谓天医鲁陀罗的药剂,服后,其效力可以持续到一百年。

颂3:盛赞鲁陀罗是众生界优秀者中的最优秀者,强者中的最强者。此中,已生者:在经验世界出生的一切生物——众生。"优秀中之最":优秀众生中的最优秀者。"强者中最强":威力强大者中的最强者。"臂挎金刚杵":这原是因陀罗(Indra)专用的称号,用于称呼其他天神,只见于此颂。本曲作者似乎把鲁陀罗与因陀罗在神威上等同看待。故鲁陀罗如因陀罗一样在臂上挎有金刚杵。"离苦难彼岸":正好与"有苦难此岸"对照。在吠陀神学家和哲学家的幻想中,"此岸"即经验世界(佛家之所谓五浊娑婆世界);"彼岸"即超验世界(佛家之所谓西方极乐世界)。故"到彼岸"，即到"极乐世界"。"无伤吾人身"：意谓虔诚的信徒借鲁陀罗的保护，无论任何邪恶的攻击，都不会伤及他的肢体。

颂4：描述信徒自我检讨有对鲁陀罗不敬之处，引起鲁陀罗生气。因此祈祷鲁陀罗，请求谅解、饶恕。鲁陀罗对信徒生气，可能有三个原因：(1)有对鲁陀罗失敬的地方；(2)不唱神圣赞美诗，而滥哼俚俗歌曲，亵渎神明；(3)办联合祭。所谓联合祭，是请鲁陀罗与别的神祇一起集合在同一祭典上共同接受供养。但鲁陀罗不喜欢这种与其他神明混合受供的祭典，他只喜欢自己单独受供的祭典。其次，这信徒(似是一名将军)称赞鲁陀罗为"公牛神"(意谓鲁陀罗的威力，一如神圣的公牛的威力)。鲁陀罗是医生中的神医，故信徒请求鲁陀罗将他的有奇效的药方赠与他的英勇雄壮的部队，借以提高后者的战斗士气(此中药方，似是一种兴奋剂)。

颂5：这是一首请神颂。斋主设祭仪，用"祈祷、供品、赞美诗"邀请鲁陀罗下凡应供。"慈祥、善邀、唇美、体褐红"是形容鲁陀罗的定语。善邀：意谓易受邀请、乐于接受信徒的祈请。生疑虑：鲁陀罗是否接受邀请，心有顾虑。

颂6：信徒赞叹鲁陀罗的超验威力，请求他关怀和爱护。颂的前四句，是形容鲁陀罗的定语。公牛：意谓鲁陀罗的威力如此强大犹如神圣公牛的力量。"摩鲁特伴随"：摩鲁特(风暴神队)，原是因陀罗(Indra)的专用卫队，本颂作者也把他们说成是鲁陀罗的侍从，伴随着鲁陀罗一起活动。这也暗示鲁陀罗与因陀罗在神德和神威上是无分轩轾的。"鼓舞我求援"：这是说，信徒感到鲁陀罗的超验威德是一种强有力的鼓舞，鼓舞自己相信向鲁陀罗恳求援助——恳求赐予财富与福寿,一定会得到他的关怀与垂允。颂的后四句,是信徒表示获得鲁陀罗所赐予安全保护后的感受:"如获热中荫"。热中荫:意谓在炎热中获得一阵从树荫下吹来的凉风。善爱:谓最慈悲的关怀。

颂7:信徒称赞鲁陀罗乃天神中的天医和他"妙手回春"的医术。天医:鲁陀罗的别称。妙手:意指天医施妙药治病之手,即所谓"着手成春"的医术。"治病施妙药,迅收回春效"是妙手的定语。公牛神:鲁陀罗的别称。"出身天神族,伤害祛除者"是公牛神的定语。

颂8:本颂歌颂鲁陀罗是伟大神众中最伟大之神。公牛、放光者:都是鲁陀罗的别称。"可怖畏名字":意谓鲁陀罗的名字,行白业者(善男信女)闻之,心起敬畏;作黑业者(不善男女)闻之,心生恐怖。

颂9:本颂的前四句:赞叹鲁陀罗灿烂庄严的形象和一身多相的神变。非凡者:即鲁陀罗。四体:四肢。示多相:意谓鲁陀罗神通广大,一身变多身,以应接不同思想基础的信众和适应不同施教场合的需要。颂的后四句中"广袤此世界":即俗谛的经验世界;"神圣彼国土":即真谛的超验世界。意谓经验的现实世界,离不开帝王的统治;超验的神圣世界,离不开神王鲁陀罗的统治。

颂10:本颂称赞鲁陀罗身上的妆饰和所携的武器(弓与箭)。项链:鲁陀罗所戴的特殊项链。力资源:精神力量和物质力量的资源(两种力量的源泉)。

颂11:称赞鲁陀罗勇猛的战斗精神和备受信众的敬佩和赞扬。"斗杀如猛兽":意谓鲁陀罗在与敌对者(妖魔鬼怪)斗争时,其勇猛杀敌的威势,一如猛兽之王狮子那样无比凶猛。"射他非吾人":祈请鲁陀罗把"他"(敌对者)作为他的神箭射击的鹄的,而不是我等(汝之信众)。"恩赐善歌者":意谓鲁陀罗十分欣赏歌手唱出赞美他的赞歌,故特奖赐该歌手以福乐的恩典。

颂 12:颂的前四句,用第三人称写人间父慈子孝的俗谛伦理关系。童子:即儿子。接足礼(触足礼):按印度传统礼节,这是晚辈向前辈示敬的一种大礼——(对着前辈,特别是面对祖父母、父母、与父母同辈的亲人、族中的长老或亲教师等)合十当胸,俯身低头,双手伸出,摩触长者的双足。(这里的"童子"寓意歌手;"父"寓意鲁陀罗;意即,鲁陀罗把歌手看作儿子,给予他亲切的鼓励与教导。)颂的后四句,用第一人称写,称呼鲁陀罗为"真慈父"(意即超过世俗的父亲)和"善施主"(意即大施主)。良药:寓意鲁陀罗的启示。

颂 13:本颂歌颂的对象,不是鲁陀罗,而是鲁陀罗的儿子摩鲁特(Maruts,复数)。在吠陀神话里,摩鲁特的父亲是鲁陀罗,母亲是毕莉斯妮(一头雌性神牛);从后者闪闪发光的大乳房,生产出摩鲁特神队。摩鲁特一诞生,便即成为雷电大神因陀罗的近身卫队,伴随因陀罗巡游宇宙,协助因陀罗进行各种形式的降魔灭妖的战斗。但偶尔,在别的场合,摩鲁特也以别的大神的侍从身份出现。例如,在本颂(RV. Ⅱ. 33.13),摩鲁特现身为鲁陀罗的儿子,生来就有父亲的"神性遗传基因",故能继承、发展鲁陀罗那样的具有神奇效果的治病医术。牡牛神队:摩鲁特的别称。摩奴:吠陀神话所说的人类初祖(人祖,最初、第一个生产人类的父亲)。鲁陀罗疗效:意谓摩鲁特药物的疗效,如此神奇有效,一如鲁陀罗的药物疗效。

颂14:本颂是信徒们向鲁陀罗提出请求,请求鲁陀罗不要把信徒们当作他的标枪投向的目标,请求不要让恐怖分子以恶意伤害他们;同时,请求鲁陀罗在对待乐善好施者应放松手握的武器。荒神:即鲁陀罗。绕过:绕开,不投向我等。所握:手中所握的武器(弓箭)。

颂15:这是举办祭典的斋主向鲁陀罗献上的祷告。公牛:即鲁陀罗(在吠陀神曲里,凡形容具大力量的神或人,常以力大的公牛来比喻)。提婆:天;提婆天:梵汉混译,意即是"天神"鲁陀罗。不害:不伤害本教信徒,亦不伤害所有众生。英豪:杰出的子弟,或英勇的战士。

摩鲁特

（Maruts，风暴神队）

　　《梨俱吠陀》神话载有一个有名的神队，队名"摩鲁特"
（Maruts，复数形式的名词）。队里成员，一说有 21 个神，一说有
180 个神。吠陀诗仙创作了 33 支专门赞美他们的神曲，以及 7 支
表扬他们和因陀罗一起与恶魔战斗的活动。此外，还有两支神
曲，其中一支是写他们和火神阿耆尼，另一支是写他们和育生神补
善（Pūsan，RV. Ⅵ. 54）。摩鲁特的出生故事有好几说，一说他们
是鲁陀罗与毕莉斯妮（一头象征多彩风暴云片的母牛）所生的儿
子（RV. Ⅱ. 33）；另一说，是风神在天之子宫里生产他们。他们因
此被誉为"天之儿子"。不过，有时候，他们也被说成"自生的"。
摩鲁特全队成员是同龄、同心的兄弟，同时出生于同一诞生地，共
同成长，居住在地上、空中、天上（三层天界）。女神卢达西（Rodasī，
原义：天地）是摩鲁特的神友，她在摩鲁特的仙车上，站在他们的
身旁，俨然就是他们的新娘。这就是为什么在天界里常有关于她
和他们之间的绯闻。

　　摩鲁特神队，乃天界卫士，英勇忠诚，常得吠陀诗仙称赞：他
们的形相，俊美而威严，金色红色，交相映现，像火光一样，火红照
耀；而且是自我照明。在空中，摩鲁特常见与毗刁特（Vidyut，闪
电）连成一体。《梨俱吠陀》里有五个复合词，都是用"Vidyut"分别
与别的单词组合而成；而这五个复合词完全是对摩鲁特神队的描
绘。摩鲁特手上的长矛正是闪电，正如他们的称号"闪电枪"（rsti-

vidgut)所反映的。他们还执有一把金斧；有时候，还以弓箭来武装。这一特点可能是从他们的父亲鲁陀罗那里借接过来的。摩鲁特是这样打扮自己的：脖挂花项圈，肩披金罩衣，头戴金头盔；双手和双足分别系着臂环和脚环；坐上电光闪烁的坐车（由若干神骥牵引；这些马匹一般是雌性的，体色褐红，带有斑点，跑速如意念）；显得他们是英俊伟大，具大威力，年青而无衰老；像兽王狮子那样，干净、凶猛、可怕，但也像幼童或牛犊那样柔和可爱。

摩鲁特发出的声音常常被认作雷鸣、狂风的怒吼。他们的威力，引得山摇地动，震撼天地二界；摧折树木，像大象那样，吞噬森林。他们的一项主要任务，就是行云致雨，用雨水遮挡太阳，用宽厚的云片制造黑暗；但同时，他们保持警惕，防止热浪冲击，驱散自己制造的黑暗，施放光明，为太阳东升铺路。

摩鲁特多次被誉为善歌唱者，是天上的歌星。他们经常一边压榨苏摩汁，一边唱歌曲；而当因陀罗战胜恶龙（大黑蟒）时，他们特为因陀罗唱赞歌。他们的歌声虽然首先表示风声，但也同时被构想为一支赞美诗式的神曲。因此，他们可被比作念诵吠陀神咒的祭司；而在有因陀罗作伴时，他们就被直呼为神圣的祭司。

由于与雷电和雷雨有关系，摩鲁特神队作为因陀罗的朋友和同盟者，永远陪伴着因陀罗（RV. Ⅱ.12）。他们为因陀罗祷告、诵神曲、唱赞歌，用以提高他与黑魔弗栗多战斗的力量和勇气。诚然，因陀罗是在他们的配合下成就了他所有的神圣功绩。然而，有时候是摩鲁特独自完成这些战功——直接把弗栗多打倒，肢解其尸体，救出被困的牝牛群。

在没有和因陀罗在一起时，摩鲁特偶尔也表现他们父亲鲁陀罗的凶神特征。因此,信众恳求他们避用霹雳、箭头和石块等,以免伤及家庭的人畜;同时还求他们要像他们父亲那样,给人间带来治疗疾病的药方。他们的药方和药物似乎就是水,因为他们是把雨水当作药物赠与人间。

《梨俱吠陀》神话资料证实:摩鲁特就是雷雨神队。Maruts 这个名字可能来源于词根"mar"(光照),因而得名为"光照之神队"。

兹从 33 支专用于赞扬摩鲁特的神曲中选译一支于下:

《摩鲁特赞》

(Maruts,风暴神赞)

(《梨俱吠陀》第 1 卷,第 85 曲,共 12 个颂。
作者为歌陀摩仙人,Gotamo Rāhūgaṇa)

1.　　　　鲁陀罗子众,神奇迅行者,
　　　　　沿途自装扮,犹如美妇人。
　　　　　正因摩鲁特,天地得进化;
　　　　　激动英雄队,陶醉祭仪中。

2.　　　　鲁陀罗子众,魁梧体健壮,
　　　　　证明乃伟大,天界筑殿堂。
　　　　　歌颂因陀罗,获得神力量。
　　　　　毕莉斯妮子,以此戴荣光。

3.　　　　牝牛神诸子，饰物自庄严，
　　　　　光辉随身带，晶亮锐利器。
　　　　　以此全扫除，一切不吉祥；
　　　　　沿其所行径，酥油在流淌。

4.　　　　伟大诸战士，挥舞其长矛，
　　　　　以威力摧毁，未曾摧毁者。
　　　　　摩鲁特神力，迅行赛意念；
　　　　　所驯雄马队，强壮气力大，
　　　　　但将雌斑马，套于其车上。

5.　摩鲁特！
　　　　　汝将雌斑马，套于汝车前，
　　　　　速祭一巨石，镇妖战斗中。
　　　　　随后复释放，血色雄马流，
　　　　　滋润地上土，如沾水兽皮。

6.　摩鲁特！
　　　　　让汝疾跑者，载汝到此来；
　　　　　尽速往前奔，伸开汝双臂。
　　　　　伏祈坐圣草，汝之大宝座；
　　　　　甘美苏摩汁，敬请汝品尝。

7.　　　　彼等自力强，益彰具伟大；
　　　　　直登太虚空，制作宽广座。

毗湿奴驾到，协助醉公牛；
彼等如鸟群，喜坐圣草上。

8.　　　　酷像英雄众，迅行如战士；
又若求荣者，列阵战场上。
诸有众生界，敬畏摩鲁特；
是此一班人，如可怕暴君。

9.　　　　天匠达斯陀，技艺臻绝顶，
巧制雷电棒，金色镶千刃。
因陀罗用之，创立英雄业，
斩杀弗栗多，恢复水流动。

10.　　　彼等展威力，翻起深井水；
坚硬大山头，旋亦被劈开。
慷慨摩鲁特，吹响长笛管，
醉饮苏摩酒，创造光荣业。

11.　　　彼等将水井，横移到那边，
井泉便喷向：苦渴乔陀摩。
光辉英俊者，趋前献帮助，
以神力满足，智仙所冀望。

12.　　　汝等为善信，营造庇护所，
扩充成三界，授予给彼等；

亦祈摩鲁特，将之赐我等，

财富与牛群，及优秀战士。

提要：本神曲共有 12 个颂，首先介绍摩鲁特（全体队员）是鲁陀罗与毕莉斯妮所生的儿子和他们与因陀罗大神的关系，他们的力量和威势是从因陀罗那里得来的，然后综述他们随因陀罗（有时单独）在天上人间利乐有情，降伏妖魔的种种功能德性的活动。

如下，按颂序详解：

颂 1：描述摩鲁特在下凡应供途中，认真自我装扮，他们的行动起着推动宇宙进化增大的影响。"鲁陀罗子众"：是指摩鲁特（风暴神队）全队成员乃鲁陀罗与毕莉斯妮（牝牛）所生的众儿子。沿途：摩鲁特应人间斋主的祈请下凡应供途中。"天地得进化"：意谓摩鲁特伴随着因陀罗在天上人间所进行种种奇妙而神圣的活动对天地产生如此巨大的影响，竟是在推动宇宙不断发展，进化增大。英雄队：摩鲁特风暴神队。

颂 2：讲述摩鲁特在天界，而不是在空界，修建自己的宫殿；他们因歌颂因陀罗大神而获得神奇的力量，并且为此而深感荣光。天界：在这里是说，摩鲁特神队（和因陀罗）本是天、空、地三界中的空界大神；但他们不在空界修筑自己的宫殿，而是在天界修筑。这反映摩鲁特的神威是和因陀罗及其他天界神明一样伟大。神力量：指因陀罗给摩鲁特的力量。因陀罗是吠陀神谱上主要大神之一。摩鲁特是他的助手和侍从。在这里，摩鲁特热烈地歌颂因陀罗的殊胜功德与神通，因而受到因陀罗的赞赏，并授给他们非凡的力量以示奖励。戴荣光:意谓摩鲁特因歌颂因陀罗而获得超凡力量,感到无限荣光。

颂3:描写摩鲁特,武器(雷电、风暴)随身带,用以扫除一切不吉祥的事物;一边飞行,一边降雨。牝牛神:即毕莉斯妮女神(母牛神),诸子:母牛神的儿子们(摩鲁特神队)。锐利器:摩鲁特随身所携带的霹雳、雷电、风暴。酥油:寓意摩鲁特的雷雨;暗指摩鲁特在其飞行的路线上,一边飞行,一边降雨,故说"酥油在流淌"。

颂4:称赞摩鲁特具有巨大无比的威力,能够摧毁一切未曾被摧毁过的坚硬之物;又有为其服务的强壮力大的雄马队和雌马队。诸战士:即摩鲁特神队。长矛:意指摩鲁特的闪电、雷雨、暴风雨。雌斑马:这说明摩鲁特平时喜欢用雌马来拉他们的座车。

颂5:信众向摩鲁特神队祈祷,恳求神队在把雌斑马套好于其座车前,即请祭出巨石(喻霹雳)镇压在战斗中的妖魔。然后请释放血红的雄马流,化作一床沾水湿透的兽皮,借此滋润大地。颂中的主词"汝"读复数(即摩鲁特神队的全队成员)。巨石:吠陀神话中雷电的异名。摩鲁特在与妖魔战斗中将手执的雷电霹雳当作巨石抛出以镇压它们。马流:即马群、马队;暗喻摩鲁特从空中释放的雨水。沾水兽皮:寓意(a)受雨润湿的泥土就像一块宽大沾着水的兽皮;(b)兽皮制的水袋,盛满摩鲁特从天上倒下来的雨水,滋润人间大地。

颂6:信众举办苏摩祭典,祈请摩鲁特神队驾车下凡,尽速前来应供,品尝甘美的苏摩神酒。疾跑者:指摩鲁特的拉车马队。到此来:到人间的祭典中来。"尽速往前奔,伸开汝双臂":意请摩鲁特坐上车后，伸开双臂，挥鞭督马，向前快跑。圣草：铺在祭坛地上祭礼专用的鲜绿小草，也正是献给摩鲁特的宝座。

颂7：本颂赞叹摩鲁特本身具大力量，能够登上太虚空，就地制作无限广大的宝座；其次表述摩鲁特与大神毗湿奴的关系。彼等：摩鲁特神队。自力强：摩鲁特自身本来强大，因此益显得他们更伟大。宽广座：意谓摩鲁特是以太空为他们的座位。"毗湿奴驾到，协助醉公牛"：这两句颂文有二解。一是，毗湿奴与摩鲁特的关系。摩鲁特是因陀罗的侍从和盟友，常伴因陀罗一起与恶魔战斗。但有时候，摩鲁特也表现为毗湿奴的好友。二是，毗湿奴与因陀罗的关系。吠陀经常说这二大神是亲密的朋友（RV. Ⅵ.69），在超验的神通活动中，彼此互助。例如，因陀罗运用他的力量，支持毗湿奴迈出三大步走完天、空、地三界间的距离（RV. Ⅷ.12.27）。而毗湿奴经常支持因陀罗与妖魔鬼怪作斗争，特别是与大黑魔弗栗多的战斗。本颂说"毗湿奴驾到，协助醉公牛"，便是其中一例。醉公牛：是因陀罗的别称。因陀罗习惯在与妖魔对阵之前，先得痛饮苏摩神酒"三池"，直至酩酊大醉，故得此名。

颂8：本颂盛赞摩鲁特神队乃惊天动地的英雄众。求荣者：求取战争胜利者的荣誉。诸有：即天、空、地三有（三界）众生。一班人：指摩鲁特神队。"如可怕暴君"：意指摩鲁特发动"霹雳列缺"所造成"雷霆万钧"的态势；在这种态势下，摩鲁特显露出的形相就像暴君的脸面那样凶恶可怕。

颂9：世间凡夫，每见精美绝伦的工艺品，总会"森然魄动"似地感叹曰：此作品真是"巧夺天工！"天工：意指天上的工艺神和他们的工艺作品。但是，人间的工艺品作者并没有登过天，跟天上工艺神学习工艺技术;而欣赏他作品的鉴赏专家或嘉宾也没见过有所谓天上的工艺神或工艺家。本颂作者似乎也知道,所谓"天工"只存在于神话。然而,他在本颂里却说真的有一位生活在天上的工匠,其名曰:达斯陀(Tvastā),并且颂扬他曾为因陀罗大神"巧制雷电棒",让他用以"斩杀弗栗多"。这是说,黑魔弗栗多在一次魔法恶作剧中截断天上雨水,制造人间旱灾。因陀罗因而盛怒,祭起天工匠达斯陀为他制作的雷电,当场把它打倒,斩杀掉;随即恢复降雨,克服旱灾。

颂10:本颂再次称赞摩鲁特"移山倒海"的威力。彼等:即摩鲁特神队。"翻起深井水":意谓摩鲁特运用神力,把水井当作水盆,将整个井从井底提拉上来,倒出井水,灌溉田地,"醉饮苏摩酒":这是说摩鲁特和因陀罗一样爱饮苏摩酒。摩鲁特是因陀罗的侍从,因陀罗习惯在与妖魔对阵之前畅饮苏摩。摩鲁特在旁陪饮,和因陀罗一起,饮得酩酊大醉。光荣业:意指摩鲁特为人间翻井取水,劈山开路,以及和因陀罗一起喝酒降魔的神圣业绩。

颂11:摩鲁特神队将翻上来的水井推移到乔陀摩仙人的打坐苦修处,让井水朝着仙人喷射,帮助他解除缺水口渴之苦。彼等:即摩鲁特神队。那边:乔陀摩仙人苦修处。乔陀摩(Gotama):(婆罗门种姓)莺吉罗斯族(Angiras)的一位苦行仙人智者。光辉英俊者:即摩鲁特神队。帮助:摩鲁特神队除用井水解除乔陀摩仙人的缺水口渴外,还给他提供别的帮助,以满足他的冀望。

颂12:这是本曲的末尾颂,是一个祈祷颂。斋主可能是一位君主,也许是一个贵族。颂的前四句是为全体善男信女祈祷:后四句是为斋主及自己的眷属祈祷。汝等:即摩鲁特神队。善信:

善男信女。庇护所:保证身体安全、心神宁静的地方,亦即所谓安身立命处。三界:天、地、空三界(三有、整个宇宙)。意请摩鲁特运用神力,把人间的普通庇护所,扩大到三界范围,从而使三界众生俱得到保证身心安全、宁静的庇护所。彼等:即善男信女们。我等:即斋主及其眷属仆役、士兵等。

伐陀-伐尤

（Vāta-Vāyu，风神）

风神，梵语有两个名字——伐陀（Vāta）和伐尤（Vāyu）；二者都是表明风神的物质现象（风原素）和它的神圣的人格化（神格）。不过，Vāyu 主要就神格而言，Vāta 主要表示它本身的原素（风）。前者常因与因陀罗合称 Indra-Vāyu（阳性，双数）；后者只是偶尔和致雨神（Vāta-Prajanyā，阳性双数）并列。在吠陀神谱里，风神（Vāta）不是首要大神，但被认为是众神的"气息"（呼吸、生命）；所谓"诸天之精魄，诸有之胎藏"（RV. X.168.4），是生物界，特别是人类中，最初出生的第一人（始生者），是宇宙客观规律的支配者（黎多）。他一方面是因陀罗的首席侍从官，另一方面又能够与因陀罗、婆楼那（司法神）、苏利耶（太阳神）、阿耆尼（火神）等大神平起平坐，共享斋供。风神是一位善神，具有崇高而神圣的品质，在他的住处，藏有丰富的"不死"妙药。他能够为人间提供医疗治病的方便，能够延长求长寿者的生命。

在《梨俱吠陀》里，Vāyu 只有一支完整的歌颂它的神曲（和若干与因陀罗并列的神曲）。Vāta 也仅有两支短曲，即第 10 卷第 186 和第 168 两支。本文选译了后者（168 曲）。此曲虽然只有 4 颂，却把风神特有的品格刻画得惟妙惟肖、活灵活现，充分体现出立体的审美风格，给人以美的享受。

《伐陀神赞》
（Vāta，风神赞）

（《梨俱吠陀》第 10 卷，第 168 曲，共 4 个颂。
作者为阿利洛仙人，Anilo Vātayana）

1.　　　　　　　风伯之神车，威力极强大，

　　　　　　　　摧毁敌碉堡，其声如雷吼。

　　　　　　　　迅行触天际，穹苍吐彩虹，

　　　　　　　　旋转于大地，尘埃纷飞扬。

2.　　　　　　　风神近卫车，超速随其后，

　　　　　　　　集合如女眷，节日赴会场。

　　　　　　　　与诸仙相聚，同坐一车乘，

　　　　　　　　周行宇宙间，称王全世界。

3.　　　　　　　依所走路线，跨越太虚空，

　　　　　　　　飞行无中止，一日亦不息。

　　　　　　　　众水之友伴，始生者黎多，

　　　　　　　　彼从何处生？从何方出现？

4.　　　　　　　诸天之精魄，诸有之胎藏，

正是此明神,任意逍遥游。

能听彼声音,不见彼身形,

吾应具牺牲,敬献此风神。

提要:本曲只有 4 个颂,但十分精确地和生动地表述了风神超
验性似的本性——"诸天之精魄,诸有之胎藏"和他的可感知而不
可见的真相。他的运行和活动,无论直上穹苍,或横扫地面,都是
飘飘然飞触到天地的极边。所以他能与其他大神同乘一仙车,遍
游宇宙,称王全世界。

接下,按颂序详解:

颂 1:描写风神独自驾驶神车飘游天际和大地的活动。神车:
实际上就是风力本身。敌碉堡:意指高山峻岭。彩虹:意指(a)与
风暴神队(摩鲁特)有关的空中电光;或(b)太阳东升之前的晨
曦——乌莎女神。按吠陀神话,风神力大,推动了乌莎施放晨光,
故说每天早上天空的"彩虹"是因风力而引起的。

颂 2:描述风神有一队近卫军随侍其后;他这次不是独自游荡
宇宙,而是约其他神仙和他同车同行。近卫军:风神的近身卫队,
意即"雨水",紧跟在风神之后。集合:意谓风神的近卫军"雨水",
集合之快速,犹如女眷在节日迅速集合,共赴祭神会场。诸仙:既
指风神自己的扈从(雨水),也包括风神的嘉宾,如因陀罗、婆楼
那、阿耆尼等超级神灵。

颂 3:表述(a)风在太空中的飞驰活动是按规定路线进行的;
(b)风与水的密切关系;(c)风被拔高为世界物原之一。所定路线:
即自然规律所规定的路线或方向。众水:泛指一切水域如河流、

川溪、海洋等。友伴：表示风与水的密切关系。始生者：谓世界原初第一次出现的物质。黎多(rta)：宇宙原理，客观规律。"始生者黎多"：是把风原素拔高为宇宙本原。"彼从何处生？从何方出现？"是问风神的身世。回答见下文第 4 颂。

颂 4：本颂回答上颂所问风神的身世。(风神是)"诸天之精魄"，诸天：即三十三天上众神明。精魄：即灵魂、神我。(风神是)"诸有之胎藏"，诸有：即天、地、空三有、三界。胎藏：意指孕育宇宙的胚胎、宇宙之母体。("诸天之精魄，诸有之胎藏"这两句颂文，蕴含着深刻的哲理——风(物质)是物质世界和精神世界赖以形成、产生的基础。)

波罗阇尼耶
（Parjanya，云雨神、致雨神）

波罗阇尼耶是吠陀神谱上一个次要之神。《梨俱吠陀》仅有三支歌颂他的神曲。波罗阇尼耶意为"云雨"，拟人化为一自然神。顾名思义，他的最大特点是，驾驶云雨，即所谓行云致雨、降雨人间。在不少别的诗句里，他首先被拟人化为"云"，然后变为一个乳房，一个水桶或一个皮水袋；说他乘坐一辆装有皮水袋的神车，环绕四周，纵情飞翔；与此同时，他就像一位神圣的慈父，松开水袋口，让水洒遍大地的每一角落。在这一活动中，云雨神是与雷电紧密结合在一起的。波罗阇尼耶屡屡被提到的另一拟人化的形象是一头公牛，能够促使植物快速生长，使大地的土质更快地变为肥沃。他在这一特殊方面，是植物世界的生产者和滋养者。他还被指称为一位父亲，能够在母牛、母骡、妇女等雌性生物身上培植生殖力。大地被暗指为他的妻子，而他有一回被认为是天父神（Dyaus）的儿子[意含：天（夫）与地（妻）的合卺]。

兹从三支有关云雨神的神曲中选译一支如下：

《波罗阇尼耶赞》
（Parjanya，云雨神赞）

（《梨俱吠陀》第 5 卷，第 83 曲，共

10 个颂。作者为阿底利仙人，Atri）

1.
　　　　　高唱赞神曲，祈祷强大者；
　　　　　歌颂致雨神，礼敬始求得。
　　　　　牡牛鸣示意，催生之礼物；
　　　　　种子即胎藏，投放植物中。

2.
　　　　　彼摧毁树木，斩杀罗刹鬼；
　　　　　世界全惧怕，彼之巨武器。
　　　　　即使无罪人，亦避强力者；
　　　　　致雨神雷鸣，轰击罪行人。

3.
　　　　　如御者挥鞭，鞭其曳车马；
　　　　　诚然彼将雨，化作其信使。
　　　　　如远处狮吼，闪电雷轰鸣；
　　　　　斯时致雨神，命雨从天降。

4.
　　　　　伐陀风吹起，雷电疾闪烁；
　　　　　花木萌新枝，彩云弥满天。
　　　　　育生事繁兴，利乐全世界；
　　　　　斯时致雨神，播种大地上。

5.
　　　　　彼所立誓愿，大地得服从；
　　　　　面对彼誓愿，有蹄者颤栗；
　　　　　缘彼誓愿故，花木全盛开。
　　　　　波罗阇尼耶，祈赐大庇护！

6.　　　　　摩鲁特神队，伏祈赐天雨；

亦请汝神骥，释出雨水流。

爆发在此间，闪电伴雷鸣；

犹如我圣父，阿修罗降雨。

7.　　　　　斯坦那耶！

请朝我轰鸣，播下物种子；

乘坐盛水车，飞行绕四方。

拉紧皮水袋，袋松往下坠；

高地与低谷，愿悉变平川。

8.　　　　　提起大水桶。倾倒其中水；

河川解放已，水流向远方。

使用香酥油，滋润地与天；

愿为牝牛群，设置美饮场。

9.　　　　　致雨神明，当尔怒吼，

雷鸣闪电，消灭恶人；

整个世界，兴高采烈；

正是此事，世上发生。

10.　　　　善致云雨，善控云雨；

改造沙漠，让人通过；

为食物故，催树生长；

接受信众,赞歌声扬!

提要:本神曲共有 10 个颂,集中表述致雨神本性的光辉特征,及其在这世间最充分地发挥利益生物界的功用与功效。所谓生物界,包括有意识的生物和无意识的生物;而在本颂,则是特指植物而言。致雨神利益生物的具体活动,将按颂序详解于后:

颂 1:本颂的前四句是信徒(或颂的作者)自我的"潜心默祷",认为只有对威力强大的致雨神,顶礼致敬,高唱赞歌,才能求得他恩赐降雨。颂的后四句,是致雨神接纳信徒的祈祷与要求。牡牛鸣:喻致雨神的示意:乐以"催生之礼物"回应信徒的祈求。催生:即是"雨",雨有催促植物快速生长的力量。致雨神正以这一力量作为礼物回送给人间。"种子即胎藏":意谓致雨神恩赐人间的植物种子,这种子即是植物体内的胚胎(胎藏)。

颂 2:致雨神有赏善罚恶的神力。本颂突出他"罚恶"的方式和他所惩罚的对象。彼:致雨神。罗刹鬼(Rākṣasa)吠陀神话里的一类恶鬼,性凶残,一俟人死,迅即抢食其尸,故称为食尸鬼。巨武器:雷电。强力者:致雨神。罪人:犯罪者、有罪者、罪人(与罗刹鬼一样是致雨神的惩罚、镇压对象)。

颂 3:本颂讲述致雨神在降雨前夕,将"雨"化作信使(即信息)——闪电雷鸣,预告人间,雨将沛然下降;远近各地,必须提防,江河湖泊,水涨横流,泛滥成灾。

颂 4:本颂特写风神与致雨神合作,共同活动、利乐全世界。伐陀:风神在吠陀神话里有二名,一是伐尤(Vāyu),一是伐陀(Vāta);前者常伴因陀罗,后者常随致雨神。颂的前四句正是写风神（Vāta，风、风起）与致雨神（降雨前夕的信号：雷电）合作的具体活动。颂的后四句则独述致雨神的活动。育生事：致雨神主宰风雨，故能使风调雨顺，养育群生，利乐世界。

颂5：本颂赞扬致雨神立下大誓愿，按规律，行云致雨，利乐世间一切生物与非生物。誓愿：梵语原文是 vrata，意译"誓愿、愿望、承诺"；在本颂，"誓愿"的实际含义应是"规律、法则"。意谓致雨神的降雨行动是有规律性的，或者说，是按自然的客观规律进行的。颂中有三个"彼"字；第一个是主格，第二、第三个是属格，意即"彼之……"大地：拟人化为地母神，意谓即使地母神也得服从致雨神所定降雨规律。有蹄者：意指四足兽类及家畜牲口。大庇护：意请致雨波罗阇尼耶把庇护众生的庇护所扩大，使之变成为一个世界的庇护所。

颂6：本颂介绍摩鲁特（风暴神队）与波罗阇尼耶（致雨神）的关系；或者说，在行云致雨的活动上，二神，如果不是一致，也是相类似的。颂的前四句，写摩鲁特；后四句写波罗阇尼耶（致雨神）。摩鲁特（Maruts，复数）：意即"风暴神组、风暴神队"；摩鲁特神队，译称"风暴神队"，在吠陀神话里，是大神因陀罗的近身卫士，他们的战斗英雄的名声，仅次于因陀罗。摩鲁特的原形，就是暴风骤雨；拟人化后，化身为摩鲁特神队。所以摩鲁特的活动纯粹是制造暴风骤雨。这与致雨神的行云致雨的活动很相似。神骥：摩鲁特的坐骑，它按摩鲁特的指令释放雨水，充沛如川流。"爆发在此间"：意指致雨神在此地预先发出降雨的信号——闪电与雷鸣。圣父阿修罗（Asura）：意指此前往昔主持行云致雨的先圣神明。在初期的吠陀神话，阿修罗原是善神，是圣父神；到了晚期的吠陀神话,阿修罗逐渐演变为恶神,成为大神因陀罗的劲敌。古波斯神曲集《阿维斯特》迄今仍然把阿修罗作为至善之神来拜祭。本颂正是称他为善神之圣父。

颂7:本颂叙述雷电神在信众的恳求下,为他们做了几件与农事有关的好事:(a)行雷闪电,预告即将下雨;(b)撒播农作物的种子;(c)驾驶水车,边运行边洒水。斯坦那耶(Stanaya)意译:雷、雷电;拟人化为雷神、雷电神。"请朝我轰鸣":意谓请雷电神用行雷闪电作为信号,预先告知我们(信众)天将降雨。轰鸣:雷电轰鸣,是雨至的预告信号。"雷"与"电"同属一个天体(云)、"云"由内部变化而产生两个不同的大气物理现象(雷电)。这两个现象却结合为一个预报即将降雨的信号、信息。"雷"与"雨"同出于云的变化,一先一后,是自然的规律。但常见有例外:光打雷不下雨,或光下雨无雷鸣;甚至有时候,雷雨同时爆发。盛水车:车上装载盛满水的皮水袋的车子。绕四方:意指装载着皮水袋的车子环行四方,用水袋水洒遍大地每一个角落。皮水袋:古代印度农民常用山羊皮制袋盛水、运水的袋形工具。这一盛水方法,千百年来,一直沿用,迄今未衰。"袋松往下坠":这是皮水袋的定语,意即在车上皮水袋没有拉紧,正往下坠。这是提醒御者,注意皮水袋没有绑好,正往下坠,有跌落的危险。变平川:意谓雨水把高低水平的地貌冲刷成一大平原。

颂8:上边颂7讲雷电神发出雨前的预报信号(雷电),这里颂8,讲致雨神紧接在雷电之后,如实降雨。大水桶:盛雨水的神奇大桶。致雨神行云致雨,有如用水桶从水井取水来灌溉田地。"河川解放已":意谓致雨神施放充沛的雨水,形成冲击力大的水流,把堵塞河流的障碍物完全冲倒,清除干净。

　　颂 9 及颂 10:这两个颂是本神曲的总结颂:致雨神波罗阇尼耶及时降雨,滋养生物界与非生物界;运用雷电武器,消灭恶人,从而使世间善良群众,求享安宁与和谐。信众与非信众,异口同声,欢呼感谢,感谢致雨神的圣恩神典,歌颂他的功德无量。

阿波诃

（Āpaḥ，水母神）

"水母神"又称"水蜜神"（Āpaḥ，集合名词，复数变格）。她们是次要的吠陀神组。在《梨俱吠陀》里，她们只占有4支歌颂她们的神曲，以及若干涉及她们的故事的零散颂诗。她们的拟人化仅仅是初级的；吠陀诗仙并没有越出如下的概念来塑造她们的拟人化形象：她们是母亲、是年青的妻子，是施赐恩典和顺着众神所行路线而走进祭坛的女神。水母神与大神因陀罗的关系特殊。以雷电武装的因陀罗特为水母神挖了一条泄水渠道。水母神不敢违反，只好遵照因陀罗的法令，严肃认真地在这条被因陀罗指定的水渠上流动。她们既是天上的，同时也是地上的，而汪洋大海则是她们奔流的终点。水母神和别的大神的关系也很亲密。她们可以任意地在天神们的仙居逗留，或端坐在密多罗-婆楼那二神的座位上，或站在太阳神的身旁。神王婆楼那喜欢在她们之间活动，审察下界世人的真伪行为。水母神身为母亲，最富母爱；正因如此，她们生下了阿耆尼（火神），并成为一切动与静的事物的生产者；她们就像慈爱母亲那样施送她们的吉祥奶汁。她们癖好净化，不断地在清除脏物，甚至要清除道德伦理上的罪过、暴行、诅咒、撒谎等精神垃圾。水母神也像救死扶伤的医圣，在这世间，善施良方，行医治病；提高人的健康、财富和力量；教人珍惜生命，延长寿限，以及如何求取不死之道（超验的解脱）。所以，信徒们常来请求她们赐福和帮助，敬请她们光临祭坛，坐在铺地的圣草上接受苏摩祭司的献供。

水母神多次与蜂蜜联系起来,说她们把自己的奶汁与蜂蜜混合在一起,因而使她们饱含蜜味的水波变成为大神因陀罗的饮料;后者激起前者的极度兴奋,并给予前者以英雄式的威力。水母神被恳求送出这样的水波:它是天国的产物,含有丰富的蜜味,能博得众多神仙的欢喜,同时,又是因陀罗所需的饮料。从这儿看,天上的水与天上的苏摩汁——因陀罗的饮料似乎是同一的液体物质。而在别处(天上除外),所谓水,则是指用来制作陆地上的苏摩汁的“水”。水母神每当她们带着酥油、乳汁和蜂蜜出现时,她们便等同祭司,后者随身携有为因陀罗而压榨出来的苏摩汁。苏摩(树,Soma,人格化为一男子。RV. Ⅷ. 48)喜欢水母神群,就像一美男子喜欢可爱的窈窕淑女们;他作为情人接近她们,她们就是在这青年面前叩首示爱的淑女。

水,神格化为水母神(水蜜神)是前吠陀时期的神话,因为她们也出现在古波斯的《阿维斯特》里,作为“Āpo 水神”而受礼拜和祈祷。

兹选译歌颂水母神四支神曲中之一如下:

《阿波诃赞》
(Āpaḥ,水母神赞)

(《梨俱吠陀》第 7 卷,第 49 曲,共 4 个颂。作者为最富仙人,Vasistha)

1.　　　　　大洋为其首，从海之中央，
　　　　　净化成圣洁，流逝无休止。
　　　　　威武因陀罗，金刚杵本主，
　　　　　为诸女水天，开凿泄洪道。
　　　　　诚恳水母神，在此护助我。

2.　　　　　是诸水母神，下降自碧落，
　　　　　畅流在水道，挖出或自出；
　　　　　澄澈复净化，终点归大海。
　　　　　祈祷水母神，于此护助我。

3.　　　　　神王婆楼那，走在水母中，
　　　　　俯察人世间，真实非真实。
　　　　　水母天然蜜，清澈而净化；
　　　　　祈诸水母神，在此护助我。

4.　　　　　婆楼那苏摩，二神在其中；
　　　　　诸有天提婆，正是住其中，
　　　　　美酒相对酌，陶醉增力量。
　　　　　火神宇宙人，亦住入其中。
　　　　　祈诸水母神，在此护扶我。

　　提要：本神曲仅有 4 个颂，阐述水母神是海洋神格化、拟人化后的形式。水母神是水子神（Apām Napāt）和火神阿耆尼（Agni）

的生身母亲。水母神（Āpah，复数，水母神众）本性仁慈，爱护众生。本曲4个颂中第一颂的末后两句，同是一样的祈祷词——"祈诸水母神，于此护助我！"充分反映信徒们对水母神怀着多么深厚的尊敬、信赖心情。水母神还与四位明神关系友好，经常得到他们的帮助、支持。他们是：因陀罗、婆楼那、苏摩、火神。

下边，按颂序详细解说：

颂1：本颂的歌颂对象是二神：水母神和因陀罗。颂的前四句歌颂水母神为众水神中的主神。众水：意指包括汪洋大海、河流川溪等一切水域，拟人化后，形成一个广大无际的水域神族。水母神是族中一个重要的集体神组，她们推举"大洋"为她们的首领，共同监管从大海中央到所有水域的事宜。"净化成圣洁，流逝无休止"，就是表扬水母神和她们的领导的两句定语。颂的第五至第八句，称赞大神因陀罗对水母神的帮助。"金刚杵本主"：意即金刚杵所有者、手执金刚杵者；这是特指因陀罗的同位语。女水天：女水神、水神族中的女水神；"天"是对水母神的敬称。泄洪道：是指因陀罗为水母神所挖的水道。颂的最后两句是信众向水母神的祈祷语。

颂2：本颂称赞水母神的水（水母神本身就是水）通过几个不同的渠道，流入大海。"挖出或自出"：指出水母神所采用的水道有三条——用三种引水流归大海的方法：(a)水母神的水（雨水），从天空下降，直接流入大海；(b)水母神的水（地下水）通过人工挖成的水道（尤指因陀罗特为水母神所挖的泄洪道）注流入海；(c)水母神的水（泉水、温泉）沿天然自成的水道，流入大海。

颂3：本颂写婆楼那与水母神的关系（婆楼那在《梨俱吠陀》的

早期,是吠陀神谱上的主要大神之一,被尊称为神王。但到了《梨俱吠陀》晚期,他被降职为一个水域之神)。"婆楼那,Varuna"一词似有"水"的含义。故他与水母神的关系颇有渊源的意味(RV.Ⅶ.86)。"走在水母中":意谓神王婆楼那的活动是在与水母神相处中进行的。真实:善的行为;非真实:恶的行为。天然蜜:水母神本身是水,而这"水"天然地富有蜜味。

　　颂4:本颂特写在水母神的水宫中举办的一次三有神群的联欢"派对"(Party)。出席这次联欢会的上座贵宾是:婆楼那、苏摩树神和阿耆尼(火神)三位著名的吠陀尊神。诸有:泛指天、空、地三有(三界)诸天神众。天提婆:提婆(deva),意即是"神";"天提婆"是汉梵混译,意即"天神"。宇宙人(vaiśvānara):意为"宇宙大神",是对火神的尊称。按吠陀哲学,超验神体,绝对无相,但周遍宇宙,无处不在,无物不摄。(宇宙人,这个吠陀术语,为后吠陀的奥义书哲学所继承,并阐释为奥义书哲学中一个重要的哲学概念。)"在其中、住其中、入其中":意谓诸有神众俱被请到水母神神宫中来,共同参加水母神主办的神群联欢盛会。

水子神

（Apām Napāt）

水子神在《梨俱吠陀》里仅有一支完整地描写他的神曲（RV. Ⅱ.35）。在献给水母神（Āpah）的一支神曲中，有两个颂是写他的。而在别的神曲的诗句里也往往偶尔地论及他。吠陀诗人画出的水子神的形象轮廓是：年青、漂亮；受着水的围绕和滋养；他从这里不用光源而光芒四射。由于身披闪烁的电光，他的姿态、外貌、肤色全是金黄色的。他经常站在最高点上释出光照，这光灿烂多彩，辉煌无限。他的一匹速度如念的神驹常常驮着他周游寰宇。在他的神曲的最后一颂中，水子神被认作火神（阿耆尼），而且必然地和火神同一起来，共受祈祷。在某些献给火神的神曲里，火神就被说成水子神。然而，这二神（水子神与火神）是有区别的。例如，颇像水母神之子的火神，取得打败黑魔弗栗多的胜利；水子神曾三次获"快速"的称号，而火神仅有一回得此称号。因此，水子神似乎是反映火神的一个仿佛躲在彩云间的火光形式。因为火神，除被直接称作水子神之外，还被认为是水中的胎藏（garbha），而火神的第三个形式被描写为在水里点燃的火。

水子神并非印度本土神话的产物，但可将其追溯到印-伊时期。因为在《阿维斯特》神曲集中的水子（Apām Napāt）是水中的一个精灵，生活在深水之中，有众多佳丽，围绕承欢，而且经常和他们一起接受祈请；他驾着他飞速的神驹出游，并被说成潜入大洋深处，从那里取得神奇的光源。

下边选译的神曲就是唯一有关他的神曲：

《水子神赞》
（Apām Napāt）

（《梨俱吠陀》第 2 卷，第 35 曲，共 15 个颂。

作者为黠喜仙人，Gṛtsamada Śaunaka）

1.　　我望得善益，故出此言语；
　　　愿河川之子，接受我歌赞。
　　　众水之儿子，兴奋富激情。
　　　或许再修饰，完美值欣赏？

2.　　我等从内心，唱出此颂诗，
　　　格律极优美，或许彼知之？
　　　众水之儿子，崇高之主神，
　　　圣境大法力，创造一切有。

3.　　河川有合流，另有直归海；
　　　众河水注满，同一水载体。
　　　是众水之子，光洁放异彩；
　　　纵横净水域，围绕侍从他。

4. 彼乃男青年,诸水即淑女,
     不笑而令彼,光彩耀四方,
     彼以纯火焰,慈爱照吾人;
     水中无燃料,酥油衣一袭。

5. 圣洁三仙姬,意欲将供品,
     虔诚呈献与,如如不动天。
     彼似玩水戏,伸手触乳房,
     吸吮其初产,蜜味纯奶浆。

6. 神驹出生地,此界及上天;
     祈汝护施主,免遭怨与伤。
     不被遗忘者,逍遥歇天堡;
     敌意与虚妄,无法来干扰。

7. 在彼自宅里,牝牛产鲜奶;
     饮后增活力,又食诸美食。
     是彼水子神,水中凝力量,
     光照敬信主,加赐其财富。

8. 彼在水国里,圣洁而永在,
     光辉神圣体,照亮四方界。
     如彼之子孙,其他众物类,
     生物非生物,后代盛繁衍。

9.　　　　走来水子神，趋在水怀抱，
　　　　随即身挺立，穿上电光袍。
　　　　缘彼最雄伟，模样全金色，
　　　　奔流众河水，冲波环绕他。

10.　　　　彼有金体型，仪容亦金色；
　　　　此乃水子神，尽显金颜色。
　　　　来自金胎者，安然坐定后，
　　　　黄金施主众，献供再叩首。

11.　　　　彼之火苗相，水子神名号，
　　　　美好而神秘，在与日俱增。
　　　　窈窕淑女群，虔诚来点燃，
　　　　彼之金颜面；食物是酥油。

12.　　　　彼乃神群中，最可亲之友；
　　　　我等设祭坛，顶礼献祭品。
　　　　搓亮彼背脊，调旺新生火，
　　　　供养以食物，歌颂引梨俱。

13.　　　　彼乃此牡牛，授精于诸水；
　　　　婴孩吸母乳，母复舔爱婴。
　　　　彼即水子神，光彩色不变；

似在借他身,运作在世间。

14. 　　　　彼昂然站在,最高位置上,

神光无暗变,永恒在照亮。

水仙为子来,酥油作食粮;

自穿靓羽衣,翱翔绕四方。

15. 　　　　阿耆尼!

我将安全区,奉送与人民;

我复以赞歌,赠给好施主;

一切善吉祥,悉归神恩赐。

我偕群英杰,朗诵神曲祭典上。

提要:这支《水子神赞》共有 15 个颂,其中有若干颂是写水子神与火神(阿耆尼)的关系。这二神彼此似有"血缘"关系;因为火神的三个生身母亲之一,便是水母神。按俗说,水子神与火神无异"同胞兄弟"。水之与火,是一对绝对矛盾、互相排斥的物体。但水子神的"水"和火神的"火"却是相生、相容,甚至是相通的。这是"水、火"在吠陀神话里经过神格化后彼此改变"特性"而归于同一的故事。

下边按颂序讲解这一神话故事:

颂 1:虔诚信徒写赞美诗献给水子神。此语言:献给水子神的祈祷、赞美诗,目的在于希望从水子神的哂纳中获得善益(神的恩典)。河川之子、众水之子:俱是对水子神的指称。再修饰:作者

推测，水子神虽然接受我的赞歌，但我的作品可能不够完美，水子神也许会对它进行加工修改使之臻至完美。

颂2：信徒在本颂表示自信，他所写的赞美诗是极优美的。水子神也许知道而欣赏我的赞美诗。主神：一般是指悟入、证得圣灵境界的吠陀仙人。但在这里，主神是指水子神。诗人把他拔高为证得超验圣境的神明之一。圣境：指水子神所悟得的圣灵境界（也是吠陀哲理所阐述的神圣意境）。大法力：是从圣境展示出来的超验神力，是巨大无限的创造力。一切有：泛指"天、空、地"三有（三界），及三有内一切众生。

颂3：本颂的前四句，似在解说河川的水道有三种不同的流向：（a）有些河川，河道不同，但水流终点却共同汇合在一处，形成合流；（b）另有一些河川的水道直接流归大海；（c）众多河川的水总会充满在一个共同的载体。颂的后四句，歌颂水子神乃众水域的明神、主宰；所有河流拟人化为侍卫队伍，环绕在水子神周围，合十致敬礼，听候指挥、差遣。载体：泛指湖、泊、池、塘等。他：即水子神。

颂4：本颂开始讲述火神（阿耆尼）与水的关系。"彼乃男青年"的主语"彼"：即火神。男青年：是火（阿耆尼）拟人化后的具体形相——火神。淑女：是水（复数）拟人化后的水仙姬们的形相。不笑：有二义，一是，水仙姬们含情脉脉，向火神暗送秋波；一是，水仙姬们，态度严肃，虔诚地向火神行礼致敬，表示愿作他的宗教侍女。本颂似是表述后一含义。颂的后四句，特写火神身披"酥油衣一袭"的打扮。纯火焰：火神的纯净火光（意指以酥油为能源所产生的火光）。燃料：指日常家用的普通燃料（酥油除外的燃料）。酥油：由奶酪提炼出来的食用油，印度人把它用作常食的营养品，同时把它兼作祭神的供品。实际上，酥油也是燃料之一种，而与普通燃料有别，在于它被视作印度教火神的专用燃料。水是火神出生地之一，在水中点燃时，不用普通燃料，只采用酥油；故火神阿耆尼的衣着就是以酥油制的一袭（这意味着，酥油在印度教"事火、拜火"的传统祭祀上，如果不是"火"的唯一能源，也应是最主要、最重要的能源）。

颂 5：本颂的前四句，叙述火神（阿耆尼）出生于水的故事。三仙姬：按《梨俱吠陀》（Ⅲ.56.5），火神阿耆尼有三个生身的母亲和三个水仙侍女——三仙姬；这三仙姬烹调了食物，准备献给火神。三个母亲：是"天、木、水"，故水是火神阿耆尼三个生身母亲之一（三个母亲，可能寓意天、地、空三界）。"如如不动天"：这是火神的别称。如如不动（avyathya），寓意哲理，谓神性是超验的，超越生灭变化的客观规律的影响与制约。颂的后四句，描写火神在水中出生。"彼似玩水戏"：意即火神像初生婴儿与三名照料他的水中女仙一起在水中玩水游戏。侍女欲将烹调好的食物喂给这位"婴儿"火神；但后者却不在意，而似乎将手伸去摩触侍女的乳房，示意要吸吮她们的奶水。"初产……奶浆"：有二解。一解是，水仙姬最初生产第一个婴儿是水子神（Apām Napāt。RV. Ⅹ.121.7）；另一解是，水仙姬挤出第一口奶水是喂给火神阿耆尼。本颂采用后一解。

颂 6：本颂是虔诚信徒献给水子神的祷告，恳求他对布施财物、设祭供神的施主（斋主），赐予保护。神驹：水子神的别称（也是火神的称号，因为火神常被描写为骏马）。水子神的出生地，既在此界（地界的水域），也在天界（空界大气层的云雨区）。"不被遗忘者"：意指水子神和火神。天堡：天然堡垒，尤指水子神的住地"空中楼阁"（半空中的大气层）。

颂7：本颂讲水子神家有产奶的母牛，他常饮它生产的鲜奶。自宅：水子神自己的水宅（svadama，自宅，在RV.1.8里，则指祭坛上的灯火——火神阿耆尼）。美食：上好的奶制品。敬信主：敬神祭典的主办者、施主、斋主。

颂8：本颂的前四句歌颂水子神神圣而永恒的存在。彼：水子神。神圣体：是说水子神超验而绝对神圣的本体。颂的后四句，叙述水子神以其神光普照世间一切物类（生物、非生物）；获得水子神这样的神圣光照的物类，将会虔诚地以水子神繁殖子孙的榜样，繁衍后代。

颂9：本颂特写水子神的超级水神形象的化装：（水子神）身穿电光袍，全身金黄色；模样雄伟庄严，辉煌绚丽；因而震动所有河川，沿着神定的河道奔流，合流在神定的终点；在此，形成环状，围绕水子神，朝他致以"殑伽河神（恒河神）"的敬礼。其次，本颂用语双关，寓意水子神、水母神、火神三神之间的关系，是密不可分的。例如，水怀抱：既明说水子神躺在深水中，又暗示水子神是躺在其母亲水母神（水蜜神 Āpas）的怀抱（水，同是水子神和火神的母亲）。电光袍：说明这是水子神所穿的大衣，但又暗示电光袍同样是火神常穿的大衣。"模样全金色"："金色"同是水子神和火神的标志；在阐明水子神的模样是全金色的同时，自然联想到火神的模样必然是同样的全金色。颂的最后一句"冲波环绕他"双关二神："他"，既代表水子神，同时也代表火神。

颂 10：本颂的前四句是对水子神的歌颂，但他的形相似是火神的化身。金色：既是水子神的特征，也是火神的特征；但在这个颂里，似是侧重反映火神的特征——火的纯金色。水子神：在这里应理解为火神的一个"化身"形式。颂的后四句讲述火神的诞生史。"来自金胎者"：正是火神阿耆尼。金胎：按吠陀神话（RV. Ⅹ.121.1），世界开天辟地之始，水中孕育着一个"金胎"；金胎的胎儿是一个"火种"。孕期届满，胎儿脱胎而出，它就是火神。黄金施主：即家有黄金的施主、斋主。意谓在火神从金胎出生、坐定之后，黄金施主向他奉献斋食。又，施主的黄金也作为礼请祭官来主持祭典的衬金（RX. Ⅹ.107.2）。

颂 11：本颂歌颂火神以水子神的名义现身和活动。"彼之火苗相"：这正是火神的形相。"水子神名义"：意即火神借用水子神的名义（这实际上反映水子神就是火神的一个化身形象）。"美好而神秘"：（这是火神化身的）水子神的定语。颂的后四句，直接描写火神的形象。淑女群：皈依火神的善女众。有两类：一类是指火神在水里的水仙侍女们；一类是指火神在地上旦暮举行祭祀的女信徒们。点燃：即点火、生火；请火神光临祭典。"彼之金颜面"：火点着后出现的火神容貌是全金色的。"食物是酥油"：食物即燃料；火神的燃料就是酥油。意谓火神的化身水子神在水下接受水的滋养；而在陆地的祭坛上，火神则现出本相（火苗）来享受酥油的供养（火靠酥油来维持其燃烧。参看颂 4 的解说）。

颂 12：本颂特写信徒们对火神的拜祭与侍候。"最可亲之友"：意谓火神是众神中的最可亲的朋友。最可亲：梵语原文是"avama"，有二义：一是"最低下的"；一是"最可亲的、最亲近的"。

最低下，意指地界（人世间）；与地界相对的是天界（神仙世界）。火神是地界神，是人类家庭日常点燃、礼敬的圣火，与人的现实生活有着直接而密切的关系，故火神自然成为地界生物（人类）的最可亲近的朋友。火神同时又是天界主神之一，受到天上神友们的尊敬与爱戴，故火神也自然是天神们的最可亲的朋友。"搓亮彼背脊"：意即将火点燃起来。"调旺新生火"：意即将刚点着的火调高到火势适当旺盛的程度。食物：燃料（酥油）。梨俱：《梨俱吠陀》神曲（歌颂火神阿耆尼的神曲至少有 200 支；火神在吠陀神谱上的重要性与神圣性仅次于因陀罗。RV.11.12）。

颂 13：本颂前四句阐述水子神"一身二相"的神变：同一水子神先为人父，后为人子。"彼乃此牡牛"：牡牛，喻水子神。"授精于诸水"：诸水，是指水中仙姬，是水子神在水中的一群靓丽侍女。水子神以神力娶她们为妻妾，让她们接受他输出的精子而怀孕。她们生下一男婴；这个男婴也正是水子神本身。"婴孩吸母乳"：男婴的母亲也是"诸水"；诸水先为水子神的妻子，现在一变而为水子神的亲生母亲，并让初生儿子（水子神）吸吮她们的奶汁（这是吠陀神话中一曲地界水域拟人化男女水神相爱结婚生子的喜剧）。颂的后四句，点明水子神的不变金色光彩似乎是从"他身"（火神）那儿借过来的。他身：指火神的火苗。水子神借此到人间所设的祭坛，作为坛上祭火来享受斋供。

颂 14：本颂续写水子神借火神之火来展示身手。彼：水子神。最高位置：水子神是空界神之一，他所站的最高位置是三界中的空界（大气层或半空中的云雾状态）。神光：是水子神借火神之火而发的光照。颂的后四句，写水子神的生身母亲（诸水）给儿子水子神送来食物。"水仙为子来"：水仙（诸水）在此作为水子神的母亲，是为儿子送食物而来；食物是指火神的粮食——酥油。羽衣：前来看望水子神的水仙们自己穿起仙家的霓裳羽衣。

　　颂15：这是本神曲（RV.Ⅱ.35）的结尾颂，特地献给火神阿耆尼，并将一切吉祥胜景、功德善果，归于神恩所赐。颂的最后一句"朗诵神曲祭典上"，表示虔诚信徒在祭坛上朗诵《梨俱吠陀》神曲，向天神敬礼、示谢。

第 四 章

地 界 神 曲[①]

---

① 可先参看"天父-地母神"条,本书第48页。

祷主神

（毕利诃斯主，Brhaspati）

祷主的原文写法有两个，即 Brhas-pati 和 Brāhmanas-pati。这两个名词，各由两个成分（两个名词）复合构成。二者的前成分 brhas 和 brah，均为从词根"brh"（祷告、祈祷）演变而成的抽象名词。从这个意义上说，祷主是一个无相抽象之神。按《梨俱吠陀》神话，火神阿耆尼人格化后，有两个不同的形相：一个是家庭的主人翁；另一个是家庭的祭司（主持家祭仪式的祭官）。祷主原来似乎就是阿耆尼的"家庭祭司"这一特征的反映。从这个意义上说，祷主同时是一个有相自然之神。

作为有相自然之神，祷主拟人化后，仅有少数几个具体特征。例如，描写他头上有削光的角；背脊蓝色，全身金红色。他用弓和箭武装自己，手上挥动着一把小金斧或一把铁斧。他有辆由红色骏马拉动的座车；这车子在运行中驱散鬼怪，冲破妖精的牛栏，赢得光照。祷主被称为众神之父，他就像一名铁匠（吹风箱）吹出了众神的诞生。他也像火神阿耆尼那样，既是一名家庭祭司，又是一名婆罗门祭司。他是一切祷词和圣诗的作者；没有他，祭祀不会成功。赞美他的神曲，曲乐风飘，直上云天；而他是与歌手联系在一起的。在若干诗篇里，祷主是与阿耆尼同一的，但他与阿耆尼的区别，则更加经常。祷主也常和因陀罗一起接受祈祷，分享因陀罗的光荣称号，如 maghavan（好施者）和 vajrin（执金刚杵者）。他因此像是一个角色被引入因陀罗解救母牛神话之中——

由他的歌咏队陪侍着，祷主前去访寻被妖怪劫走的母牛群；他终于找到妖怪的牛栏，就在牛栏门前大声一吼"罗瓦"（rava 咒语），牛栏应声乍毁，石门洞开，所有受困的母牛，冲出牛栏，获得解救。

如上文说的，祷主原来似是阿耆尼的特征的反映；作为一名神圣的家庭祭司，他对早在《梨俱吠陀》初期业已形成独立性质的吠陀信仰进行把关；作为一名神圣的婆罗门教祭司，他又似乎曾经是 Brahmā（梵、梵体）的原形，是后吠陀的印度教"三位一体"中的首席主神。显然祷主纯粹是一个印度"土生土长"的神灵，在古波斯《阿维斯特》神话里找不到任何与之相类似的神迹。

祷主神在《梨俱吠陀》里有一支描写他的完整的神曲。此外，还有两支他与因陀罗合受歌颂的神曲。兹从其中选译一曲如下：

《祷主神赞》

（《梨俱吠陀》第 4 卷，第 50 曲，共 11 个颂。

作者为左提婆，Vāmadeva Gautama）

1.　　　　　祷主吼"罗瓦"，占据三座位；

以大威神力，分撑地四端。

聪明古仙人，思量拟推举。

善辞美舌者，作彼等首领。

2.　　　　　祷主神！

　　　　　　　承汝大神力，夺回母牛群；
　　　　　　　依然身安全，未曾受伤损，
　　　　　　　肥美色斑驳，鸣声易辨识。
　　　　　　　敬谢汝神功，我等制苏摩，
　　　　　　　开怀畅饮已，酩酊步踉跄。
　　　　　　　伏祈汝仁兹，保护牝牛厩。

3.　　　　　祷主神！
　　　　　　　彼等众古仙，来自极远地，
　　　　　　　如仪设祭典，为汝而坐下。
　　　　　　　挖井取净水，运石榨苏摩，
　　　　　　　丰富香醇液，滴滴洒十方。

4.　　　　　毕利诃斯主，最初诞生于：
　　　　　　　顶层众天上，巨大光波中。
　　　　　　　种姓至优越，罗瓦吼七口；
　　　　　　　释出七道光，灼破诸黑暗。

5.　　　　　欢乐者一群，唱着赞神曲；
　　　　　　　与之彼联合，怒吼破妖洞。
　　　　　　　毕利诃斯主，声仿牡牛鸣，
　　　　　　　驱出花牝牛，挤奶薰供品。

6.　　　　　万神之生父，此即牡牛神；

　　　　　我等悉朝彼,合十稽首礼,

　　　　　筹办祭神典,南无又献供。

　　　　　我等愿率领,善德儿孙及勇士;

　　　　　共求彼庇护,成就财富主!

7.　　　　正是该国王,拼搏又英勇;

　　　　　完全歼灭尽,所有敌势力。

　　　　　彼善待祷主,供养与尊敬;

　　　　　赞扬神欣纳,供品前一分。

8.　　　　国王居住在,牢固己宫室,

　　　　　如常供奉彼,圣化美食物。

　　　　　国王及臣民,自发敬礼彼;

　　　　　婆罗门教士,优先于王者。

9.　　　　不可抗拒者,其所赢财富,

　　　　　有属敌对者,有属己国民。

　　　　　国王享繁荣,帮助教士故;

　　　　　诸天明神众,则来支援彼。

10.　　　帝释因陀罗,毕利诃斯主,

　　　　　请饮苏摩酒,陶醉此祭典。

　　　　　是汝二真神,具大财富者!

　　　　　蜜汁提神剂,滴入汝二神;

　　　　　伏祈赐我等,财宝及子孙。

11.　　　　　　毕利诃斯主,帝释因陀罗,

　　　　　　　　二神同垂顾,繁荣泽我等。

　　　　　　　　二神施慈悯,神恩惠我等;

　　　　　　　　赞赏唱圣曲,引生善回报;

　　　　　　　　敌人及对手,敌意遭弱化。

　　提要:本神曲共有 11 个颂,歌颂祷主是万神之父,具大神力,支撑大地四方(宇宙十方);古今远近仙人智者,络绎前来,谒见致敬。祷主诞生在天界的顶层,属四姓最高的婆罗门种姓。祷主原是火神阿耆尼的一个化身。这个化身游化经验世界,化作人间家庭祭祀的主祭祭司。祷主本身是婆罗门祭司。婆罗门教举办重要的祭典,必须请四位祭司共同主持;四祭司中,他便按规定,选为首要的第一祭司(召神祭司,在祭典开头,持咒召请有关神明降临,启动祭祀活动)。"祷主,Brhaspati"一词的哲理含义是超验的"梵 Brahman"。祷主的化身乃"梵"的外观存在。在神学上,祷主的化身则是后吠陀"三位一体"的三大神组中之一:"梵天"。祷主与因陀罗同是吠陀神谱上的一级大神。在本神曲,二神(祷主与因陀罗)表现为爱饮苏摩甜酒的酒仙。二神还有共同的战斗任务:共同出发,挑战凶神恶魔,祭出神通,打倒它们,从而造福、利乐人间信众。

　　如下,按颂序详解:

　　颂 1:本颂歌颂祷主的威德(神化的特征),并从几个方面进行描述:第一,吼"罗瓦":罗瓦(rava),意即"吼声""吼叫",也就是大

吼一声。但在这里,"罗瓦"是祷主口念的咒语,特在抢救母牛时使用(吠陀神话:妖怪"伐拉,Vala"劫走一队母牛,并圈在妖怪所在的牛厩里,祷主追去解救,在妖怪围栏门外,高声念出"罗瓦"咒语,围栏石门应声洞开,母牛群立即冲出石洞,获得解救)。第二,"占据三座位":三座位,意指"三盏灯火",是用来指称火神阿耆尼的专用称号,吠陀人的家庭,日常必须点燃灯火一盏,再由一盏点成三盏,分放在三处。这三盏灯火,便是家庭祭火,同时也是火神阿耆尼的代码(化身形式)。家主即请他(火神)为首要祭司,主持家祭,也就是所谓家庭祭官(参看本书《阿耆尼赞》二. RV. V. Ⅱ. 2)。祷主和火神的关系,可以追溯到二神的神源——梵(Brhman)。因此,"三座位"——"三盏灯火",虽然可以说是祷主和火神的共同别称,但在本颂则是突出地和侧重地点明为祷主的特征。第三,"支撑地四端":地四端,意为地球四周的边界,亦指地球的东西南北的四个方位。支撑,意谓祷主以其超验的大威力创造了地球(宇宙),同时支撑它稳定地存在(这种创世神力是吠陀神话中的大神们所共有的)。第四,被选为古今仙人中的首领,首席智仙。在本颂,祷主的化身有两个形式:其一是,祭司中的首席祭司;其二是,仙人中的首领仙人。仙人:主要是婆罗门种姓的智者、诗人、祭司、苦行者等。美舌者:是说祷主拟人化为婆罗门种姓智识分子。他博览吠陀经,精通奥义书,在任何学术研讨场合,都能解析奥义,精辟独到、深入浅出,口若悬河;而言辞雅善,生动感人、服人、启发人,故曰"美舌者"。

颂 2:虔诚近事祷主神的信众(包括仙人、祭司)倚靠祷主的威德和神通,夺回被"伐拉"妖怪劫走的母牛群。他们特在本颂向祷

主表示感谢(请参看前边颂1有关"罗瓦rava"的解说。颂1说祷
主亲自去夺回母牛;本颂则说,信众借祷主帮助而夺回母牛群)。
颂的第3、4、5、6这四句是描写被救回来的母牛群状况的定语。鸣
声:意指人们走到关禁母牛群的妖洞外围时,听到母牛的鸣叫,便
确认母牛群是在妖洞里。这些母牛体色斑驳,体格肥美,未受任
何伤害。

颂3:本颂叙述一批古老仙人(苦修得道的古老婆罗门道者)
来自遥远的地方,专为设祭、供养礼敬祷主神。"如仪设祭典":意
谓来自远方的仙人,举办礼拜祷主神的祭典是严格遵循吠陀经的
规定进行的。"为汝而坐下"(这似是颂的作者对祷主说的话):古
仙人从极遥远的地方来到本处,主办这一隆重祭典,正是为了向
你行礼致敬,并且在这祭坛圣草上坐下,为你念诵吠陀神曲。取
净水榨苏摩:这是祭典正式启动之前必须事先做好的两件事,即
(a)取净水。按规定,设坛祭神、祭坛须先净化,清除秽物;而净化
的方法就是取井里的净水来遍洒祭坛外围四周。(b)榨苏摩。苏
摩树的树枝,需用石块压榨,榨出汁液,作为主要供品,献与祷主
神。香醇液,是说苏摩树汁的味道,如美酒香甜醇厚。

颂4:诗人从下述几个方面塑造祷主拟人化后的具体形象:
(a)祷主从最高天上一道强大的光波中诞生,是宇宙最初诞生的第
一主神。所谓"最初",是说在万神中,祷主是最初在宇宙出生之
神;他在出生后创造出天、空、地三界诸神。"顶层众天上"的"众
天",按吠陀神话,是指住在天界的11个神。"顶层"是指在这11
个神所住的世界之上的世界,也就是最高天界。(b)祷主身份高
贵,在四种姓社会中,属第一种姓,即最优越的婆罗门种姓。

(c)"罗瓦吼七口":"罗瓦"是祷主的镇妖密咒,也是他的怒吼声。祷主有七个口,可以同时发出同一怒吼声。妖魔鬼怪,邪神恶人,闻之,莫不魂飞胆丧,夺路逃命。(d)七道光:祷主神体,天然庄严,神光七道,光波辐射整个宇宙,灼破一切黑暗现象(祷主的神光,其实就是太阳神之光。太阳也可以说是祷主的另一化身,即其人格化的另一个有相自然神相。RV. Ⅱ. 35. 10)。其次,祷主的神格在后吠陀发展为婆罗门教的"梵天 Brahmadeva",宇宙第一神,创世主;但保留祷主的原始特征(Brahmā)。

颂 5:本颂再一次讲祷主率领一群信众同去解救被妖怪劫走的母牛群。"欢乐者一群":一群,意指鸯吉罗斯族的群众(梵语 Angiras,或 Angira,原是一位古仙人的名字。这个族的群众可能是在他之后繁衍起来的后代子孙)。"与之彼联合":彼,即祷主神。与之,意即和鸯吉罗斯族的群众联合起来,由祷主神率领他们一起前去解救被妖怪劫去的母牛群。祷主和群众发现母牛群被力魔伐拉劫走,圈藏在它的妖洞里。找到妖洞后,祷主领着群众在洞口外,齐声大吼"罗瓦 rava"咒语,洞门应声敞开,立即把母牛群赶出妖洞,带回到安全的牛厩(按 RV. Ⅰ. 62. 3 颂,鸯吉罗人是在因陀罗及毕利诃斯主的联合带领下,找到被劫走的牛群)。"声仿牡牛鸣":意谓祷主找到妖洞,救出母牛群,他一边模仿公牛鸣,一边借此声音驱赶母牛群回到安全的牛栏。花牝牛:即被救出来的身带花斑的母牛群。薰供品:被救回来的母牛群在安全地方恢复挤奶,奶香薰供品,使之更加色美味甜。

颂 6:本颂描述信众歌颂祷主的神德,并恳求祷主神赐予庇护与帮助。"万神之生父":意谓宇宙万神皆由祷主所创造,故祷主名副其实,乃一切神的父亲。"此即牡牛神":吠陀神话,常用牡牛来比喻具有强大威力的神。这里虽以牡牛来喻说祷主,但祷主的威力,远非牡牛能比。"我等悉朝彼":我等,指国王及其臣民。彼,即祷主神。南无(namas):敬礼、行礼;意谓举办祭典,就是为了向祷主致敬礼和献供品。善德:善行的品德。勇士:保卫国家的英勇战士(从本颂至颂9是写祷主与经验世界的关系)。

颂7:本颂赞扬国王的英勇和对祷主神的尊敬与供养。该国王:指上一颂(颂6)说的"我等"(国王与臣民)。彼:国王。神:祷主神。"供品前一分":前一分,即供品中的第一部分,正是供品中最好的部分。祷主神欣然接纳了这一部分美食;国王认为这是祷主神对他特别垂顾与关爱,衷心感激:神恩广庇,神德无量。

颂8:本颂似是再次强调半奴隶半封建社会四种姓(阶级)高低贵贱的区别。颂的前四句,讲国王在皇家宫室礼拜、供养祷主神。"圣化美食物":圣化,意同神化、净化。神化,是指供过神明的供品;净化,是指供神之前,事先对供品进行诵咒,点水净化过的供品。颂的后四句,讲国王与臣民自动对祷主神礼拜献供。在"臣民"中有的是婆罗门种姓者。按吠陀教规,在宗教祭神事务上,必须先请婆罗门布置、主持,其次才轮到国王(及普通群众);因为前者的身份在四种姓社会中比后者高一等。

颂9:本颂讲国王如何分配战利品。"不可抗拒者":国王。财富:国王战胜敌人所斩获的战利品。战利品中有一部分原属敌对者,另有一部分原属本国国民。"帮助教士故":故,意同原因。国王所以得享繁荣的国运,是因为他乐善好施,慷慨给予婆罗门教士(祭司)以帮助,特别是给予他们以物质的支持。支援彼:支援国王。国王支援婆罗门教士在先，因而感动诸天神明，给予国王以回报，特去支援国王。

颂 10：本颂（及下边颂 11）特写因陀罗与祷主神的关系。信众向二神敬苏摩酒，并祈求二神赐财宝及子孙后代。帝释：因陀罗的别称，帝释因陀罗（Śakra-Indra），汉梵合注，复合名词，即因陀罗。"陶醉此祭典"：意谓在此祭典，因陀罗与祷主接受了信众献上来的苏摩美酒，持杯满盛，开怀对酌，竟至酩酊大醉。蜜汁：苏摩树汁，也就是苏摩酒。

颂 11：本颂同时颂扬因陀罗和祷主神的神德、神恩，并阐明歌唱吠陀神曲必得福善的回报。"繁荣泽我等"：意谓由于因陀罗和祷主神的照顾，繁荣兴旺便会泽及我等。"赞赏唱圣曲"：意谓因陀罗与祷主鼓励信众唱圣歌，可以因此获得福善的回报。

阎摩

（Yama，阎罗）

阎摩，即俗称"阎摩王"或"阎罗王"，为 Yamarāja（阎摩罗阇）的梵汉合译称号，是吠陀神话所说的地下世界（地狱）的统治者。《梨俱吠陀》有 4 支描写阎摩的神曲（RV. X. 14、135、154、10，共39 个颂）。其中第 135 曲载有一个故事：往昔有一个名叫无觉（Naciketas）的婆罗门族青年奉命往谒阎摩王，回来后，朗诵这支神曲（即第 135 曲）细说他访问的经过。他说阎摩是天神之一，有许多天国神友，与大神婆楼那、祷主神，尤其是与阿耆尼（火神）的关系十分密切。阿耆尼是阎摩的合作伙伴，是他在祭坛上的祭官，同时是死人亡灵去处的向导。他在那里还见到刚辞世的父亲（亡灵）。父亲正在寻求与远古的祖先们建立友谊。他发现阎摩王的领地是一个地道的鬼魂王国，是人间亡灵最理想的归宿地。他描绘阎摩王用作日常起居的寓所，是一座规模宏伟的天上建筑物，是一座雕梁画栋、金碧辉煌的殿堂。阎摩偕同他的天眷生活在那里，日夕与神群仙侣畅饮苏摩神酒和酥油，欣赏他喜爱的管弦乐器，特别是箫笛的演奏。无觉婆罗门肯定地说，阎摩在这遥远天边一角所建立的王国是一个极乐的世界，而不是充满苦难的地狱。

阎摩本来是一位天上的大神，具有不可思议的神威和至善至美的品德；但他同时现身为凡人，而生养他的双亲却是神人。父亲是毗伐斯瓦特（Vivasvat，太阳神系之一神），母亲是莎兰妞

（Saranyū,迅行女神）。这对神性夫妻共育二子一女:长子阎摩
（Yama）,次子摩奴（Manu）,小女阎美（Yamī）。其中阎摩和阎美
是一对孪生兄妹。据《阿闼婆吠陀》,阎摩既是人类最初出生的第
一人,同时也是人类最先死亡的第一人。他死后生天,在天边的
一角创建了一个鬼魂王国,专门收集先死者和后死者的亡灵;然
后和他的合作伙伴阿耆尼一起,引领它们（死人的灵魂）"移民"到
他的王国,做他的臣民,安居享乐。故他别称为"人类（亡灵）的收
集者"。

　　阎摩除了有阿耆尼作为合作伙伴外,还有两条天狗作为他的
保镖和信使。这两条天狗,其母是帝释因陀罗的爱犬莎罗摩
（Sāramā）,一出生便各有四只眼睛,长着一身浓密的花斑毛,高大
鼻子,气力无穷;现在担任阎摩王的助手兼保镖。它俩的主要任
务是:作为阎摩王的特使,昼夜游弋人间,传播死亡信息,捕捉死
人的亡灵。其次,负责把守（鬼魂或亡灵）进入阎摩王国必经之路
的关卡;对那些由火神阿耆尼引导前来的亡灵或鬼魂,进行严厉
的盘查与审问。猫头鹰和鸽子也说是他的信使。他用以惩罚鬼
魂的脚镣据说等同婆楼那大神的镣铐。他在众多亡灵的恳求下,
允应让它们常有阳光的享受。

　　阎摩的神话史可以上溯到印-伊时期;因为《梨俱吠陀》说的
Yama 和 Yamī（阎摩与阎美）是人类最初由其产生的第一对孪生
兄妹（男女）,而后者完全同于《阿维斯特》所说的 Yima 和 Yimeh
（伊摩与伊妹）。阎摩本身在那个时期可能被尊为黄金世代的一
位圣王;其次,在《阿维斯特》,阎摩是人间的统治者,而在《梨俱吠
陀》,他是天上乐园的主宰。

兹从四支描写阎摩王的神曲中选择其中一支,即第135曲,并解读于后。

《阎摩赞》
（Yama）

（《梨俱吠陀》第 10 卷,第 135 曲,共 7 个颂。

作者为驹摩罗,Kumaro Yamayana）

1.　　　　在该树下,枝繁叶茂,

　　　　　阎摩天众,开怀畅饮。

　　　　　我等父亲,一族族长,

　　　　　正在联系,友好先辈。

2.　　　　彼在寻求,先辈友谊。

　　　　　行动蹒跚,沿斯恶途。

　　　　　睹此场景,深感不快,

　　　　　但仍渴望,与他再会。

3.　　　　孩子!

　　　　　崭新车子,无有车轮,

　　　　　但装一辕,朝向十方。

　　　　　正是此车,汝曾想造,

缘汝升天,故未得见。

4.　　　　孩子!

汝驾车子,滚动往前,

已经离开,司仪祭官。

随后举行,娑摩祭典,

放在舟上,从此远去。

5.　　　　谁生此子? 谁开彼车?

今日之事,谁来交代?

与此相应,是何准备?

6.　　　　车子配有,相应装备;

在车顶上,装有顶篷。

车前铺设,操纵底盘;

车后开通,进出道口。

7.　　　　此乃阎摩,神圣宝座;

宝座又称,诸天殿堂。

彼之仙笛,已被吹响;

颂歌高奏,庄严阎摩。

提要:本神曲(RV. Ⅹ.135)共有 7 个颂,主要叙述一个婆罗门青年奉父命前往阎摩王国,拜谒阎摩王;回阳世后,详说他在阎摩

王国的见闻。其次描写父母对刚刚去世的儿子的哀悼。下边,按
颂序讲解:

颂1:这是关于阎摩王及其王国的描绘。按吠陀神话,往昔有
一个名叫无觉的婆罗门族青年,奉家族命前往地府,谒见阎摩王。
返回地上后,他向家人朗诵这支神曲(即此 RV. Ⅹ.135),细说他
访问地府的经过(本颂的第1句:"在该树下,……"他就是从这句
话开始讲他这次阴府旅游的见闻——本曲颂1、颂2的内容)。本
颂的前四句,是讲阎摩王天上的极乐生活。"阎摩天众":阎摩王
与其神友们。无觉婆罗门说,他在地府看见阎摩王与众神同在大
树下畅饮神酒。颂的后四句,是无觉婆罗门讲他在地府见到他刚
死不久的族长与早死的祖先相聚的情况。"我等父亲,一族族
长":无觉婆罗门说,他在地府还看见刚死不久的族长(一族之父)
正在联系比其早到阎摩王国的先祖们(亡灵),以期友好相处。

颂2:本颂继续记录无觉婆罗门所讲他在地府的见闻。无觉
婆罗门继续说:"在地府,我还看见族长(亡灵)正在寻求早到阴府
的先祖们(亡灵)的友谊。他蹒跚地行走在这么一条险恶的道路
上。这样的情景使我感到恶心,很不愉快,尽管如此,我还想在离
开阴府之前再看族长(亡灵)一次。"颂中的"彼",指无觉婆罗门的
族长的亡灵。先辈:比无觉的族长先死、早到阎摩王国的祖灵。
恶途:险恶的道路,特指鬼魂前往阎摩王国的必经之路。场景:指
无觉婆罗门在阴府目睹族长(亡灵)沿着通往阎摩王国的险途慢
步走去的现状,心里难受,不安。再会:无觉在离开阴府返回阳世
之前,仍然想再一次与族长(亡灵)相见。

颂3:(从颂3到颂6是写父母、亲人对刚死去的儿子的悼念

活动）。本颂是记父母在亡儿灵前的讲话。孩子：父母（或亲人）对刚死去的儿子（亡灵）的呼唤。新车子：是一辆无轮的小车，车前只装有一根木辕，但能向所有方向驶去。"正是此车"：此无轮小车正是儿子生前想制作的，但未制作的车子。父母今为儿子制成此车，但万分遗憾，儿子已死，亡灵升天，无缘来看曾想制作的车子。

颂 4：父母继续在亡儿灵前（可能在亡儿尸旁）讲话。父母告诉亡儿已为他（亡儿）做了两件事。第一件事：父母请来婆罗门祭官，主持他（亡儿）的葬礼。祭官念经持咒，产生奇妙的潜神力。孩子（亡儿），你可以借此神力，驾驶爸爸为你制作的小车，让车轮滚动运行起来。它正载着你（死儿的亡灵），离开主持葬礼的祭官，向阎摩王国方向迅速驶去。第二件事：在此之后（亡儿驾车走了之后），父母还为亡儿举办一台"娑摩祭典"。祭典圆满后，放在小舟上，让它（整个祭典及供品）随小舟乘风破浪，驶向远方，或他世界。此中"娑摩祭典"是指念诵《娑摩吠陀》（Sāmaveda）神曲的仪式。父母举办这个"娑摩祭典"，目的在于祈求阴阳二界的神祇在他们的亡儿的灵魂前往阎摩王国的全程旅行中提供安全的保证与保护。

颂 5：死儿（的亡灵）驾着父母给造的小车，直奔阎摩王国。到达后，阎摩王看见这个幼童的亡灵，十分惊奇，因而向左右侍神问道：(a)谁是这个孩子（亡灵）在阳世的生身父母；(b)谁开孩子的车子把他的亡灵送到此地来？(c)今天，这件事情（把死孩的亡灵送到阎摩王国来的事），应由谁来向我（阎摩王陛下）报告；(d)与此事相关的，事先有何妥善的准备或具体的安排？

颂6：本颂似是一张车型图，图上标明死儿（的亡灵）前往阎摩王国时所驾驶的小车的车身和车子内外各部的装备。

颂7：本颂描写阎摩王的王宫和他在这宫里的娱乐现场。宝座：阎摩王的宫室，是一座规模庞大的天上建筑物，是一座金碧辉煌的殿堂，阎摩偕同天眷生活在那里，日夕与神友仙侣畅饮苏摩甜酒和酥油，欣赏他喜爱的管弦乐器，特别是箫笛的演奏。仙笛：特指阎摩王最喜欢的乐器，最爱听它在被吹奏时发出的乐音。

以上是本曲7个颂的内容，综合起来，从正面角度看，是在肯定一个说法（传说）：阎摩王国是一个处在天界一隅的乐园，被接引到那里的"移民"（人间死者的亡灵），无有痛苦，但享欢乐。从反面角度看，这些内容是在否定另一说法（传说）：阎摩王国是一个地狱，痛苦的渊薮，被引导到这里来的人间死者的亡灵，无有欢乐，但受万苦。

苏摩

（Soma，苏摩树神）

苏摩，原文是 Soma（词根："∨ Su"，意为"压榨"），是一树名——著名的苏摩树；神格化后，成为"苏摩树神"。《梨俱吠陀》有 120 多支歌颂苏摩的神曲（绝大部分在第 9 卷，约半打见于别的卷里）。所以，苏摩在吠陀神谱上占着仅次于阿耆尼（火神）的重要位置。他的拟人化特征，比之因陀罗或婆楼那的拟人化程度，略有逊色；在神群中，苏摩树身和它的树汁在吠陀诗人的心目中始终似有被偏爱的迹象。苏摩的拟人化形象：手握锐利可怕的武器，挥动一把神弓和装有千支矢镞的尖锐箭矢。他有一辆座车，由天上一队像风神那样的神在牵引，说他驾驶和因陀罗的车子一样的车子，并称他是御者中的特级好手。在大约半打神曲中，苏摩分别与因陀罗、阿耆尼、补善和鲁陀罗组成各个不同的二元神体（二神组合形成）。有时候，因陀罗的近身侍卫摩鲁特（暴风雨神组）也前来伺候他。他不时受请光临信徒们兴办的祭典，坐在铺地的圣草上接受斋供。

苏摩树汁是醉人的酒，通常称之为 madhu（蜜味的饮料）；但人们最喜欢叫的名字是 indu（晶莹的蜜滴）。苏摩树的颜色是棕色、血红色，显得比较普通的是茶色。《梨俱吠陀》第 9 卷一整卷是由献给具体化的苏摩树神的真言咒语所构成，并且附有指导制作苏摩神酒的程序（方式方法）：（1）准备苏摩树茎和合适的石块；（2）用石块压榨苏摩树茎，直至压榨出树汁；（3）引树汁流入一个预制的木质过滤器;(4)树汁经过滤净后便成为净化的苏摩汁——苏摩神酒;(5)最后,将苏摩酒灌入大桶或大缸,用以祭祀端坐在祭坛地面的神圣草褥上的神灵。然而,这个榨取苏摩汁的程序却因混乱和没完没了的神秘想象而变得禁止再用似的。净化后的苏摩汁有时候叫作"纯净的汁"(Sudha),但称它为"白净的汁"(Śukra)则是最普通的。其次,将净化后的苏摩汁放进木桶或瓦缸,会因与水和牛奶混合而成甜的,而这白净的甜汁几乎是单独地献给伐尤(风神)和因陀罗享用的。苏摩汁据说有三种混合法,即与牛奶、酸奶和麦芽三物分别混合而成三种混合饮料。这种混合法还寓意为一种美观的服装或一件靓丽的锦袍;苏摩因此而被描绘成"美所装饰的"。按惯例,压榨苏摩一天三回:暮时榨,请利普(Ṛbhus)工艺神组(三工艺神)来做;午时榨,请因陀罗单独一神来做;晨时榨,这次所榨的树汁则为因陀罗一天的第一次饮料。至于说苏摩有三处住地,这可能是指用于祭仪中的三个盛苏摩汁的木桶。

　　苏摩与水混合所造成的关系,在表述上是最为纷繁多样的。例如,说苏摩是在诸水中生长的水滴,是诸水的胚胎,或是她们的婴儿。诸水是苏摩的母亲,或说是他的姊妹;又说他是河流的主人和国王;是他生产水,让天地都有雨水。苏摩汁滴下来所造成的声音,总是使用夸张的语言来表示,如采用表示吼叫、咆哮或雷鸣的动词;他因此往往被看作一头公牛,活动在象征母牛的水中。苏摩行动神速,像是"神行太步",常被比作一匹骏马,或比作一只飞往森林的飞鸟。苏摩的黄颜色,反映他的光辉——他的具体物理化方面;而正是在这一方面,吠陀诗仙是最不惜笔墨来描写的。

他因此常被比作太阳，或说他和太阳在一起。

苏摩汁令人饮后产生兴奋的力量导致它被看作是一种能让人获得长生不死的神圣饮料。因此，它被誉言为"不死甘露"（amrta），所有的神性生物都爱饮它，借以求得永存不死的境界。它不仅把长生不死赐给神仙，而且也授予凡人。苏摩还有治病的力量，不论什么病，他（人格化的苏摩）都能医治：让瞎子复明，让瘸子走路；刺激不发音者发音，他因此被誉为语主。苏摩是一位圣诗神曲的创作者、诗歌艺人的导师，唤起信众的热情思维和虔诚信仰。他又是祭官中的智者，智慧渊博，最受敬重；总之，苏摩是一位智神，洞知各种不同的神族。

苏摩蜜汁的刺激性效果最为诗人所强调，认为它是一种在因陀罗与敌对势力斗争时输进他身内的刺激剂。故苏摩能够振奋因陀罗与黑魔弗栗多战斗的勇气。这一点竟占数不完的篇章的记叙。因陀罗的战功和宇宙行动，应该说，主要归功于苏摩。因陀罗是战斗中不可征服的胜利者，是为战斗而降生人间。作为一名战士，他为其虔诚信徒赢取所有的财富。

苏摩虽然被多次说是住在或生长在崇山峻岭，但他真正的诞生地和安居处却被认为是在天上。他被称为天之主宰，统管天国，而他所在的位置是最高层的天界；他就是从这一最高天界被带下人间。体现这一信仰的神话，是雄鹰把苏摩带给因陀罗的神话，并有两支神曲（RV. Ⅳ. 26、27）详细记述此事。由于苏摩是草本植物中最重要的植物，据说他曾经降生人间成为植物之主宰；除了他与草本植物的关系，苏摩就像主要的天神，被欢呼为神仙与凡人的国王。在最晚的几支《梨俱吠陀》神曲中，苏摩开始与月亮同一起来；在《阿闼婆吠陀》里，多次说苏摩就是月亮；而在梵书系统里，苏摩与月亮的同一化则已成为通俗的说法。

我们知道，（在印度）制作和供奉苏摩（即波斯《阿维斯特》的豪摩，Haoma），曾经是印–伊祭神仪式中的一个重要特点。据《梨俱吠陀》和《阿维斯特》二书中的叙述，人们压榨苏摩（豪摩）树茎取汁，其汁黄色，和以牛奶；二书又说，苏摩生长在高山上，而其神秘之家则在天国，他就从那儿下降地界人间；又说苏摩饮料变成为一位威力强大的神，并且被称呼为王；此外，还说有许多与苏摩有关的其他神话特点。

苏摩是一种产自天国、带刺激性的神圣饮料，这一信仰，可以将其历史追溯到印欧时期。当时一定被认为是蜂蜜制的酒。

兹从众多歌颂苏摩树神神曲中选译如下一曲《苏摩树神赞》：

《苏摩树神赞》

（《梨俱吠陀》第 8 卷，第 48 曲，共 15 个颂，

作者为波拉伽耶仙人，Pragāya Kānva）

1.　　　　我凭善机智，享受甜美食，

引生善思维，最能排忧虑。

所有天神众，及世间凡夫，

欢聚在一堂，称之为蜂蜜。

2.　　　当汝入其内，作为抚慰者，
　　　　　遂成无缚女，平息神怒气。
　　　　　蜜汁！
　　　　　汝有因陀罗，帝释天友谊；
　　　　　伏祈汝助我，迅速获财富；
　　　　　如驯良牝马，套轭奔向前。

3.　　　吾人饮苏摩，成为不死者，
　　　　　到达光天界，礼见众天神。
　　　　　请问不死神，今有何敌意，
　　　　　有何凡夫恨，可以伤吾人？

4.　　　蜜汁，吾人畅饮已，心灵获快慰！
　　　　　苏摩，犹如一慈父，酷爱其亲子！
　　　　　盛名远闻者，犹如一良友，善待其朋友！
　　　　　苏摩，伏祈佑吾人，生活寿长留！

5.　　　饮已甜蜜滴，光荣赐自由；
　　　　　使我与关节，连接成一体；
　　　　　如牛车套带，调系于一处。
　　　　　愿蜜滴保护，我腿免折伤；
　　　　　愿蜜滴保护，我脱离病苦。

6.　　　正如阿耆尼，摩擦而生火；

汝使我振奋，又启发我等。
让我等更富，苏摩！此刻，
在汝麻醉中，我自觉富裕，
为兴旺发达，请进入我等。

7. 　　　　我等以诚心，榨出汝蜜汁；
我等愿分享，如父亲财物。
伏祈苏摩王，延长我寿年；
犹如苏利耶，之于春季日。

8. 　　　　神王苏摩！
仁慈爱我等，是汝善信众，
为求福乐故，敬祈汝知之。
苏摩蜜汁！
此中有明智，亦有愤怒生；
祈勿顺敌意，将我等抛弃。

9. 苏摩，　　吾人身体保护神！
汝乃人之明察者；
入住人体之四肢。

　　提婆，　　吾人若违汝法令，
恳如良友施仁爱，
为求更大福祉故。

10.　　　　我愿去亲近,慈善好朋友;
　　　　　　彼虽在醉态,不致伤害我。
　　　　赤兔马主人!
　　　　　　是此苏摩汁,储存在我处;
　　　　　　帝释我近事,求延我寿限。

11.　　　　疲劳已消失,疾病均速离;
　　　　　　黑暗恶势力,亦已被吓退。
　　　　　　苏摩以威力,扶持护我等;
　　　　　　到达此境界,寿限得长延。

12.　　　　众先祖!
　　　　　　苏摩树蜜滴,我等心中饮;
　　　　　　不死者进入,有死者吾人。
　　　　　　我等备祭品,上供苏摩神;
　　　　　　幸得沐恩于:彼之慈念与仁爱。

13.　　　　苏摩!
　　　　　　汝与诸祖先,欢聚在一堂,
　　　　　　扩展汝自身,充遍天地间。
　　　　蜜汁!
　　　　　　我等备供品,恭敬献给汝;
　　　　　　我等将成为,众财富主人。

14.　　　　　保护神提婆,说话护我等;

　　　　　　睡眠与闲淡,不来扰我等。

　　　　　　　我等永远是:

　　　　　苏摩树神之亲人;又有众多好子弟;

　　　　　　　我等如仪办圣祭。

15.　　　　苏摩!

　　　　　　在一切方面,汝赐我力量;

　　　　　　　光之发现者,人之洞察者。

　　　　　蜜汁!

　　　　　　请汝入吾人,惠施助相应;

　　　　　　祈汝护吾人,于前或于后。

　　提要:本神曲是《梨俱吠陀》第 8 卷,第 48 曲,共 15 个颂。作者为波拉伽耶仙人。本曲事实上是一首最优美的赞美诗,赞美苏摩树神最完美的神性和神格(形相):(a)苏摩树的树汁,甜美纯净,天上人间公认它就是和蜂蜜一样。苏摩树在神格化、拟人化后,变为苏摩树神,其神的特质、特征并未减少苏摩树汁原来的甜美程度,因而,像超级醇和的美酒,受到人天共同喜爱。(b)苏摩树神(以其化身)参与俗谛生活。他像慈父或良友那样接受和保护虔诚的信众,鼓励他们修学苏摩树神的神谕,力争在实践上证悟到这样的圣境——苏摩树神的"不死性"(amrta)顿然进入自己的"凡夫"肉体,后者因此羽化为"不死"之体,上升天宫,和天神同乐。(c)苏摩树神是大神因陀罗和阿耆尼(火神)的好朋友、好伙伴;他们三神在天上人间共创数不清的利乐众生的奇迹。最著名的例子:苏摩树神邀请因陀罗畅饮苏摩神酒;酒后,因陀罗振奋战斗精神,直赴战场,一举打倒黑魔弗栗多。

接着,让我们按颂序逐一讲解苏摩树神展示他的苏摩树汁的神奇妙用:

颂 1:诗人(本曲作者)首先赞叹苏摩树汁无比甜美的特质,并肯定地认为,苏摩树汁的甜美等同蜂蜜。我:本曲作者或信仰苏摩树神的善男信女。甜美食:即苏摩树汁。善思维、排忧虑:反映苏摩树汁饮后所产生的效力。"欢聚在一堂":意谓神仙与凡人无不喜爱苏摩树汁,因而走到一起,畅饮苏摩树汁。蜂蜜:认为苏摩树汁的甜味无异于蜂蜜。

颂 2:本颂的前四句,续讲苏摩树汁饮后产生的效果。汝:苏摩树汁神格化的形相(化身)。入其内:入于信徒体内,意即信徒饮了苏摩树汁。抚慰者:苏摩树汁进入人体之后,即作为对饮汁人的心灵进行抚慰的抚慰者(意即,信徒饮了苏摩树汁,即获苏摩树神赐予精神上的安慰与快乐)。无缚女(Aditi):印度自由女神,能使人消灾免罪。"平息神怒气":意谓偶因过错而得罪于神;但是如果苏摩树汁入其体内(饮了苏摩树汁),则等同无缚女神在其体内,可以立即为其平息神的怒气。颂的后六句,描述信徒祈求苏摩树神让他加速获取财富的步伐。蜜汁:苏摩树神的别称。因陀罗-帝释:梵汉合译一神名号,"因陀罗"即"帝释","帝释"也正是"因陀罗"。意谓苏摩树神,汝在享有因陀罗友谊的同时,祈请汝助我加速我发财致富的步伐。这如驯服的牝马,加鞭使之向目标快跑。

颂 3：前两个颂（颂 1，2）描述苏摩树汁饮后所产生的效应，是物质性和精神性的。本颂（颂 3）表述苏摩树汁饮后所产生的效应，则是高级精神性的和超高级精神性的。不死：苏摩树在此神格化为"阿弥利陀，amrta，不死树"。不死树的树汁，谁饮谁获"长生不死"（类似希腊神酒 nectar）。不死者，既指已饮过不死树汁的天上神众，也指现在和未来欲饮不死树汁的凡夫信众。本颂的"不死者"，是指后者而言。光天界：天上纯光的世界，是不死者天神的世界。人间信众饮了不死树汁，成为不死者，故能上升天神所在的不死世界，礼敬天神，享受天乐。颂的后四句，是说我们现今喝了不死的苏摩树汁，已成为不死者，请问还有什么敌意、怨恨这些烦恼来干扰我们？也就是说，敌意、怨恨的烦恼已离开我们。

颂 4：本颂描述苏摩树汁饮后产生与伦常、友谊有关的精神性效应。蜜汁、苏摩、盛名远闻者，都是苏摩树拟人化后的不同形式和名号。

颂 5：本颂陈述苏摩树汁饮后产生医治疾病的医疗效果。"饮已甜蜜滴"：句中的"蜜滴"是主语，意谓"为我所饮的苏摩蜜滴"；"光荣赐自由"：是"蜜滴"的定语，意思是，苏摩蜜滴是光荣的，是能够赐给我自由的。这也寓意，凡饮下这样的蜜滴（光荣的、能赐人以自由的），他也会因此而感到光荣，得到神赐予的自由、解脱。关节：人体上各个部位的关节。意谓我饮苏摩蜜滴后，我感到它们（蜜滴）在我体内产生一种独特的作用，使我的意识（心灵）与自己体内各个部位的关节本然似的联合在一起（意即使意识完全支配全身关节；也就是说，身心——灵魂与肉体，融合为同一体）。

这正如套牛车的各条绳子或带子,调整妥当,统一绑系在车上,使御者更加顺利地驾驶它往前快跑。在颂的后四句,虔诚的信众一再请求苏摩蜜滴给予保护,以期避免腿伤,脱离病苦。

颂6:本颂阐述苏摩树神与阿耆尼(火神)的关系;以火从摩擦产生为例,说明苏摩树汁饮后在人体内产生"刺激、麻醉"的作用。振奋:即刺激、提神;启发:即启示、开导(这些是苏摩树汁在人体内产生的精神性作用)。更富、富裕、兴旺发达:这些是苏摩树汁饮后在体内产生的物质性作用。麻醉中:意即陶醉在畅饮苏摩神酒之中;或饮酒过量而有醉意。进入:意谓虔诚信徒,为了自己、个人或家族的兴旺发达,请苏摩神汁进入己身,借助神汁的力量来实现这一目的。

颂7:本颂的前四句讲信众榨饮苏摩树汁。我等:婆罗门教祭司。按婆罗门教规,搬石块榨取苏摩树汁的任务,通常必须由婆罗门教祭司来执行。但偶尔亦有非祭司的婆罗门教信众来做。汝蜜汁:苏摩树神的蜜汁。"如父亲财物":信众认苏摩树神为父亲,苏摩树汁如同父亲的财物;享受苏摩蜜汁,一如儿子继承、分享父亲的财物。颂的后句,讲信众祈求长寿。苏利耶(太阳):信众祈求苏摩树神王像太阳延长春季的白昼那样,延长他们的寿数。

颂8:信众在此颂中向苏摩树神王提出两点恳求。一是请苏摩树神王对他们施以慈悲的关爱;另一是请苏摩树神王不要听从敌意者,而不接受我们。此中:意指祈祷苏摩树神王、饮苏摩蜜汁之事。对待此事,有两种态度,一是明智支持,二是愤怒反对。敌意:是指对待礼拜苏摩树神王、乞求赐福之事,持愤怒反对态度者的意见。善良的信众在此请求苏摩树神王不要听从持反对态度者的意见,而把他们抛弃(不要信徒的祈祷与恳求)。

颂 9:信众在本颂向苏摩树神提出两点恳求:一是请求保护信众的身体;二是请予仁慈地宽恕,如有违反苏摩树神的神谕。明察:明察人之身体健康与否;人之行为是臧或否。苏摩树神之所以能明察人之思维与行为,是因为他入住人体之四肢。入住:意即苏摩蜜汁饮后,进入人体四肢,体内各部分。苏摩蜜汁是苏摩树神物化形式(化身),一入人体,便能起着指导作用,指导人进行正确的思维与正确的活动。施仁爱:意即请求宽恕过错。如果得到苏摩神王的宽恕,便有机会去谋取更高、更大的福乐。求神宽恕的目的,就是在于求取更大的福祉。

颂 10:本颂描写信徒去亲近爱饮苏摩神酒(苏摩蜜汁)的大神因陀罗,并为他储存神酒(这反映苏摩树神与因陀罗的亲密关系)。我:指虔诚信徒或祭司。彼:即因陀罗、慈善之友。醉态:因陀罗痛饮苏摩神酒后的醉态。在吠陀神话里,常见因陀罗在与凶神(如阿修罗,Asura)和恶魔(如弗栗多,Vrtra)战斗之前,必先痛饮苏摩神酒;饮至酩酊大醉时,立即投入杀敌战斗,取得胜利。赤兔马主人:因陀罗的别称。储存:意谓信徒为因陀罗保存苏摩神酒,以便因陀罗随时饮用。帝释:因陀罗的别称[佛教神话:因陀罗(Indra),称为"帝释"(Śakra,能天子、三十三天主)。又作 Śakra-devānām Indra 释提桓因]。近事:意谓接近帝释,敬礼侍候求他佑我长寿延年。

颂 11:本颂再说苏摩树汁的威力。颂的第五句"苏摩以威力":此中"威力"正是苏摩蜜汁的威力。意谓信徒饮此蜜汁后,立即在其体内产生神奇的威力；正是这种威力，使疲劳、疾病，乃至恶势力从其身上消除干净。此境界：蜜汁在体内产生威力的状态。意谓信徒既然在心灵上体会到这一境界，他的寿限便会因此而延长。

颂12：本颂阐述苏摩神信徒继承祖先爱饮苏摩蜜汁的传统，以及苏摩蜜汁的超级精神效应（不死者改造有死者的效果）。众先祖：在信徒们的心目中，他们的祖先原是苏摩"酒迷"，故在此向祖先表示，他们在继承祖先的传统，和祖先一样喜欢苏摩蜜汁，爱饮苏摩神酒。心中饮：意即从内心喜爱饮苏摩汁。不死者：意指神性生物，如神话三界中的高级神祇。这里是说苏摩树神及其蜜滴（蜜汁、神酒）。苏摩树神是不死者，他的蜜滴（蜜汁）是他的物化形式（化身），故能进入饮苏摩神酒的凡夫信徒体内，并产生神奇的刺激，启发他立誓苦修瑜伽功行，求取"超凡入圣"的境界——从有死的存在跃进到不死的圣境。

颂13：信众在本颂赞扬苏摩树神与众祖先（人间先死者的亡灵）欢聚在一堂，同时请求苏摩保佑，让他们将来成为众多财富的主人。"欢聚在一堂"：苏摩树神可能了解这些人间祖灵，生前喜欢苏摩神酒，死后这一嗜好丝毫未减，因而乐意与这些人间祖灵欢聚，共饮苏摩蜜汁。"扩展汝自身，充遍天地间"：在这里，苏摩树神被哲学化，拔高为宇宙大神，他的化身就是宇宙，故说其自身"充遍天地间"。

颂14：信徒在本颂祈求苏摩树神：(a)请苏摩树神为虔诚的信众说话；(b)希望睡眠与闲谈（的琐事）不来干扰；(c)准备办"苏摩圣祭"。颂中的"提婆deva"，意即"天、天神"，是主语。"保护神"

是"提婆"的定语。"说话护我等":意即请苏摩树神关照,保护信众。"圣祭":特指"苏摩祭典"。好子弟:泛指斋主(富有家主,或地区的王侯等)的英俊子弟。

颂 15:此是本神曲的末后一颂,似是一个总结颂。信众在此综合地向苏摩树神表示总的感恩和致谢。我力量:我,是复数宾语"我等"。光:天上之光(神话:光天界)。入吾人:蜜汁,是苏摩树神的物化形式(化身)。信徒畅饮苏摩蜜汁后,等于树神的化身进入饮者体内,起着启发他心灵的作用。助相应:意即相应的帮助、合适的帮助。"于前或于后":包括"于左或于右",意即周边的环境。

阿耆尼

（Agni，火、火神）

阿耆尼原文是 Agni，来自词根 √ag，音译"阿耆尼"，意译"火"。它既是火神的名字，同时又是火神的武器。火神在《梨俱吠陀》里被歌颂为创世大神之一。他的光和烟遍充三界，支持三界；他创造了"能飞、能行、能止、能动"的四类生物（RV. Ⅹ. 88.4-5）。他还被歌颂为神群中的第一神，万神朝拜的对象。他护持众生就像母亲怀抱孩子一样。他虽是地界主神，但天界大神（如天父神、婆楼那、友善神、太阳神、育生神、毗湿奴、黎明女神、双马神等）和空界大神（如因陀罗、鲁陀罗、风神、风暴神等）都是他的神交至友。《梨俱吠陀》全书 1028 支神曲，约有四分之一歌颂雷电神因陀罗，歌颂火神阿耆尼的占 200 支，仅少于因陀罗。这说明，阿耆尼在《梨俱吠陀》的神界地位仅次于因陀罗。所以，在《梨俱吠陀》里常见阿耆尼和因陀罗称兄道弟，平起平坐，经常同应人间信徒和斋主的祈求，率领天上神群，搭乘他的神舆一起下凡，接受和享用祭坛上甘美醇厚的酥油、苏摩仙酒和其他祭品。

阿耆尼是地界大神，有关他身世的神话有好几则。其一，说他的出生地有三个，即海洋、天界和空界。作为海底之火，他诞生于海洋；作为天上的太阳，他诞生于天宫；作为空间的闪电，他出生于大气层。也就是说，三界之内，无处不是他的摇篮。其二，说他隐藏在一个秘密地方，并从这个地方出生。这个秘密地方似有二解：一指海底深处，一指每块木头的内部。其三，说阿耆尼是一切众生本有的,他面容严肃,宇宙知名,照亮着全人类。他从一个警惕性高、充满青春活力的"十"字出生。这个"十"字,一说是空间的十个方位,一说为十个手指(亦作十个处女)。人们常用十个手指点火,由于点火需要力气,故又称为"力量之子"。其四,海洋和大气层是阿耆尼的两个出生地。海洋和大气层都与水有关,故又说大地诸水是他的出生处。其五,传说阿耆尼每日出生于两片木块的摩擦。两片木块就是他的双亲。但他一出娘胎,呱呱落地,便立刻把父母(两片木块)吞吃掉(焚烧掉)。其六,天界也是他的出生地,他在天界的名字是"母腹神"。母腹,譬如隐藏在两片木块之间的火种。传说人间有一个与火有关联的毕利古部族(Bhrigu),在他们的祈求下,风神将这个火种带下人间,做一份厚礼赠给人类(一说是毕利古人发现火种,将它送给人间。这可比较希腊神话:普罗米修斯盗取天火给人类)。

吠陀诗人在献给阿耆尼的 200 支神曲中,着重塑造他具有如下几个主要特点:(1)阿耆尼常常被地界善男信女在举行事火祭祀时所表现出的虔诚与敬意所感动,亲临祭坛,接纳并享用美味的供品。正因如此,阿耆尼比别的神更加接近人类生活。他是人类家宅的常客,是驻足凡世的超凡圣者。他对人类献给他的供养、敬意的回报和祝福是:家庭和美、财富日增、宗嗣继续、福寿双全。虔诚的皈依者永远敬奉他为施恩者、保护者、拯救者;有时把他当作父亲、兄弟或儿子。(2)在天界与地界之间扮演着一个仙凡互通、天人交感的媒介角色。阿耆尼每日应人间信众的祈请前来享受祭品,随后又把祭品运回天宫,分发给缺席的其他神明。有时候,他带领以因陀罗为首的神群,一同乘他的神车下凡应供。

他因此被歌颂为众神中的第一神、最年轻之神、天人之间的使者、联络员、祭品运输者和分发者；他甚至被尊为等同因陀罗、婆楼那、毗湿奴、梵天主、密多罗、鲁陀罗等大神。（3）阿耆尼和阎摩王本是神交密友，二神在繁荣鬼魂王国的事业上经常密切合作，共同策划，收集死人的亡灵，送往阎摩王国定居，目的在于扩大后者的"鬼魂"数量。二神的分工是：阎摩主管鬼魂王国的内部行政，阿耆尼负责天人交际，收集人间亡灵的外部事务——阿耆尼的一个主要任务是，在人间焚烧死尸，勾出死者的亡魂，然后引导它前往阎摩王国。（4）阿耆尼因为专职做焚烧死人尸体的事，所以又别称为"食尸神"。在吠陀神话里，还有一类叫作罗刹（Rāksasa）的食尸鬼。食尸神和食尸鬼之间常因争食死尸而斗争。斗争的结果，总是食尸神战胜食尸鬼。食尸鬼只知饕餮地以食尸满足私欲，对死者的亡灵是不负责任的。食尸神既要按吠陀仪轨焚食死者的尸体，还要对死者的亡灵负责，把它送往阎摩王国安居享乐。

　　在印度，人死后，家属祈请火神降临，用火焚烧死者的尸体。这是火葬，也是印度最早的殡葬风俗。按《梨俱吠陀》（X.15.14）所记，在《梨俱吠陀》时期，人死后有两种葬法，即火葬和土葬。到了稍晚的《阿闼婆吠陀》时期，又出现两种新的葬法：曝葬和弃葬，合前两种葬法共有四种葬仪——火葬、土葬、曝葬、弃葬。玄奘在他的《大唐西域记》（卷二）中记录了当时印度的葬仪。他说："送终殡葬，其仪有三：一曰火葬，积薪焚燎；二曰水葬，沉没漂散；三曰野葬，弃林饲兽。"其中野葬实际上就是曝葬。"饲兽"似应包括"饲鸟"。西藏地区的一种葬法便是"弃野饲鸟"。在印度，这许多葬法中，从古至今，仍然盛行的，无疑是火葬。此外，今天又有两种混合葬法:一是土火混葬法,先用火焚烧尸体,然后将骨灰捏在土里,另一是水火混葬法,先将尸体烧成骨灰,然后投入江河大海。

　　火神崇拜起源于中亚民间的一种事火宗教。公元前 2000 年前后,中亚的雅利安部族向西南大迁徙,他们的事火宗教也随之传入波斯(伊朗)和印度。从那时到现在,事火宗教仍然是这两个国家活的宗教。印度今天的事火仪式无疑已有异于伊朗,但将具体的火进行人格化,作为一个自然神来崇拜,两国则无大的差别。如上所述的印度火葬仪式,便是印度事火宗教的一个特点。

　　如下,选择两支歌颂火神阿耆尼的神曲:

《阿耆尼赞》
(火神赞·一)

(《梨俱吠陀》第 1 卷,第 1 曲,共 9 个颂。
作者为摩图旃达,Madhucchandā)

1.　　　　我赞阿耆尼,家庭主祭司;
　　　　　祭典组织者,神圣黎维阇;
　　　　　诵咒召神师,财富施赠神。

2.　　　　往昔仙人众,现今道者群;
　　　　　同声齐歌颂,阿耆尼火神;
　　　　　但愿彼率领,诸天到此来!

3.　　　　皈依阿耆尼,斯人即获得:

　　　　　丰盛众财宝,一日胜一日;

　　　　　声誉享光荣,及英雄子弟。

4.　　　　火神阿耆尼! 祈祷与祭祀,

　　　　　汝已全取得,遍在十方界;

　　　　　是此等法事,奉献诸天众。

5.　　　　火神阿耆尼,诵咒召神司,

　　　　　诗仙般智慧,真实最荣耀;

　　　　　惟愿此神明,降临与诸天!

6.　　　　火神阿耆尼,汝曾经想过:

　　　　　将为虔诚者,做一吉善事;

　　　　　该事会实现,鸯吉罗斯氏!

7.　　　　火神阿耆尼,迷雾驱散者;

　　　　　吾人想念汝,一日复一日;

　　　　　趋前向尊神,南无行顶礼。

8.　　　　(火神阿耆尼),祭典监制者;

　　　　　黎多自然法,光辉卫护者;

　　　　　圣火长明照,在己住宅内。

9.　　　　　　　火神阿耆尼，伏祈让我等；

易得亲近汝，如子之见父；

复求来相伴，为我等福祉。

提要：本神曲为《梨俱吠陀》第 1 卷，第 1 曲（RV. Ⅰ.1）。吠陀诗人将此第 1 曲列作《梨俱吠陀》1028 支神曲的卷首曲，似乎示意火神阿耆尼乃仅次于因陀罗的吠陀首要大神。吠陀诗人写了约 200 支歌颂他的神曲，细腻而生动地描写他无数拟人化的化身形象；在天上人间，游戏神通，创造了形式繁多的利乐众生的神圣业绩。本神曲是 200 支神曲中之一，集中描绘火神阿耆尼上从天国，下降人间，神通一变，成为一个未损神性，但人性化十足的家庭祭官；与此同时，兼任祭仪规定的四个主持祭典的祭官，为斋主快速而完善地实现召请神众下凡应供的任务。

至此，让我们依照下边的颂序，逐一解说，欣赏火神化身为特殊的人间祭官，展示他的神奇巧妙、又富有人类情趣的表演。

（本神曲的梵语曲为："Gāyatrī，唱颂律"，三行诗式，每行八音节。汉译每行作两句共六句。这一格律的神曲占《梨俱吠陀》全书四分之一。）

颂 1：本颂一开始，即赞火神阿耆尼第一个祭官化身形相，即"家庭主祭司"，然后列出他的其他祭司化身形相。主祭司：家庭中所有宗教祭神仪式，统一由某个祭司负责指导进行，这个祭司就是主祭司。主祭司同时是家庭成员日常礼拜的对象。祭典（yajña）：亦即"祭仪、祭祀"。祭典有大型和小型之分。小型祭典，只需一名主持祭司。大型祭典，如富有斋主举办需请四名祭司来共同主持的祭典。黎维阁:原文 rtvija 的音译,意即"祭司、祭官",是主持大、小型祭典的婆罗门祭司的通称。不过,祭司亦因在祭坛上承担任务或负责任不同而有不同的称号。例如,大型祭典上四名祭司的称号:(1)请神祭司(负责在祭典启动之际,念诵《梨俱吠陀》神咒,召请天神降临);(2)唱赞祭司(负责唱念《婆摩吠陀》的赞神曲);(3)建坛祭司(负责按《夜柔吠陀》的规定组建祭坛);(4)监坛祭司(在祭典结束时负责对祭坛进行监察检查)。本颂所说:"祭典组织者,神圣黎维阁(祭司)",即大型祭典上四位祭司中的第三位祭司;"诵咒召神师",即四位祭司中的第一位。"财富施赠神":这似乎暗示火神阿耆尼的财富如此众多,甚至超过财神古贝罗(Kubera),所以能善行布施,帮助众生。

颂 2:本颂叙述火神阿耆尼受到往昔和现在的仙人道者的歌颂;同时信徒们祈愿火神率领诸天神众降临人间祭坛,享受斋供。这反映火神阿耆尼是天上神众中的首要大神之一。

颂 3:本颂称赞斯人——善男信女,由于皈依火神阿耆尼,因而获得物质与精神双丰收的回报:物质上得到丰富的财物;精神上享受到光荣的声誉,以及得到繁育英雄子弟的幸福。

颂 4:信众歌颂火神阿耆尼在十方世界接受善男信女们的祈祷与祭祀,同时请他把"此等法事"——火神在十方世界所受到的祈祷与祭祀,转献给其他神众。这也寓意请火神发挥他在天地之间运输者和信使者的作用。

颂 5:称赞火神化身在一个大型祭典上担任召神师的职责。召神师是大型祭典上四位主持祭司中的第一位,负责念诵《梨俱吠陀》经咒,召请神众降临祭坛,共同应供。最荣耀,此神明,都是火神的称号。

颂 6：本颂叙述信徒对火神阿耆尼的绝对信任，认为火神想作任何善事，一定会实现、成功。鸯吉罗斯氏：是火神的家族姓名。

颂 7：本颂描述虔诚信徒时刻想念火神阿耆尼，因而前来火神座前叩首敬礼。南无：原文 namas，意为"敬礼"。（注意：在印度人们相遇见面时，彼此合十，同念"南无"，互相问候，故"南无"是一个日常互致问候的口头惯用词。）

颂 8：本颂阐述火神阿耆尼的三个化身形相：一是，祭典监制者（大型祭典四位主持祭司中的第二位建坛祭司）；二是，"黎多"规律的卫护者；三是，住宅内的长明圣火（家庭祭司）。黎多：原文 ṛta，意为"宇宙真理、自然规律"（如日月运行轨道、四季循环时令；但也包括人类的社会秩序、道德伦理、生老病死、灵魂轮回转生等法则）。火神阿耆尼是这一自然规律的光辉卫护者。（不过，从吠陀神话角度说，由于祭火每日如常点燃，所以阿耆尼是祭祀意义上的"黎多"的特别捍卫者；而婆楼那则是道德意义上的"黎多"的特别捍卫者。）"黎多"的祭祀和道德的意义，到了后吠陀时期转义为"dharma，法"所代替。

颂 9：这是本神曲的最后一颂，总结虔诚的信徒们对火神阿耆尼的祈求：请求火神阿耆尼把信徒们作为儿子来看待，赐予他们慈悲的父爱和永久的福祉。

《阿耆尼赞》
（火神赞·二）

（《梨俱吠陀》第 5 卷，第 11 曲，共 6 个颂。

作者为苏陀颇罗，Sutambhara Ātreya）

1.　　　　人民保护者，机敏善技巧；

　　　　　为创新福祉，火神出世已。

　　　　　晶亮酥油相，彼为婆罗多；

　　　　　释放光辉煌，遥照触穹苍。

2.　　　　信众在三处，点燃阿耆尼；

　　　　　祭祀之旌旗，首席家祭官。

　　　　　彼与因陀罗，及诸天神众；

　　　　　同乘一仙舆，共赴祭坛场。

　　　　　诵咒召神师，具妙智慧者；

　　　　　为行祭祀事，请坐圣草上！

3.　　　　汝从双亲生，有垢但光洁；

　　　　　若阳神智者，欢快高升起。

　　　　　信众献酥油，增强汝力量；

　　　　　烟乃汝旗帜，飘拂摩天上。

4.　　　　阿耆尼请即，驾临我祭典；

　　　　　阿耆尼受邀，遍访每一家；

　　　　　阿耆尼变成，供品运输者；

　　　　　阿耆尼选为，诗仙般智者。

5. 阿耆尼!

　　　　斯辞最甜美,愿敬献于汝;

　　　　复呈祈祷词,安慰汝心意。

　　　　众多赞神曲,演唱充满汝;

　　　　如诸大河流,充满印度河。

　　　　圣歌功德力,加强汝实力。

6. 阿耆尼!

　　　　鸯吉罗斯众,发现汝秘密:

　　　　隐蔽而藏于,每一林木中。

　　　　如是汝诞生,由大力摩擦。

　　　　彼等称呼汝,力量之儿子,

　　　　鸯吉罗!

提要:本神曲为《梨俱吠陀》第 5 卷,第 11 曲(RV.V.Ⅱ)。此曲有 6 个颂,其中颂 1,是写火神阿耆尼初生时"酥油化"的形体,颂 6,是写他本然地藏身于树木之内,而从树木(两片木块)摩擦中诞生。其余 4 个颂,表述火神阿耆尼的祭官化身所创造的神圣业绩。兹按颂序详解如下:

颂 1:歌颂火神阿耆尼:(a)为信众再创新的福祉;(b)为婆罗多王朝而施放神光,表示对这个王朝的爱护。颂的前两句是形容火神阿耆尼的定语。"火神出世已"是完成式句子,意谓火神早已出现在人间,其目的在于为信众再创新的福祉。创新:有二义,一是,本无而首次创立;二是,已有而以新的来更换旧的,或者加以补充。本颂采用第二个含义。"晶亮酥油相"是定语句。酥油相：酥油是火的能源。家庭主妇常用酥油点火，故火神的形相完全借酥油来装扮。婆罗多：梵语 Bharata 的音译。按印度大史诗《摩诃婆罗多》(Mahābhārata)，婆罗多是上古印度传说中的一位明君，被尊称为"转轮圣王"(Cakravartin)，统治着全印度。从那时候开始，印度的正式国名 Bhāratavarṣa（印度国）就是用他的名字(Bharata)构成的，一直沿用到现在。Bharata（婆罗多）一词，如用单数、阳性表示时，是指"婆罗多国王"；如以复数表示时，是指婆罗多王朝或家族。本颂采用后一意义。

颂 2：本颂歌颂火神阿耆尼的三个祭官化身。第一个是首席家庭祭官；第二个是与因陀罗一起下凡接受供养的祭官；第三个是诵咒召神的祭官。三处：按家祭点火规矩，一盏火分为三盏火，分别置于三处；就是说，此火，合则为一，分则为三，同一火而分三。（这做法似有"一与多"哲理的寓意）。首席：意即第一。在家祭中，家庭成员自行主祭，或者另请若干专职祭司来主持；但无论自行主祭或请外边祭司，其为首的祭司必须是火神阿耆尼，故火神称为(祭典)的第一祭司、首席祭官。"彼与因陀罗"，彼：火神阿耆尼，是地界大神。因陀罗：是空界大神。二神(阿耆尼、因陀罗)常见同时出现在神通表演场合；这表明阿耆尼在神格上是和因陀罗相等的。祭坛场：地界（人间）信徒们所设的祭神的坛场。召神师：是祭典四主持祭司之首位祭司，他在祭仪中首先念诵吠陀神咒，召请神众降临。圣草：祭坛专用铺地的青草。

颂 3：信众称赞火神阿耆尼从二木摩擦中诞生；他的旗帜是烟。双亲（父母）：火神的双亲是两块木片或木头。两片木块因摩擦而生"火",故两片木块是火神的双亲。有些木块可能不干净,有污垢,但摩擦出来的"火"却是光亮清洁的。阳神:Vivasvat(毗伐斯瓦特)晨曦神,也是太阳神的另一名号。[吠陀神话:太阳神族由 12 个(或 7 个,或 6 个)阳神组成。毗伐斯瓦特(阳神)是这个阳神族的首席第一神,是阎摩阎美孪生兄妹的父亲。]火神阿耆尼的出生地有三处,其中一处是天宫。在天宫出生的火神属于阳神族的一员。故"若阳神智者",是说火神阿耆尼像一位阳神族的智者、仙人。酥油:是献给火神的主要供品,因为酥油是火的能源,是火神力量的源泉。烟:"见烟知有火"。烟是火的独特标志,故是火神的旗帜。

颂 4:本颂叙述火神阿耆尼受信徒们的邀请,下凡参加祭典。在祭典中,火神(的祭官化身)有三项神圣活动;(a)到人间的每一家庭作为主要祭司主持祭仪;(b)作为斋供运输使者;(c)最后,被选为具大智慧的智者、仙人。请即:请火神直接速临祭典。受邀:受信众的邀请,意即信众捧着点燃之"火",送到每个家庭,从而成为每个家庭的家祭主祭司(火神的祭官化身)。运输者:部分天神没有随从火神下凡应供,火神在祭典结束后,将供品(或剩余斋供)带回天宫分给缺席的神群。故火神被称为天上人间之间的斋供运输使者。"诗仙般智者"火神具有诗仙般智慧而得的称号。意谓火神阿耆尼不仅是物质产品的创造者,同时也是高级精神产品的创造者。

颂 5:本颂描写虔诚的信徒们创作形式多样的赞美诗,尊敬而纵情地歌颂火神阿耆尼。斯辞:意即一则优美的赞叹火神阿耆尼的颂辞。"安慰汝心意":实际的意义是"令汝火神心欢喜"。充满汝：意即让汝火神十分满意地欣赏、接受对汝的歌颂。印度河（Sindhu，Indus）：此河发源于西藏西北部，经迦什米尔（Kashmir）流入阿拉伯海，全长 1900 里（英里）。功德力：意指歌颂和感动神明的语言力量。

颂 6：本颂再次讲述火神阿耆尼从二木摩擦出生的故事，并说明鸯吉罗斯族与阿耆尼火神的关系。"鸯吉罗斯众"：意指鸯吉罗斯族的群众。鸯吉罗斯（Angiras）原为著名的吠陀诗人和祭司，写作过不少吠陀神曲。他有眷属和信众，形成一个祭司族，并用他的名字作为一族之名，即"鸯吉罗斯众"。Angiras（鸯吉罗斯）和 Agni（阿耆尼、火神）二字在字源学上是同义词。按吠陀神话，鸯吉罗斯原是阿耆尼的儿子，在阿耆尼入山修苦行时，鸯吉罗斯取代了阿耆尼。这似乎可以说，鸯吉罗斯和阿耆尼同是一个"火神"之名。故颂中"鸯吉罗"就是对"阿耆尼"称呼。林木：是火（火神）的天然藏身地。大力摩擦：是说两片木块，用力摩擦，从而生火，也就是火神的诞生。彼等：鸯吉罗斯族的信徒们。

萨罗斯瓦底河

（Sarasvati）

　　萨罗斯瓦底,是梵语 Sarasvati 的音译(意为:蓄水处、水池、河流),为印度的一条古河(RV.Ⅲ.24.4)。传说此河原在印度中原地带,但早已消失在该地区的大沙漠中。婆罗门教(印度教)的信徒们执定"萨罗斯瓦底"是南方的一条圣河,即今北方旁遮普邦的"苏特列季河"(Sutlej)。印度河流中公认的首要大河是"印度河"(Indus)。但吠陀权威、最富仙人(Vasistha)在他创作的神曲中说,"萨罗斯瓦底河"就是全民熟悉的伟大的印度河(RV.Ⅶ.95)。这样,二河相同,同称为众河之母河。Sarasvati(萨罗斯瓦底)是一个阴性名词,在神话里,神格化为一位"女河神",美丽赛过因陀罗尼,神性直比梵富仙妃;她身披仙袂,飘飘然飞升"大自在天"(大梵天),在梵王宫前的丹墀下,五体投地,拜见大梵天王(Brahma)。梵天王圣灵感动,顿起怜爱;随即册立她为"梵天王后"。此时,萨罗斯瓦底女河神,既是梵天王的爱妻,同时也是梵天王的爱女,表现为一个具有双重神格的女神形象。正因如此,她受到梵王宫内外神众的喜欢与羡慕,甚至因陀罗、阿耆尼、补善这样的大神也乐于与她交往。她似乎格外喜欢摩鲁特风暴神队(Maruts.RV.Ⅲ.54.13)。据一则神曲说,摩鲁特神队像近身侍卫那样,陪伴、保护她,因而赢得她的欢心,成为她的好友(RV.Ⅱ.36.8)。

　　在《梨俱吠陀》里,萨罗斯瓦底河神在吠陀仙人们的笔下,不外是一个风流浪漫,但超凡圣洁的艺术上的女神形象。而在紧接吠陀经之后产生的梵书(Brāhmana)——《百道梵书》(Ⅲ.9.13)和《他氏梵书》(Ⅲ.3.10),她的神格被理性化,她进一步演变为一位能说善辩、富有智慧的女河神;特别是在梵书-奥义书之后繁兴起来的佛教经典中,她常被称为"辩才天女、妙音天女、大才德天、妙音佛母"等。她在佛经中的这些称号,显然是她在梵书中的称号的新发展。

Sarasvati 是一个阴性河名,与之相关联的是一个阳性河名:Sarasvat。后者,按神话说,似是前者从自身幻变出来的一个与己相关联的"化身"。或者说,同一河而有二名。一名曰:Sarasvati(萨罗斯瓦底,女河神名);另一名曰:Sarasvat(萨罗斯瓦特,男河神名)。男河神的特殊阳性神德是:偏向接受男性信徒的祈祷与请求——请求赐予他们娶妻生子、发财致富的机会。

Sarasvati 这条印度古河,按一些学者的考证,与阿富汗境内《阿维斯特》(Avesta,波斯古诗集)所记载的 Haraqaiti 河同名。早期的 Haraqaiti 可能也曾经叫做 Sarasvati。

Sarasvati(萨罗斯瓦底河)在印度古今河流中,其知名度,尤其是神格化为"圣河"后,似乎仅次于印度河(Indus)。吠陀诗仙们在《梨俱吠陀》好些分散的神曲中,不时把这女河神名与其他神名合在一起进行歌颂。但单一写她的独立神曲,仅有三支。在这里,特选其中一支进行译解于后:

《萨罗斯瓦底河神赞》

(Sarasvati)

(《梨俱吠陀》第 7 卷,第 95 曲,共 6 个颂。

作者为最富仙人 Vasistha)

1.　　　　　此河名号曰：萨罗斯瓦底，

　　　　　　如城堡一座，坚固若铁筑；

　　　　　　河水如常流，冲起波荡漾。

　　　　　　亦即印度河，恢弘体宽广，

　　　　　　包容全统摄，其他一切河；

　　　　　　犹如一御者，清除沿路障。

2.　　　　　　萨罗斯瓦底，

　　　　　　诸河之首领，河水最净洁，

　　　　　　水自山上来，奔流入大海；

　　　　　　正对生物界，普行财布施。

　　　　　　获悉那呼娑，所提之请求：

　　　　　　制奶及供水，维持"千年祭"。

3.　　　　　　萨罗斯瓦特，

　　　　　　乃一好男儿，福利分发者；

　　　　　　纵然童稚时，成长信女中。

　　　　　　彼赐善男子，子嗣一英豪；

　　　　　　净化其四体，应接此恩典。

4.　　　　　萨罗斯瓦底，仁爱妙吉祥，

　　　　　　祈在此祭典，听我诵神咒；

虔诚行跪礼,迎之莅坛前。

辩才梵天后,恢弘最慷慨,

回赠信女众,彼有之财宝。

5.　　　　　　萨罗斯瓦底!

是诸斋供品,敬献汝殿下,

伏祈汝欣赏,我等之歌唱。

汝已赐我等,呵护最慈祥;

我等愿皈依,汝之保卫树。

6.　　　　　　萨罗斯瓦底!

辩才梵天后,最富吠陀仙,

为汝已启开,祭坛二扇门。

圣后颜光洁,赠彼鲜乳品;

伏乞常关怀,幸福惠我等。

提要:本神曲由 6 个颂组成。6 个颂似是关于"一河二性"的特写。"一河",意指"一条河、同一条河、唯此一河"。"二性",即阴阳二性。意谓同一条河具有阴性与阳性的河面形象;或者说,同一条河具有阴性河名和阳性河名。其次,同一条河,神格化后,同样(在神话里)具有男女二性的神名——如说,Sarasvati(萨罗斯瓦底),是女河神名;Sarasvat(萨罗斯瓦特),是男河神名。后者,在 6 个颂中,仅占一颂(颂 3);前者则占 5 个颂。二神的神性似无差别;但二者的神德和作用,则有差别。女河神接待信众,不分男女,一律平等,有求必应。男河神在对待"善男信女"之间,偏向于接受男信徒的敬礼与请求。男信徒大都一心皈依男河神,请求男河神仁慈关照,赐给他们娶妻生子、发财致富的机会。

本神曲还阐明印度教传统执信 Sarasvati 河是一条圣河,也就是最神圣的印度河(Indus)。

如下,按颂序详解:

颂 1:本颂似是本神曲的开章颂,"开章明义"地阐明,这条河就"萨罗斯瓦底河"(Sarasvati),同时,也就是最神圣的"印度河"(Indus)。萨罗斯瓦底河和印度河一样"恢弘体宽广",包容其他一切河,成为众河之母河。颂中有两个喻例。其一:"如城堡一座,坚固若铁筑",似说萨罗斯瓦底河,河身庄严伟大,河水恒流不断。其二:"犹如一御者,清除沿路障",似指萨罗斯瓦底河(像印度河那样)是河源(河母),自身孕育着一切大小河流;后者是从河源异化出来的不同形式的支河、支流。

颂 2:本颂共有 10 个句子。其中头 6 句:盛赞萨罗斯瓦底河(Sarasvati,阴性)是众河之首领,河水最清洁;同时颂扬她乃一位神圣的女河神,是梵天的天后,具有超凡的智慧和世俗的财富。她现身天上人间,散发财宝,利济群众。颂的后 4 句:描述萨罗斯瓦底女河神在给善男女施赠财物的活动中,获悉近邻王那呼娑(Nahusa)向她提出请求帮助。传说,近邻王是一位古代国王。他向女河神提出的请求,涉及二事。其一:近邻王正在筹办一台"千年祭"(祭神活动持续一千年的祭典),请求女河神萨罗斯瓦底接受他这台向她祈祷、敬礼的特别祭典;其二:请女河神为他准备必需的生活资料如鲜奶、奶酪、净水等,足够他维持"千年祭"从吉祥开祭到圆满结束的全过程。

颂 3：本颂原文第一行的第一个字是："sa"（意即"他"，阳性单数主语），表示本颂是本神曲 6 个颂中唯一一个用来描写男河神 Sarasvat（萨罗斯瓦特）的颂。本颂共有 8 个句子，其中头 4 句：描写"萨罗斯瓦特"是个身心健康的好男儿，经常给信众提供裨益生活的福利。其次，略述"萨罗斯瓦特"幼年的轶事：在他还是一个幼小孩子时，他一直在虔诚女信徒们的爱护与供养中生活，并由此成长为一个健壮好男儿。然而，他毕竟是一神童，天资非凡，即使在童稚之年，他照样懂得接受信众的祈祷与愿求，并高兴地回赐他们财物与福乐。颂的后 4 句：表示萨罗斯瓦特已成长为一位有神威的男河神。他喜欢接待敬礼他的男信徒们，并为他们提供娶妻生子的机会。但他同时提醒他们不要忘记斋戒沐浴（净化四体），在前来接受他给他们恩惠之前。

颂 4：本颂描述信徒们对女河神萨罗斯瓦底所表示的热情而虔诚的歌颂与祈祷。颂中"仁爱妙吉祥、辩才梵天后、恢弘最慷慨"是称赞女河神的定语。"妙吉祥"，义同"善吉祥、最吉祥"。"梵天后"，女河神因被梵天王册立为王后，故称"梵天后"（大梵天王的正妻）。"恢弘"，寓意女河神圣灵超绝，广大周遍。向女河神祈祷有两个仪式。其一："诵神咒"。神咒，在本颂是梵语原文 jusāna，意思是："神的自在安乐"。这神咒是神自身的符号、密码。信徒诵之，即等于直接与神沟通，直接向神致敬、赞叹。其二："行大礼"，意即在神座前行"五体投地"的大礼。

颂 5：讲述信众特制上等斋食，献给女河神萨罗斯瓦底（Sarasvati），同时请她欣赏他们创作的赞美曲。"保卫树"，寓意神的护世光环。

颂 6：本颂有 8 个句子，其中前 4 句：陈述一个准备迎接女河神萨罗斯瓦底到来的祭坛。祭坛的两扇门是关着的；现在，已由最富仙人打开，请女河神驾临，接受信众的祈祷与斋供。颂的第 5、6 两句：描写梵天王后的女河神，圣颜光彩，皎洁艳丽；她欣喜地将鲜奶制品赠送最富仙人，似是为她打开祭坛门的报酬。颂的最后两句，是斋主恳求女河神赐予关照与保佑，让他们常享幸福与富有。

《万神赞》
(Viśvadevas)(二)

（《梨俱吠陀》第 10 卷，第 136 曲，

共 7 个颂。作者是七仙人：

婆罗多阇(Bharadvāja)，迦叶波(Kāśyapa)，

乔陀摩(Gotama)，阿底利(Atri)，世多罗(Viśvamitra)，

詹摩达耆尼(Jamadagni)，最富者(Vasistha)）

1. 众神明！（此人）沉沦堕落，

众神明！伏祈再施拯救。

众神明！（此人）犯有罪过，

众神明！伏祈再赐生命。

2. 这二股风，

正吹向远离印度河的地方。

愿一股风吹给你能耐；

愿另一股风吹走所有邪恶。

3. 风，愿（尔）吹出医药，

风，愿（尔）吹掉邪恶。

尔乃普世良药；

尔是众神使者。

4. （风说道：）我吹到你处来：

送给你快乐与健康；

送给你精明的能耐；

祛除你身中的痨伤。

5. 伏恳众神在此保护（我等）；

伏恳摩鲁特神队保护（我等）；

伏祈全民善保护，

如是斯人免罪过。

6. 水的确是良药，

水是疾病祛除者。

水是所有人的医药；

但愿水作为你的良药。

7. 舌，得到（生主神）十手洗净，

是语言讲话的先导。

我们接触你，

就是用消除病毒的手。

　　提要：本曲作者是七个吠陀仙人，一个撰一颂，共得 7 个颂。7 个颂的主题和内容各有不同。其中一个重要的特点是，信徒除了求神赐福免灾外，把"舌、风、水"三物人格化，加以颂扬。

如下按颂序解说：

颂 1：作者，婆罗多阇仙人。颂中"此人"是指作者本人。他向神众祷告，他犯有罪过，沉沦堕落，诚心忏悔，求神赦免，垂慈拯救，赐他第二次生命。

颂 2：作者，迦叶波仙人。（此颂似为他人祈祷）他向正在吹离印度河以外二股风（的风神）祈祷，乞求（风神用）一股风吹给你力量；另一股风吹走所有邪恶。"印度河"（Sindhu）也可作"海洋"。

颂 3：作者，世多罗仙人。他是向（拟人化的）风祈祷，请将药物吹出来；意即请赐治病的药物。"普世良药"意即能治疗世上所有疾病的药方。

颂 4：作者，最富仙人。此颂写（拟人化的风）回答信众的祈求，并为他医治痨病，赐予安慰。

颂 5：作者，乔陀摩仙人。本颂似为他人祈祷，求神保护。"在此"即在此世界。"摩鲁特神队"，即风暴神组，因陀罗大神的近身侍卫。"全民"，意谓全体人民群众，信徒与非信徒。此中含义是，世上全民行善，这样每一个人，都得到保护，免遭伤害。

颂 6：作者，阿底利仙人。本颂是（拟人化的）"水"的特写，歌颂"水"是所有人的治病良药。

颂 7：作者，詹摩达耆尼仙人。本颂讲（拟人化）"舌"的功能。"舌"，也叫"舌头"，为主要发音器官。按吠陀神话，"舌头"先得（生主神）用十只神手洗涤干净，从而取得语言发音的先行权（先导功能）。我们人类说话发音时，也得用消毒净化后的手来摩触它。

罗娣莉

（Rātrī，司夜女神）

司夜女神罗娣莉在《梨俱吠陀》里仅得一支描述她的神曲（RV.Ⅹ.127）。她是黎明女神乌莎的妹妹；也像乌莎那样被称为天之女儿。在吠陀诗人的构想里，她并不是漆黑的夜幕，而是星光之夜景。她是一位打扮得靓丽多彩的美人，以其彻亮的光焰驱散黑暗。人畜和鸟儿总是在她临近之时去休息。她要保护她的信众，使他们免受豺狼和盗贼的伤害，而指引他们到安全的庇护所。散见于《梨俱吠陀》20余首颂诗里，有两个双数的专有名词：Usāsā-nakta（黎明—黑夜）和 Naktoṣāsā（黑夜—黎明）。这两双数复合词清楚地说明司晨女神与司夜女神的姊妹关系，是一对天之女儿，天然分工，一司晨光，一司黑夜。

兹将司夜女神罗娣莉的唯一神曲译解如下：

《罗娣莉赞》

（Rātrī，司夜女神赞）

（《梨俱吠陀》第 10 卷，第 127 曲，共 8 个颂。

作者为驹斯迦，Kusika Saubhari）

1.　　　　　　　　司夜仙姬，命驾前来；

天眼注视，众多地方；

一身披挂，所有荣光。

2.　　　　不死天妃，身遍太空；

在地深层，在山绝顶；

彼藉星光，消除暗障。

3.　　　　司夜天妃，今正到来；

让位其姊，黎明女仙；

即在此刻，黑暗顿消。

4.　　　　正是今日，汝之降临；

趁此一刻，我等回家；

一如飞鸟，飞返树窝。

5.　　　　村落人群，已经回家；

带足返穴，有翼回巢；

贪婪凶隼，一样归窝。

6.　　　　司夜女神，祈汝赶走；

狼与母狼，及诸盗贼；

惟让我等，安全通过。

7.　　　　夜空漆黑，暗障浓厚；

显见黑暗，笼罩我身；

伏祈乌莎，

破除暗障，如清负债！

8.   如挑牝牛，我选一曲；

             请汝赐纳，天之女儿！

             主夜仙姬，美若圣歌；

             献与胜利之神！

提要：本神曲（RV. X. 127）共有 8 个颂，描写"黑夜"人格化后的具体形象——司夜女神罗娣莉，以及她与人的生活的不可分的关系。其次，表达罗娣莉（司夜女神）与乌莎（黎明女神）这二女神之间的关系：在社会意义上，她们俩似是一对美丽可爱的姊妹；而在自然物理意义上，则是一对绝对对立的现象。

本神曲的格律是吠陀神曲格律中的一个比较罕用的格律，是三行诗的形式，简短鲜明，易读易记。这个格律名："伽耶底利"（Gāyatri）。

下面，将按颂序详解：

颂 1：描写司夜女神出现时的形相。"命驾前来"：意指司夜女神罗娣莉每日按时出现（即夜幕开始）。天眼：意即天上的星星。荣光：意指夜空中闪烁的星光。

颂 2：本颂把司夜女神的神性拔高到超验境界。"不死天妃"：不死，即不再受生死自然规律的约束，是一种超验的绝对境界。在本颂，司夜女神的神性被升华为超自然的抽象超验神性；也就是说，把司夜女神从一个有相的自然神拔高为一个无相的超验之神。"身遍太空"：身，即司夜女神的物理形相：黑幕、黑网。这个黑网如此宽广，上至太空穹苍、下至地府深层和崇山绝顶，莫不被收进在它之内。"彼藉星光，消除暗障"：司夜女神本身是黑暗，但她知道，黑暗不能消灭自身的暗障，而借夜空上的星光是可以逐步消除暗障。

颂3：本颂描写司夜女神罗娣莉与司晨女神乌莎两姊妹交接班的情景。"今正到来"：意指交接班的时刻到来。司夜女神的职责是司夜；司晨女神的职责是司晨。此刻，司夜女神的司夜任务刚好完成；同在此刻，司晨女神开始执行她的司晨任务；就在这二女神交接班这一刹那，世间黑暗，顿然消失。

颂4：本颂描写黑夜来临之时，人们回家，鸟儿归巢（生物界的自然活动）。"正是今日"和"趁此一刻"两句中的"今日"和"此一该"表示同一时间，即司夜女神驾到的正点时间。就是在这个时间（夜幕开始），人们回家，鸟儿返巢。

颂5：本颂续写几种生物在司夜女神到来之时的活动：(a)人们回家；(b)兽类返洞；(c)飞鸟归巢；(d)甚至凶隼也一样要飞回老窝。

颂6：本颂是旅行朝圣的信众在动身前向司夜女神所作的祈祷，恳求她保护他们沿途不受豺狼、盗贼等的袭击与伤害，从而顺利通过各种关卡，安全地到达目的地。

颂7：本颂写某个小神在黑夜中产生恐怖（可能因对司夜女神罗娣莉不感兴趣），故请司晨女神以晨光为他驱除黑暗，就像为他消除欠债那样。

颂8：本颂是本曲的最后一颂，似在总结对司夜神罗娣莉的歌颂。"如挑牝牛，我选一曲……"：意谓我从神曲集中精选了一支优美的神曲，敬请你赐纳，正如牧人从奶牛群中挑出一头乳汁丰富而甜美的母牛。"主夜仙姬，美若圣歌"：赞叹司夜女神罗娣莉的美丽就像一支献给胜利之神的圣歌（胜利之神意指司晨女神乌莎）。

印度河

（Sindhu）

印度河,梵语原名是 Sindhu(英语译名为 Indus,西方学术界常用此名)。印度河流甚多,河名全是阴性名词:唯一例外,是"印度河,Sindhu",属阳性名词(Sindhu 的另一个写法是"Sindhu-nada",也是阳性名词)。

按《梨俱吠陀》,印度有三大河流,其中之一是印度河(Sindhu, RV. Ⅹ.64.9)。印度河统摄本土一切河(即印度河的支流及其他河流)。印度河的力量超过一切河。印度河就是母亲,其他一切河,就像儿女那样走来朝拜母亲河、印度河。印度河有左右两翼。两翼:意指印度河所有的支流,以及并非直接源出印度河的其他河流。在神曲(RV. Ⅹ.75.5、6)列有之 21 条河名;这些河似是印度众河流中比较重要的河;其中又以 Gangā(殑伽河、恒河)、Yamunā(阎穆那河)、Sarasvatī(娑罗斯瓦底河)、Putudrī(补杜得利河)、Parusrī(波罗室利河)等为最重要的河。

印度河的河名是阳性,在拟人化与神格化后也变成为阳性的"印度河神"。印度河神在吠陀神谱上被拔高到与大神毗湿奴和婆楼那一样,具有超验的神格与神通;甚至被认为就是婆楼那的一个具体化身形象(婆楼那原是掌管宇宙道德纪律的大神,也因此得名为"海洋之神"。到后吠陀时期,婆楼那降格称为"水天",掌管世界的水域)。还有一则神话,印度河神之水是从一头神象的鼻孔喷出来的。

印度河的流域是在印度的西北部,沿河岸的地区,通称为
"Sindh"或"Sind"。巴基斯坦的西北地区称为"Sind,信德省",就
是在印度河岸上。

《梨俱吠陀》有不少提及印度河的神曲,但单独歌颂印度河的
神曲,却只有一支神曲,即第 10 卷,第 75 曲(RV. Ⅹ.75)。今译解
此曲如下,以供欣赏:

《印度河神赞》
(**Sindhu**)

(《梨俱吠陀》第 10 卷,第 75 曲,共 9 个颂;
在此选译其中 7 个颂,即颂 1、2、3、4、7、8、9。
作者为申都卡什仙人,Sindhuksit)

1. 　　　　众水神明!

　　　　　虔诚信众,敬献神明,

　　　　　最美圣歌,在祭司处。

　　　　　水成七河,遍流三界;

　　　　　印度河力,超越余河。

2. 　　　　印度河神!

　　　　　婆楼那天,为汝水道,

　　　　　辟一行径,便汝取食。

汝今迈步，康庄大道，

据此大道，进行支配：

汝所面临，一切世界。

3.　　　　声音遍传，上天下地；

波光照耀，流量加速。

雷雨暴发，源自云积；

当印度河，奔腾呼啸，

酷像牡牛，亦复如此。

4.　　　　如众母亲，呼唤儿子；

　　　　其他河川，

如奶牛群，随带乳计，

前来朝礼，印度河神。

汝今领导，两翼（支流），

如王率军，奔赴战场。

7.　　　　顺势畅流，色白纯净，

光泽晶莹，通透明亮。

印度河神，威力广大，

统摄一切，迅逝河川。

印度河道，巩固不坏；

功能事中，及最强者。

斑驳多彩，是斑牝马；

艳丽俊美,如一妇人。

8.　　　　　印度河神,富有众物;

马匹车乘,衣裳款式;

镶金首饰,制作精美;

食物充足,毛料繁多;

斯拉摩树,为数不少。

吉祥圣河,庄严佩戴;

蜜养鲜花,香风飘溢。

9.　　　　　印度河神,所驾座车,

套有骏马,高速驰行。

是此车子,不可摧毁。

运载力大,遐迩闻名。

惟愿明神,用此神车;

运送食物,分赐我等。

今在祭坛,信众赞扬;

神车伟大,是真伟大!

　　提要:这支《印度河神赞》原由 9 个颂组成,今选译其中 7 个颂 (缺译颂 5、颂 6。这两颂列出印度全国河流中 21 条比较知名的河 名)。这 7 个颂,吠陀诗人用以描绘印度河的神圣特征,并对之进 行歌颂:印度河是一切河中最有力量之河,河水遍流三界,给三界 众生提供赖以生活、生存的水利。印度河拟人化后成为"印度河 神",其神格被拔高到与婆楼那大神相等。印度河率领他的两翼(支流)共同流逝入海。他富有世俗财物,是宗教和世俗的活动中最积极、最成功的活动专家。印度河神的车子是一辆多用途的神车,是祭坛内外信众异口同声称赞的一辆伟大的神车。

下面,按颂序详解:

颂1:颂的前四句,讲信众用圣歌赞叹众水之神(众河神)。"在祭司处":指祭司主持祭祀的场合。颂的后四句,突显印度河的力量,意谓众水形成七条河,流遍天、空、地三界,是因为有印度河的力量。换言之,七条河是印度河的重要支流,在印度河引导下,流遍三世界。

颂2:本颂描述(a)印度河与婆楼那大神的关系,后者为前者的水道增辟一条水路,以便印度河迅速取食(意即争取扩大河水流量)。(b)印度河神站在一条康庄高路上观察、支配一切世界。

颂3:本颂的前四句描写印度河发出的声音与波光的巨大作用。颂的后六句,用雷雨的暴发来比喻印度河的奔腾呼啸。"酷像牡牛":寓意印度河水汹涌澎湃的极度状态。

颂4:本颂展示印度河神的两个形相。第一个形相,印度河是众河的主河(母河),其他一切河是子河(支流);众子河汇合,带着礼物一同前去朝拜母亲河、印度河,犹如人间的母亲召唤儿女回来团聚。第二个形相,印度河是众河主帅,率领左右两翼支河(一切河流),共同奔流入海。

颂7:本颂描写印度河神的三个显著的特征:(a)印度河神的水质白净光洁;(b)印度河神具有统摄一切河川的威力;(c)印度河神是功能事业中最杰出的能手(功能事,是指宗教和俗世事务;在处理这些事务的能手中,印度河神是最优秀的能手)。

颂8：本颂写信众赞叹印度河神丰富多彩的物质享受。"斯拉摩树"：一种可以用作编制绳子的树，古代印度农民常以这种绳子来捆绑犁形农具。"蜜养鲜花"：指用蜂蜜培育出来的花朵。

颂9：本曲最后一颂，盛赞印度河神的座车。颂的前8句，是车型的描绘；第9句至第12句是说车子的作用；颂的最后4句，总赞印度河神的车是真正伟大的车子。

第五章

哲理神曲

序

我们在前边三界神祇说中,讲述了三界诸神和有关他们的神曲。这些神曲的内容绝大部分是神话和对神的赞歌,但《梨俱吠陀》毕竟是印度历史初期雅利安人对自然进行斗争、对异族进行征服,以及关于他们的社会生活和思想形态的一幅精美的、真实的艺术画卷。因此,它也蕴含相当丰富的人类幼年的"思维萌芽":对自然现象和社会现象的直观观察和主观猜测(有些观察和猜测竟与自然和社会实际相符合,如描述月亮"取来太阳光,分享其明亮",推测到月亮本身无光,借太阳来发光)。10卷《梨俱吠陀》,粗略地按主要内容来划分,其前7卷是神话的宇宙构成论、多神论、泛神论、神人-神畜-神物同形或同质论。从第8卷开始,逐渐向少数神和一神论过渡;与此同时,吠陀哲学家开始对宇宙本原、人的本质进行哲学探究。他们自由发言,各抒己见;其中有些说法和观点,迄今仍然是带根本性的哲学问题。例如如下的哲学命题:宇宙本原说、宇宙如幻说、我与无我说、有无(空有)矛盾说、意识形成、轮回转生说、物质先有说,等等。

吠陀诗人和哲学家发现和提出这些哲学的基本问题,以及对它们的阐述,无疑是朴素的、粗糙的;但是,它们都是后吠陀众多哲学派别的思想源泉;确切点说,后吠陀哲学流派的形成和产生,基本上是由于对这些吠陀哲学问题的理解、接受、消化和发展。

可以说,一部印度哲学史的主要论述命题和对象正是吠陀哲学家在《梨俱吠陀》中所提出的哲学基本问题。人们如果能够准确理解、领会它们的内涵,则对印度哲学和它的上下几千年的发展史,可谓把握到了它的主动脉。

《有转神赞》

（**Bhāva-vrtta**）

（《梨俱吠陀》第 10 卷，第 129 曲，共 7 个颂。

作者为住顶仙人，Prajāpati Paramesthi）

1.   无既非有，有亦非有；

               无空气界，无远天界。

               何物隐藏，藏于何处？

               谁保护之？深广大水？

2.   死既非有，不死亦无；

               黑夜白昼，二无迹象。

               不依空气，自力独存，

               在此之外，别无存在。

3.   太初宇宙，混沌幽冥，

               茫茫洪水，渺无物迹。

               由空变有，有复隐藏；

               热之威力，乃产彼一。

4.   初萌欲念，进入彼内，

斯乃末那,第一种识。

智人冥思,内心探索,

于非有中,悟知有结。

5. 悟道智者,传出光带;

其在上乎? 其在下乎?

有输种者,有强力者;

自力居下,冲力居上。

6. 谁真知之? 谁宣说之?

彼生何方? 造化何来?

世界先有,诸天后起;

谁又知之,缘何出现?

7. 世间造化,何因而有?

是彼所作,抑非彼作?

住最高天,洞察是事,

唯彼知之,或不知之。

提要:本曲歌颂的对象叫作"有转神"(Bhāva-vrtta),亦称为"最胜我"之神(Paramātman)。由于重点阐述"无"与"有"这两个基本哲学概念,故本曲又通称为《有无歌》。这是一首纯哲学的诗篇,反映着吠陀仙人哲学家在使神格哲学化和抽象化的努力中,又跃进了一大步;也可以说,吠陀哲学家开始使用纯抽象的概念来表述他们设想中的绝对实在。然而,由于他们的哲学思想尚未系统化,还处于发展、演变阶段,他们的思维模式和陈述方法,有时近乎唯心主义,有时近乎朴素的唯物主义;这就是,《梨俱吠陀》哲学家在这个阶段的哲学探索仍然摇摆于唯心主义和唯物主义之间。另一方面,这在印度哲学史上有意无意地为唯心主义和唯物主义以后的发展奠下第一块基石,为唯心主义者与唯物主义者的哲学争论揭开了序幕。

本神曲共有 7 个颂,每一个颂都涉及一个或两个哲学问题,表述一个或几个哲学原理。兹按颂序,逐一讲解:

颂 1:主要表述"无"与"有"的原理,其次暗示"水"为万有本源。"无"与"有"的原理可以从本体论和辩证法两个方面来说明。从本体论视角看,"无既非有,有亦非有;无空气界,无远天界"这四句中,前两句表述本体不受"无、有"的抽象概念所规定;后两句表述本体中也不存在客观世界。又前两句——"无既非有,有亦非有"反映出"无"与"有"的两个发展阶段:原初阶段和逻辑阶段。

(1)原初阶段:

　　无→否定→非存在;

　　有→肯定→存在。

(2)逻辑阶段:

　　无既非有→否定之否定→有;

　　有亦非有→有之否定→无。

原初阶段的"无、有"和逻辑阶段的"无、有"显然是有区别的,前者没有经过逻辑的规定,后者经过逻辑的规定。经过逻辑规定的

"无、有"要比未经过逻辑规定的"无、有"更加精细、更加深化、更加彻底。吠陀哲学家设想的绝对实在——本体是无规定性的,但在表述时不妨权宜地借用逻辑的规定。"有"与"无"是对它的规定,非有非无也是对它的规定,但规定必然发展到无可规定——回归到无规定性的绝对本体。

从辩证法视角看,"无"与"有"是一对对立的矛盾。这是印度古代哲学家首次提出的朴素辩证思维模式——基本的二重辩证模式。这个模式反映吠陀哲学家的思辨中已隐约地长出了辩证法的萌芽,在直观形式上认识到客观事物的矛盾运动。"无既非有,有亦非有"这两句话标志着吠陀哲学家在辩证的认识上有了一个飞跃,因为这两句话是对"无"与"有"作进一步的规定,是意味着"无"与"有"并非静止固定,而是在不断的运动中变化;"无"不是永恒为无,"有"也不会永远是有。按形式逻辑,这两句话是反矛盾律的;按辩证逻辑,二者则是对立统一的模式——二者既是对立的,又是统一的。这一点,吠陀哲学家也许尚未完全认识到,但随着对自然进行不断而深入的观察和反思,他们似乎已能够辩证地推断"无"与"有"这对矛盾将会走向统一。

关于"水"是万有本原,此前(即在下边《万有创造主赞》,同书卷,第82曲),吠陀哲学家已一再探讨什么东西是万有的本原?万物起源于何处?同时也明确认为"原水"是世界的本原。在本颂中,他们又强调说,有一隐藏之物,此物就是万物之胚胎,被隐藏、保护、孕育在大水之中。这与"是何胎藏,水先承受"之义相同。吠陀哲学家一再阐述物质元素为万有本原,说明他们并不是完全一边倒在唯心论的冥想苦思中。

颂 2：本颂提出的"死"与"不死"的理论，是上一颂的"无"与"有"理论的继续。

上一颂讲的"无"与"有"的矛盾和统一，实际上是一个三重辩证模式：

$$
\left.\begin{array}{l}(1)\text{无}\\(2)\text{有}\end{array}\right\}\text{矛盾}\rightarrow(3)\left\{\begin{array}{l}\text{非无}\\\text{非有}\end{array}\right\}\text{统一}
$$

即运用，"非无"和"非有"的双否定来统一"无"与"有"的矛盾。从这个模式出发，吠陀哲学家推论任何两个相反的命题或判断，甚至"生"与"死"的矛盾，也将同样地发展到合二为一。所以作者住顶仙人在本颂中说，"死既非有，不死亦无；黑夜白昼，二无迹象。""死既非有"意即"不死"，"不死亦无"意即"不生"。"生"与"死"是一对矛盾，"不生"和"不死"是对矛盾的统一。其模式同"无"与"有"的统一模式一样。颂中还形象地和寓意深刻地用"黑夜白昼"作类比：(a)死与生的矛盾如同黑夜与白昼，二者正好相反，势无两立；但死与生终归消失在统一上。(b)死与生的统一就像黑夜与白昼的统一。然而，生死是抽象的精神现象，日夜是具体的物理现象；前者矛盾的统一和后者矛盾的统一是否同一性质的统一？是否存在着一个包摄一切矛盾现象（主观的和客观的现象）的统一体？作者在本颂的后四句中对此做了肯定的回答——他设想的超验统一体是存在的；它的特征是，"不依空气，自力独存；在此之外，别无存在。"这个统一体还可以用最简单，但内涵极丰富的名词概念来表达。例如，他歌颂它为"有转神"；又如别的吠陀哲学家歌颂它为"婆楼那天"，为"造一切者"，为"原人"，为"因陀罗"，等等。吠陀哲学家的回答在哲学上是否合理，我们暂不讨论，但有一点是肯定的：他们的哲学诗篇说明他们已直觉地体会到，宇宙既是相对而有差别，又是绝对而无差别，以及二者之间的天然而奇妙的关系，尽管他们还不能在哲学理论上解释这一关系。

"无"与"有"或"死"与"生"这个哲学上的基本问题，既是十分古老，又是非常新鲜。吠陀哲学家比古希腊智者早数百年就提出它来讨论。就印度来说，它的提出是正式宣告印度哲学史序页的揭开；同时，预示着吠陀后千年印度哲学家发展成为以"有"为理论基础和以"无"为理论基础的两大思想营垒，特别是佛教哲学的空宗（以龙树为代表的中观论学派）和有宗（以世亲为代表的唯识瑜伽行学派）的出现。

颂 3：讲器世间（客观世界）的生成。本颂和颂 1（的后四句）再次强调原水为宇宙本原。但本颂补充了"空"与"热"（火）两个原素，也就是说，宇宙由"水、火、空"三者复合而成。这三种原素相生的模式是：空→水→火→彼-（宇宙胎藏）。这反映有的吠陀哲学家提出新的宇宙生成论，认为世界产生的基础是一个由若干物质原素形成的复合体（可与中国的五行说和古希腊的元素说比较）。

颂 4：讲人类意识的起源，即情世间（主观世界）的产生。人类的意识或知觉从何而来？又如何产生？由精神产生还是由物质产生？住顶仙人在这里回答说，"初萌欲念，进入彼内；斯乃末那，第一种识"。他的意思是说，意识不是自在天所创造，也不是由物质所构成；它完全独立于物质，而且先于物质构成的肉体，是在肉体构成后进入肉体的。"彼内"就是指"肉体之内"。"末那"是

manas 的音译,意译即是"意识"。作者住顶仙人把意识称为"第一
种识"。"种识"也可以说是"母识",因为它能够产生"子识"。子
识有五,即眼识、耳识、鼻识、舌识、身识。这五个子识是种识通过
外五官与外五境的接触产生的。住顶仙人这个颂的哲学意义十
分重要,它在意识产生于精神还是产生于物质这一哲学根本问题
上直接做了回答:意识产生于吠陀哲学家设想的抽象绝对实在
(精神),不是产生于其他物质性的东西。这一思想是其后印度一
切唯心主义哲学的总根子和总来源。例如,"欲念"(kāma)即后来
的"无明"(avidyā)。印度唯心主义哲学派别公认它为生物界最初
错误的一念;正是由于这一念,便把本来如幻非真的一切主、客观
现象误认为真实的存在。"第一种识",唯心主义哲学家,特别是
因解释吠陀哲学而形成的吠檀多学派(Vedānta),在哲学上把它
拔高为"我"(ātman)。"我"可大可小;大则与充遍宇宙之梵同一,
小则进入某一生物的肉体,作为它的意识和承受轮回的主体。佛
教大乘瑜伽行哲学把它作为八识系统的最后一识,称为第八识、
根本识或藏识。吠陀哲学这个第一种识实际上正是佛教据以发
展而成为它的大小乘哲学范畴系统的心法范畴的基础。

　　本颂的最后两句"于非有中,悟知有结"的"非有"意即非存
在;"有结"意谓存在的关系。这可作二解:一者,种识本来非有,
但由最初欲念而产生;一者,现象如幻,本非存在,但智者悟知它
有相对的存在。

　　颂5:阐述天地、阴阳的原理和人类产生、繁殖的模式——情
世间形成的具体形式。"悟道智者,传出光带"中的"光带"喻如智
者所悟知"有"与"非有"的道理。"其在上乎"意即是"天";"其在

下乎"意即是"地"。智者传出的道理正是天地万物起源与发展的原理、规律。"输种者"：意指为父者能够排泄精子，繁衍后代。"强力者"：意指为母者具有育种产子的力量。颂的最后两句"自力居下，冲力居上"，其中"自力"是说阴性或雌性者（地）；"冲力"是说阳性或雄性者（天）。这意思是说，两性相交，天地和合，由是产生包括人类在内的一切生物。

颂6、颂7：在这两个颂里作者住顶仙人提出几个总结性的问题：宇宙如何出现？世界如何产生？包括人类在内的一切生物又从何而来？造化的这些秘密，有谁真正知道？作者提出这些问题正好说明他在陈述自己关于本体论问题的见解之后，又对自己的见解产生怀疑，没有把握判断是否正确。我们在本神曲开头的题要中评说，《梨俱吠陀》哲学家在这个时期还没有能力在唯心主义和唯物主义之间作出明确的选择，就是据此而言。

颂6有两个重要的句子——"世界先有，诸天后起。"前一句是说先有物质世界，后一句是说后有精神世界；换句话说，精神世界是因物质世界的产生而产生，是随物质世界存在而存在。这是一种含有浓厚的朴素唯物主义成分的思想。印度传统唯物主义学派顺世论，似乎继承和发展了这一思想，创立了唯一的古代印度唯物主义学说。顺世论的基本哲学观点是，生物界，包括人类在内，他们的肉体是由物质原素，即地、水、火、风而构成。"我"（意识、精神或灵魂）是在肉体构成之后才产生的。因此，肉体存在，"我"则存在；肉体死亡，"我"亦消失。

颂7的后四句："住最高天，洞察是事，唯彼知之，或不知之"反映作者设想的绝对实在外现为最上之神，住在最高层的天宫。他在观察、监督世界的形成和变化。因此，只有他能够完全了解世界产生和宇宙起源的秘密。

　　颂 6 和颂 7 所表示的观点是相互矛盾的。颂 6 说世界先有，天神后有，暗示在哲学上是先有物质，后有精神。颂 7 说有一个最高之神，住在最高层的天宫，他在监督世界创造的过程，寓意在哲学上是先有精神，后有物质。这正好说明作者住顶仙人的哲学思想正处在唯心主义和唯物主义的十字路口。

《原人歌》

（Puruṣa）

（《梨俱吠陀》第 10 卷，第 90 曲，共 16 个颂。

作者为那罗延仙人，Nārāyaṇa）

1.　　　　原人之神，微妙现象，

　　　　　千头千眼，又具千足；

　　　　　包摄大地，上下四维；

　　　　　巍然站立，十指以外。

2.　　　　唯此原人，是诸一切；

　　　　　既属过去，亦为未来；

　　　　　唯此原人，不死之主；

　　　　　享受牺牲，升华物外。

3.　　　　如此神奇，乃彼威力；

　　　　　尤为胜妙，原人自身：

　　　　　一切众生，占其四一；

　　　　　天上不死，占其四三。

4.　　　　原人升华，用其四三，

所余四一，留在世间。
是故原人，超越十方，
遍行二界，食与不食。

5.　　　从彼诞生，大毗罗阇；
从毗罗阇，生补卢莎；
彼一出世，立放光彩，
创造大地，后复前进。

6.　　　原人化身，变作祭品，
诸天用以，举行祭祀。
溶解酥油，是彼春天，
夏为燃料，秋为供物。

7.　　　对此原人，太初诞生，
洒水净化，作圣草祭。
上天神祇，往昔古圣，
及今仙人，用之行祭。

8.　　　当此祭典，献供圆满，
由是收集，酥油凝脂。
彼复创造，诸类动物；
空中兰若，村落驯养。

9.　　　　当此祭典，献供圆满，

　　　　由是产生，梨俱娑摩；

　　　　由是产生，诗歌格律；

　　　　由是产生，夜柔吠陀。

10.　　　由是产生，众多马匹；

　　　　所有双颚，长牙齿者。

　　　　由是产生，家畜牛群；

　　　　由是产生，山羊绵羊。

11.　　　原人之身，若被肢解，

　　　　试请考虑，共有几分？

　　　　何是彼口？何是彼臂？

　　　　何是彼腿？何是彼足？

12.　　　原人之口，是婆罗门；

　　　　彼之双臂，是刹帝利；

　　　　彼之双腿，产生吠舍；

　　　　彼之双足，出首陀罗。

13.　　　彼之胸脯，生成月亮；

　　　　彼之眼睛，显出太阳；

　　　　口中吐出，雷神火天；

　　　　气息呼出，伐尤风神。

14.   从彼肚脐,产生空界;

                从彼头顶,展现天界;

                从彼两耳,产出方位。

                如是构成,诸有世界。

15.   围坛木条,彼有七根,

                七根三重,合成一束;

                诸天神明,举行祭祀,

                捆绑原人,奉作牺牲。

16.   诸天设祭,以祭祈祭,

                斯乃第一,至上法规;

                具大神力,直冲霄汉,

                诸天圣众,于此云集。

提要:在这16个颂里,作者那罗延仙人(Nārāyaṇa)分别阐述他关于原人的神学和哲学理论:

(1)他首先阐明原人的超验、绝对的神体和经验、相对的神相(颂1—2)。(2)展现原人的超验性形象,及其在天上人间的神奇妙用(颂3—4)。(3)细说原人神化的身世,即从超验的神体演化出经验的化身形相,及其发展为"祭品",供祭祀使用(颂5—10)。(4)阐明超验性的原人就是人类四种姓的第一代祖先,同时是整个物质世界的本原(颂11—14)。(5)描述化身原人化作人间的

"活人",供作祭典中的牺牲(颂 15—16)。

以下,按颂序逐一讲解:

颂 1-2:"原人":印度远古的吠陀仙人、神学家和哲学家猜测、设想宇宙万有的背后必然存在着一个永恒不灭的超验实在。他们提出一些表述这个超验实在的方法;其中之一,便是原人原理。梵语 Puruṣa,音译"补卢莎",意译"人,一个具体的人";哲理上的意译则作"原人"。仙人作者那罗延把"原人"神格化为一个有相的自然神。这个具体的自然神进一步哲理化,便成为一个富有深奥哲理内涵的抽象神。作者似乎以两个不同的视角来阐述这一原人奥义。从哲学视角说,"原人之神"的神体,无死无生,超验绝对;不可知,不可描绘,是离一切言说概念的。从神学视角说,原人"微妙现身",意即从原人的绝对神体外现相对的神相。神相又分为两种形式,一是带超验性的神相;另一是纯经验性的神相。所谓"千头千眼,又具千足;包摄大地,上下四维";"既属过去,亦为未来",便是带超验性神相的具体体现。其次,在"巍然站立,十指以外"中的"十指"是人的双手的十个手指。这意指人类用双手所作的业行。业行是因,有因必有果,从而构成约束众生精神世界的因果关系。原人的带超验性的神相,超然物外,既不受宇宙的客观规律的支配,也不受经验世界的因果关系的约束。所谓"十指以外",意即指此。

颂 3-4:这两个颂继上二颂,讲原人超验性神相的妙用。"原人自身"意谓情世间(精神世界)的一切众生就在原人自身外现的带超验性的神相里产生。众生分为两部分:一部分为居住在天上的"不死者"(天上神仙);另一部分为生活在地上的"有死者"(世间凡夫)。前一部分众生占原人身躯(原人超验性化身)之"四三"(四分之三);后一部分众生占原人身躯(原人超验性化身)之"四一"(四分之一)。颂4的"食与不食"意指生物界(食)和自然界(不食)。"遍行二界"即指此二界。

颂5:本颂细说原人的神化身世——从原人超验性的绝对神体幻现出经验性的相对神相的过程。这个过程有三阶段,或称三世代。(1)"从彼诞生"的"彼"即吠陀神学家和哲学家设想的超验实在,称为"原人神族"第一代的第一人(第一个原人、原始原人,Ādi-Purusa);(2)从原始人生毗罗阇(遍照者,Virāj);(3)从毗罗阇生补卢莎(Purusa,意即"人""原人")。这个"原人"正是超验性的绝对原人神体外化的经验性的相对原人神相。这神相有两个形式,一是经验性的、有生灭的化身原人;一是带超验性的、无生灭的化身原人。颂的最后一句"后复前进",意谓化身原人一出生,即放光明,在创造大地之后,继续往前创造世界中的生物和非生物。

颂6(从此颂到颂10,阐述化身原人在天上人间化作祭品的种种神变形式):"原人化身"如上颂所说有两个形式:一是带超验性的化身原人,另一是纯经验性的化身原人。本颂到颂10所讲的化身是指带超验性的化身。它化作祭品,供诸天神祇用来举办祭祀。这个化身祭品随不同季节变作不同祭品:春天,它变作溶液酥油;夏季,它变成燃料;秋季,它又变为各种供物。

颂7:颂的前四句是写原人化身在出生时受清水净化,然后化为祭品放置在祭坛的圣草上。颂的后四句是说天神和古今圣众用此祭品办祭祀。

颂8：以原人化身所变的祭品举办的祭典圆满结束后，祭司们即从祭典收集凝结的酥油（化身原人所变的祭品）。随后，"祭品"（原人化身）创造出诸类动物，如"空中"的飞鸟、"兰若"（林野，āranya）的兽群和"村落"驯养的牛羊。

颂9：以原人化身所变的祭品举办的祭典圆满结束后，由此祭典产生三吠陀和诗歌格律。三吠陀是：《梨俱吠陀》（Ṛgaveda）、《娑摩吠陀》（Sāmaveda）、《夜柔吠陀》（Yajurveda）。此时第四吠陀《阿闼婆吠陀》尚未成书，故缺。"诗歌格律"指《梨俱吠陀》神曲所用的格律而言。这些格律共有15种，通用的约7种；但其中最常用的仅有以下三种：（a）三赞律（Tristubh）；（b）唱诵律（Gāyatrī）；（c）大地律（Jagatī）。

颂10：续讲从圆满结束的祭典产生家畜牲口，如马匹、双颚长牙的驴与骡、牛群、羊群等。

颂11-12：这两个颂阐述化身原人创造具体的情世间（人类及其四种姓的划分），即从化身原人之口吐出婆罗门种姓；从化身原人的双臂产生刹帝利种姓；从化身原人的双腿产生吠舍种姓；从化身原人的双足产生首陀罗种姓。（从印度社会发展史看，这两个颂是关于印度阶级形成的最原始的历史记录，记录着印度四种姓制的起源。）

颂13-14：这两个颂阐述化身原人创造器世间（物质世界），即从化身原人肢体各部分产生月亮、太阳、雷电、风火、天界、空界等。(从颂11-14,这四个颂是给化身原人塑造一个具体的创世主形象。)

下边两个颂(颂15、16)阐述化身原人幻现为一个有血有肉的"活人",被捆绑在祭坛的木桩上,作为祭祀供神的牺牲。(这是一则具有社会史意义的记录,记录着远古印度存在用活人作牺牲的宗教陋习。)

颂15:"彼有七根"的"彼"是化身原人。意谓化身原人有七根木条,用来围护祭坛上的"祭火"。木条是绿色的,通常使用三根,今言"七根",以"七"视为神圣数字,故以"七"代替"三"。"三重七条"意即三组,每组七条,共21条,成为一束。这是说点有祭火的坛场四周围有21根木条,以示保护坛场的范围。"捆绑原人":这个"原人"是化身原人幻变的有血有肉的凡世"活人",祭司把他捆绑在木桩上,准备作为祭祀的牺牲。

颂16:"以祭祈祭"中的"祭"意同"祭祀"。前一个"祭(祀)"是动词;后一个"祭(祀)"是宾词。这个宾词实质上是被捆绑在木桩上用以作牺牲的"活人"。因此,"以祭祈祭",意即祭司按祭祀仪轨向作为牺牲的"活人"祷告。法规:即"以祭祈祭"的法规,也就是吠陀经所规定的仪轨。力量:"以祭祈祭"所产生的神奇效应。圣众:除天神外,其他神人仙众。在此:在虚空上,在空间里。

综观上述《原人歌》16个颂文的内容,可以归结为一个原人哲学范畴系统:

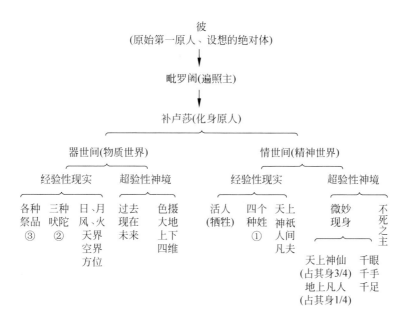

———————————

① 四个种姓:婆罗门种姓、刹帝利种姓、吠舍种姓、首陀罗种姓。

② 三种吠陀:《梨俱吠陀》《婆摩吠陀》《夜柔吠陀》。

③ 各种祭品:化身原人用神通幻变的供祭典使用的物品。

《因陀罗赞》

（Indra）

（《梨俱吠陀》第 6 卷，第 47 曲，共 31 个颂。作者为伽尔
伽仙人，Gargā Bhāradvaja。这是一支歌颂包括因陀罗在
内的若干神祇的神曲。这里选用其中五个与因陀罗有关的
颂——颂 15、16、17、18、19；因此，另标题为《因陀罗赞》）

15.　　　　谁对他歌颂？谁令他满足？

　　　　　谁向他献供？天帝摩伽梵，

　　　　　时刻在关注，自己之神威。

　　　　　犹如人二足，前后交替走；

　　　　　首先制作一，次后造其他。

16.　　　　英雄因陀罗，美名传四方，

　　　　　降伏每一个，可怖之顽敌。

　　　　　一处接一处，更换供应地。

　　　　　傲慢者怨敌，二界之君王，

　　　　　再三宣圣诏，鼓舞众臣民。

17.　　　　因陀罗拒绝，其上者友谊；

　　　　　但绕过彼等，接近其下者；

因陀罗抛开,忽视敬他者;

唯伴皈依者,漫度众春秋。

18.　　　　彼按本真相,变现种种形;

正是此真相,藉以现其身。

幻化许多相,接引其信众,

犹如马千匹,套在其车上。

19.　　　　工匠神备马,套于其车上,

在诸世界中,普施其耀光。

有谁能每日,驱逐敌对者,

或在信众中,作一卫护神?

提要:作者伽尔伽仙人在这与因陀罗有关的5个颂里描写因陀罗大神施展超验的神奇幻术,以其自身(一个因陀罗的形相),变现出许多与本相相同的形相(多个因陀罗的形相);借此透露重要的哲理消息——一与多的不一不二的原理和幻变现象是假非真的幻论。

以下按颂序逐一解读:

颂15:"天帝"即因陀罗。"摩伽梵,Maghavan"是因陀罗的别称,意为"慷慨好施者"。"首先制作一,次后造其他"这两句的意思是:(a)因陀罗以其神力使他的皈依者既是第一个敬奉他的人,同时又是最后一个敬奉他的人;意即他的皈依者始终不渝地向他祈祷献祭;(b)首先的或第一的是因陀罗本相(唯一实在),其次是他的化身(外现其他众多现象)。

颂16:"可怖之顽敌"是指吠陀经中常说的与因陀罗为敌的妖魔鬼怪,如黑魔弗栗多、三头怪毗斯伐鲁波、蛇妖阿稀……阿修罗、奴隶达娑、达休等。"应供地"即因陀罗应该接受斋主向他献供礼拜的地方——斋主之家或祭坛。"二界"即天界和地界。因陀罗本神住于二界中间的空间;坐镇空界,兼辖天地二界,他实际上是三界的天主。颂中说他为二界君王是诗人不把因陀罗自己的领地计算在内;或者说,他是空界的主神是不言而喻的。

颂17:"其上者",意指在信仰因陀罗和按吠陀祭礼向他献供方面的善男信女。"拒绝"这里的意思是"回避"或"不接近"。颂中"因陀罗拒绝,其上者友谊;但绕过彼等,接近其下者"似有二层含义:(a)是说先进的善男信女已经能够自觉地履行日常拜祭因陀罗的规定,并且获得了功德的回报,用不着再去关照他们;但对于其下者——落后的善男信女,则需要去接近,给予他们更多的关怀和教诲,从而启发他们多做善事(拜祭因陀罗)的积极性和自觉性。(b)因陀罗化身,下降人间,现作凡夫,在人类社会生活中树立一个处理群众关系的光辉楷模:对其上者(贵戚权门),从不摧眉折腰;对其下者(普通群众)亲切接近。颂的最后两句:"但伴皈依者,漫度众春秋"中的"皈依者"是指那些把"身、口、意"三业完全投入于归敬、依靠因陀罗大神的信徒;他们至诚的祈祷活动,感动了因陀罗,获得因陀罗恩赐长久的福祉与保佑。

颂18:本颂所表述的是典型的"一"与"多"的原理。颂中第一句的"本真相"在这里应理解为"本来的真性"或"本来的真体";通俗地说,就是精神上的"本来面目"。因陀罗根据自己的本来面目——唯一真体,变现出众多外在形相。或问:用什么手段来变呢?那是通过"幻"来变的。幻有二义:一是哲学上的意义,因陀罗被设想为唯一的真体,唯一的实在,天然地自有绝妙的幻力和幻术;正是通过幻力变出种种异化于唯一真体的幻象——精神的和物质的现象;二是神学上的意义,因陀罗被神格化为一位神通广大、天上地下无有匹敌的天帝释;为了接引、教化他的不同根基的信众,他运用神通按照自己唯一的本相,变化出各种各样的外在形相。其次,本颂作者似在阐述"幻"与"一、多"的内在关系。"一"与"多"既是矛盾,又是统一。幻,具有演变与复归的作用。"一"是以幻而变"多";"多"又因幻而复归"一";如是辩证地形成既矛盾又统一的"一、多"原理(也即"幻现–幻归"的原理。RV. Ⅷ.41)。

颂 19:"工匠神,Tvastr"是一个抽象化的大神,诗人赋予他创造和装点世界的工艺技术。就本颂而言,他是因陀罗的别称。本颂是继上一颂进一步强调因陀罗夜以继日地不停地打击敌人,保护信众的威力。

《婆楼那赞》
（**Varuna**，包拥神赞）

（《梨俱吠陀》第 8 卷，第 41 曲，共 10 个颂，
今选择其中 7 个，即颂 1、3、4、5、6、7、8。作者为
那婆迦仙人，Nabhaka Kanva）

1.　　　　　祈祷圣主，婆楼那天；

　　　　　　敬礼聪明，风暴神群；

　　　　　　善护人心，如牧羊群。

　　　　　　其余怨敌，愿俱毁灭。

3.　　　　　彼以摩耶，揭示宇宙，

　　　　　　既摄黑夜，又施黎明；

　　　　　　顺随彼意，三时祭祀。

　　　　　　其余怨敌，愿俱毁灭。

4.　　　　　最胜明神，测量天师，

　　　　　　现身大地，创立四维；

　　　　　　水天行宫，古老辉煌。

　　　　　　是此神王，我等主人，

　　　　　　犹如羊倌，放牧群羊。

其余怨敌，愿皆消灭。

5. 彼持诸有，全能通晓；
太阳名号，秘密奥义。
彼乃诗仙，禀赋非凡，
繁荣创作，丰富瑰丽。
其余怨敌，愿俱毁灭。

6. 一切才智，集中于彼，
犹如车毂，装在轮轴。
当即礼敬，遍三界者；
如人集合，牧场牛群；
敌人以轭，迅速套马。
其余怨敌，愿俱毁灭。

7. 彼行宇内，处处现身，
度诸众生，作其依止。
诸天神祇，周匝围绕，
于其车前，虔诚参拜，
听受神旨，如律奉行。
其余怨敌，愿俱消灭。

8. 彼乃海洋，神秘深广，
又如旭日，升空自在；
群生瞻仰，顶礼赞扬。
彼之神足，闪烁异光。

提要：这支神曲是 12 支有关婆楼那（包拥神）的神曲之一。此曲把婆楼那作为"有相超自然神"来歌颂（在《梨俱吠陀》第 7 卷第 86 曲中，婆楼那被塑造成一个"有相自然神"，即天界神之一）。因此，本曲在形式上是一首献给婆楼那的赞美诗，但诗的内涵却是丰富而独特的吠陀哲理。从吠陀神话衍变的过程看，本曲事实上是《梨俱吠陀》神话发展到了一个新阶段的标志：即这个时期的吠陀神话已从崇拜多神过渡到崇拜少数几个大神，后者并被赋予更加神奇的创造宇宙的超验神力。婆楼那便是其中一个。事实上，这支神曲的作者突出地把婆楼那放在唯一的宇宙大神的位子上，所以这支神曲的每一个颂都以同样的两句话作为结束语——"其余怨敌，愿俱消灭"。所谓"其余怨敌"，是说除婆楼那以外的一切神，他们不是被统一于婆楼那，就是被看作不存在——"愿俱消灭。"这是《梨俱吠陀》从泛神论向尊一神论过渡的明显信号。

在哲学上，这支神曲涉及两个重要问题：一是时空，一是摩耶（幻论）。关于时空问题，《梨俱吠陀》哲学家（包括其后的印度唯心主义哲学家）认为，时间和空间没有客观的实在性，而纯粹是主观的概念；或者说，是创世大神如婆楼那所安排的。关于摩耶（幻），他们认为，万有现象，包括时间和空间，本无客观实体，其所以存在，乃由一神（设想的抽象实在）自身的幻力变现出来的；因而，它们的存在是暂时的、无常的，最终还要回归于本体。这是"摩耶"（幻）的基本意义。

吠陀哲学家实际上把摩耶（幻）作为观察世界从产生到消亡的一种最基本的方法，因而在哲学上既是一种世界观，又是一种认识论。自从这个幻论第一次在《梨俱吠陀》被提出之后，数千年来印度的主要哲学流派一直把它作为一个十分重要的哲学理论问题来探讨，特别是佛教大乘哲学——中观论和瑜伽行论两派，以及婆罗门教的吠檀多不二论者，基本上把"幻"作为他们理论体系中的核心概念之一，而他们对此反复深入的阐述，又大大丰富了这一理论。然而，就哲学的根本立场来看，持唯心论观点的哲学家关于"幻"的看法从未离开过《梨俱吠陀》哲学的原始立场；当然，持唯物论观点的哲学家不在此列。

以下按颂序逐一解读：

颂 1："风暴神群"，原文 Maruts，常作复数，是一类次要的自然神。他们原是因陀罗近身卫队。因陀罗有两个别号：Marutvat（有风暴神群陪伴的）和 Marudgana（有风暴神群侍从的），反映因陀罗和风暴神群的主仆关系。根据本颂，风暴神群不仅是因陀罗的侍从，同时是婆楼那的随员。显然，在吠陀诗人的想象中，婆楼那在《梨俱吠陀》中的神圣地位是和因陀罗一样的重要。颂的后四句，歌颂婆楼那赏善罚恶、爱憎分明的性格：一方面，他像牧羊人爱护羊群那样，善于保护信奉他的善男信女；另一方面，他以其神威镇压反对和不信仰他的敌人，使之消灭而后已。

颂 3：本颂和下一颂（颂 4）描述婆楼那创造器世间（客观世界）。本颂的头四句是对婆楼那创世神力的歌颂。"摩耶"（māyā，幻）是婆楼那用以创世的手段。"幻"实际上就是我们平常说的"幻术"或"魔术"。由魔术变出来的东西是"似真而实假"的幻相，是暂存的、无常的现象。吠陀诗人设想中的大神如因陀罗、婆楼那等，自身具有与生俱来的魔术。一般说来，神的魔术和人的魔术在本质上和作用上没有什么区别——都是用来变现幻象。但是,在能量上和范围上,神的魔术和人的魔术之间则有天壤之别。神的魔术能够变现出宇宙三界,及其中一切生物和非生物;而人的魔术只能变出像哄儿童的小玩意儿。颂中所谓"彼以摩耶,揭示宇宙"就是这一含义。颂的后四句是说,凡是信仰婆楼那的人,应顺从神意,每天三次准备祭品,供养婆楼那。至于那些不信婆楼那的"怨敌",愿其完全消灭。

颂4:"测量天师",即天上测量师、宇宙建筑师,也就是宇宙的创造主。婆楼那在"揭示宇宙"之后,具体做了如下几件事:(a)创立四维,即创立宇宙方位——东南西北、上下四维;(b)测量天地;(c)坐镇"水天行宫",监视三界众生的一切善恶行为。"水天"是婆楼那的别称。在《梨俱吠陀》末期神话,婆楼那的神权被限于管辖水域,故称为"水天"。

颂5:本颂和下一颂(颂6)讲述婆楼那创造情世间(主观世界)。"彼持诸有",意谓婆楼那是三有(天、空、地三界)的基础,支持着宇宙三有的存在。"太阳名号",即以太阳为首的一切自然现象。婆楼那是全知全能的超级神明,故能完全了解、掌握它们(自然现象)从产生到消亡的过程的秘密规律。像创作《梨俱吠陀》那样伟大的诗歌的天才,也是来源于他的知识库,他才是真正的诗仙。

颂6:婆楼那何以"全能通晓"宇宙间一切现象的秘密?何以是"禀赋非凡"的诗仙?作者在这个颂里解释说,因为"一切才智,集中于彼"。原来一切经验的知识和超验的知识都集中在婆楼那身上,所以他本身就是一切智慧、一切才能的体现,一句话,婆楼那是主观世界的基础,支配着一切高级的精神活动。颂中"敌人"意指不信婆楼那的人。这些人就像牧人集合牛群那样,迅速套马,向婆楼那的信徒发动攻击。我们应即祈祷婆楼那,请他施以神威,保护我们,消灭敌人。

颂 7:本颂是概述婆楼那的威德:天上地下,严执法规,赏善罚恶,人天服从。颂的头四句是说,不同层次的众生有不同的素质或根性。婆楼那据此而现不同的化身去度化他们,作他们生命最好的归宿处。"诸天神祇"泛指天、地、空三界的高级、中级和低级神灵。他们一致尊奉婆楼那为众神之王,接受、执行他的神旨。"如律奉行"似是特指自然神而言:他们应各行道,不得有误。例如,太阳神和太阴神应按自身规律在空中正常运行;司昼神和司夜神应履行各自职责,在人间按时间规律主持白昼与黑夜。

颂 8:本颂是对婆楼那神奇的摩耶(幻)的总结。本颂讲的"摩耶"是与颂 3 讲的"摩耶"相呼应,是同一摩耶的两种表现形式。颂 3 的摩耶是讲宇宙万象因摩耶而显现,本颂的摩耶是讲宇宙万象因摩耶而消亡;因为宇宙是一个大摩耶(幻相),本来虚假,非真实在;摩耶从显现到消亡是它本身的自然过程。因此,本颂的摩耶可作二解。一解是幻术和幻象:宇宙是伟大魔术师婆楼那使用魔术变出来的幻象,幻象非真,会在一定条件下自行消失,即所谓"直上穹苍"。另一解是幻象和迷惑:世间现象,虚妄如幻,无有实体,非真存在。但凡夫俗子迷惑不解,执以为真,由是对他们说来,幻象(摩耶)变成一种精神上的障碍和烦恼。不过,一旦恍然觉悟,识破幻象的虚假本质,消除心理上的迷惑,那时候,便是"驱散摩耶,直上穹苍"的境界。

《创世主赞》

（Viśvakarman）

（《梨俱吠陀》第 10 卷，第 82 曲，共 7 个颂。作者为

毗湿瓦迦罗仙人，Viśvakarā Bhaumana）

1.　　　　　眼睛之父，心意决定，

　　　　　　生产原水，创设此二；

　　　　　　古老边界，划定之时，

　　　　　　上天下地，从此广延。

2.　　　　　造一切者，心广遍现，

　　　　　　总持一切，规律制定；

　　　　　　至极真理，正确洞见。

　　　　　　彼等愿望，因得食物，

　　　　　　甚感满足。彼等同呼：

　　　　　　是此唯一，超越七仙。

3.　　　　　彼乃我等，生身父母，

　　　　　　是此世界，创造之主；

　　　　　　我等所在，乃诸有情，

　　　　　　彼全知晓。彼乃唯一，

诸天神祇,由他赐名;

其余众生,超前询问。

4.　　　　　往昔仙人,唱彼赞歌,

举行祭祀,献彼财宝。

彼等庄严,是诸有情,

集中住于,动不动界。

5.　　　　　在天之外,在地之外,

诸天之外,非天之外。

是何胎藏,水先承受,

复有万神,于中显现?

6.　　　　　即此胎藏,水先承受,

诸天神众,于此聚会。

无生脐上,安坐唯一,

一切有情,亦住其内。

7.　　　　　尔等不知,彼造群生,

另有一物,有异于汝。

口唱圣歌,蔽于迷雾,

言无真实,玩乐游荡。

　　提要:本神曲歌颂的对象是 Viśvakarmā。此词意译就是"宇宙创造主、万物创造者、造一切者";这些都是创世主的称号。本神曲作者在此阐述若干重要的哲学问题。其一,原水说(apah)。认为水原素是世界构成的原初物质。其二,胎藏说(garbha)。胎藏,即是"胚胎、胎"。另一同义词 hiranyagarbha,意译作"金胎、金藏、金卵"(同书卷,第 121 曲)。在吠陀哲学家的猜想中,宇宙形成之前,宇宙是一个物质性的胚胎孕育在深水之中。孕育期满,胚胎成熟,宇宙胎儿,从"母体"(原水)产出,变成为一个超验性的神奇宇宙容器,万象森罗,包摄天、地、空三界。其三,超验意识说。在《梨俱吠陀》里,manas(意识)泛指众生界的意识。本曲说的"意识"是与众生界的意识不同的意识:"另有一物,有异于汝";此中"一物"是指超验的宇宙意识(宇宙灵魂)。这说明,宇宙创造主既是客观世界的创造主,同时也是主观世界的创造主。其四,无生说(aja)。"无生"的概念(亦见于同书 I.164.4)。在本曲,"无生"反映创造主的特征和他本体的特质。故"无生"有二解。一解,是说创造主本体无生,无生自然无灭;一解,是说创造主由于无生,所以有生;有生,意谓创造主具有创造宇宙万有的超验神力。后吠陀的哲学,特别是佛教大乘哲学和婆罗门教的吠檀多哲学继承发展了这一"无生"思想,大大丰富了其内涵,并且各自制作一套为本宗服务的"无生说"。

　　上述四点吠陀哲理,若从现代视角来看,其中前两点似是朴素唯物主义的;后两点似是原始唯心主义的。

　　以下按颂序逐一讲解:

　　颂 1:首先阐述宇宙创造主创造器世间(物质世界)。"眼睛之父"的"眼睛"总说眼、耳、鼻、舌、身五种感官(五根)。"父"即创造主。"此二"是天、地二界。宇宙创造主创造物质世界的程序是:首先生产原水;其次,在水上创造宇宙乾坤。这个说法似为下边颂 5、颂 6 的伏笔。

颂 2：歌颂宇宙创造主的超验精神境界。他就是情世间（主观世界）的创造者，所以，他是宇宙间一切事物的支持者，宇宙规律的制定者，最高真理的亲证者。他心智广大，无所不在。"彼等"，即众生界；"食物"，即生活所需的物质。由于宇宙创造主创造了精神世界和物质世界，众生界的物质愿望因此得到满足。"七仙"，有二说：一说是指生主神（Prajāpati）的七个儿子。他们是：摩利支（Marici，阳焰仙人）、阿底利（Atri，噬者仙人）、鸯吉罗斯（Angiras，具力仙人）、迦罗都（Kratu，智力仙人）、补罗诃（Purahā、破堡垒者，毗湿奴神的一个称号），以及婆悉斯他（Vasistha，最富仙人）。另一说，是指大熊星座（俗称北斗星）。

颂 3：描述宇宙创造主所创造的主观世界的具体现象：宇宙创造主作为生物界的生身父母，创造了人世间一切有情；同时又是万神之主，天上大小神祇，均由他赐名封号——由他创造。这是说，唯有他才是唯一的真神（唯一超验的实在），其余所有神众不过是他外现的化身而已。"其余众生，超前询问"意思是说："谁是宇宙大神？众生如何设供礼拜？该做些什么功德善业？"

颂 4：接上颂 3，续讲按吠陀经教义做善事、积功德。颂中的"庄严"便是意指善事或功德。庄严有自庄严与他庄严两个方面。自庄严，谓应以远古的苦行仙人为榜样，精修苦行，创作诗歌，赞美神王，祭祀祈祷，以此来积聚功德，庄严自己（颂的前四句义）。他庄严，谓以虔诚热情的态度，宣讲吠陀哲理，教授吠陀祭礼，以此来庄严他人；也就是利益所有生活在"动界"（生物界）和"不动界"（非生物界）的有情（颂的后四句义）。

颂 5、颂 6：这两个颂是对颂 1 所说的"原水"理论作进一步的补充与阐述。两颂同时强调，世界之初，唯有原水：原水在先，宇宙在后。因为，原水首先承受着（怀孕着）一个物质性的胚胎，胎内蕴藏着生物界和非生物界的一切。一旦胚胎孕育成熟、宇宙胎儿脱离"母体"（原水），由是宇宙形成，天地划定。颂5的"非天"是吠陀神话里的一类恶神，阿修罗（Asura），因为他只有天神之威，而无天神之德，故被叫作"非天"。颂6中的"无生"和"唯一"都是宇宙创造主的超验特征，表述无生即无灭，唯一即不二的哲理。

　　颂7：阐述宇宙意识论，并批评那些不懂此理的人。颂的前四句是说，那些不知道至上之神的宇宙意识与众生的个体意识之间的根本区别的人，是为愚昧所蒙蔽。他们口唱圣歌，狂妄自封："我是神，我是仙"，如是自欺欺人，言无真实，终日陶醉于现世的享受，妄想来世再得福乐。

《阎摩赞》

（Yama）

（《梨俱吠陀》有 4 支关于阎摩的神曲，即《梨俱吠陀》
第 10 卷，第 14、135、154 和 10 曲。本神曲是这 4 支神曲
中之一，即第 14 曲。此曲有 16 个颂，本文选用其中 5 个
颂，即颂 1、2、7、11、13）

1.　　　　接引修善者，往生最胜地；
　　　　　为众多生灵，指示升天路。
　　　　　此乃阎摩王，太阳神儿子，
　　　　　人类收集者，敬彼以供品。

2.　　　　首席神阎摩，知悉我等事，
　　　　　无人敢夺走，我等放牧场。
　　　　　往昔祖父辈，曾从此逝去；
　　　　　我等既知己，选择己道路。

7.　　　　请离开离开，沿着众古道，
　　　　　即吾人祖先，走过的道路。
　　　　　举行祭祖礼，二王心欢喜，
　　　　　汝将见阎摩，及婆楼那天。

11.　　　　　神圣阎摩王,侍从有二犬,

　　　　　　　四眼护路者,人间遍知闻。

　　　　　　　惟愿庇佑他,绕过二天犬,

　　　　　　　惟愿恩赐他,福祉与安宁。

13.　　　　　斟出苏摩,献给阎摩,

　　　　　　　设置祭品,供奉阎摩。

　　　　　　　信使火神,诣见阎摩,

　　　　　　　通报祭典,准备完毕。

提要:本曲作者在上引的 5 个颂中虽然主要叙述阎摩王的出身、住地、职业、他的近身侍卫和合作伙伴,但也有意通过描写火神阿耆尼所起的沟通"天人之间"关系的媒介作用,来表述天人交感、天人合一的哲理。

以下按颂序解读:

颂 1:颂的前 6 句都是"神王阎摩"的定语,说明阎摩的出身和职业。"修善者"指生前曾修行善业的亡灵。"最胜地"是天上最好的归宿处——阎摩王国。"太阳神",即毗伐斯瓦特(Vivasvat),他与迅行女神莎兰妞结婚,生下二子一女。二子,即阎摩与摩奴;一女,即阎美。故颂称阎摩是太阳神的儿子。阎摩的职业是专门把先死者的鬼魂和后死者的亡灵收集,引导往生他的国土,安居享乐。故他又被称为"人类(亡灵)的收集者"。

颂 2:颂的前四句,是人们对阎摩的祈求,请他保护自己的牧场;"放牧场"是指牧牛场。古代印度人把牛,特别是母牛看作主

要财富之一,牛奶既是日常的主要饮料,也是制作供神用的祭品的重要原料。颂的后四句,是说人类祖先曾经沿着阎摩指示的道路前往阎摩王国。我等也要挑选自己将来前往阎摩王国的道路。

颂7:这个颂是丧家对死者亡灵说的。颂的前四句,是请亡灵快些离开阳世,沿着祖先走过的道路前往阎摩王国。后四句,是告诉亡灵:"我们已为你举办祖先祭,二王——阎摩和婆楼那二神王一定会高兴,你也一定会见到二王。"这个颂反映阎摩是一位天上的大神,他的神格和在神群中的地位是和婆楼那天相等的。

颂11:这个颂是丧家为死者亡灵向阎摩祈祷、请求。阎摩王有两条天狗作为助手兼保镖。这两条狗各有天生的四双眼睛,身上长着浓密的花斑毛,鼻子高大,气力无穷。它们的母亲是帝释因陀罗的宠物母狗莎罗摩(Sāramā)。二犬的任务是:作为阎摩王的特使,昼夜游弋人间,传播死亡信息,捕捉死人的亡灵,守护(亡灵)进入阎摩王的大路上的关卡,对前来的鬼魂或亡灵进行严厉的盘查审问,故称作"四眼护路者"。颂的后四句,是丧家祈求阎摩王保护亡灵,免受他的四眼护路者(二天狗)的盘查,顺利到达他的鬼魂王国。这个颂表明阎摩所统治的鬼魂王国是在天边的一个角落,不是在地下深层。

颂13:颂中"苏摩"是因陀罗最爱喝的神酒,现在献给阎摩,说明后者和因陀罗一样有资格接受信徒或祭主的苏摩供品。"火神",即阿耆尼,是阎摩的信使和合作者。

《幻分别颂》

（**Māyābheda**）

（《梨俱吠陀》第 10 卷，第 176 曲，共 3 个颂。

作者为波登伽仙人，Patang）

1.　　　　吠陀智者，以智观照：

在自心中，整个太阳，

乃阿修罗，摩耶托出。

诗人考察，太阳轨道；

信众祈求，太阳光界。

2.　　　　太阳用心，受持圣字；

乾达婆言，放在胎藏。

吠陀诗仙，光辉意净，

拥抱圣字，在祭坛上。

3.　　　　有幸见到，护世明神，

彼乃太阳，永不坠落；

循轨运行，或前或后；

彼之光波，照摄四方；

持续周转，诸有之中。

提要：本神曲名《幻分别》，亦可作《幻观照》。此曲仅有三个颂，讲述两则神话，一则是，关于阿修罗神用"摩耶"（幻术）把太阳整个地和盘托出；吠陀智者以慧眼看见这个由魔术托出来的太阳是在自己的心中。另一则是，关于太阳神用心受持神秘"圣字，vāc"。这两则神话，若按透视方式来看，可以发现有两点内涵：一是"摩耶"（幻的哲理）；一是神秘主义密咒系统。

下边，按颂序详细解读：

颂 1：本颂叙述吠陀智者以智慧观察自己心中的太阳是由阿修罗神用"摩耶"（幻术）捧出来的。阿修罗（Asura）：具有两重神格：一善一恶。在吠陀经的初期（同在波斯神曲集《阿维斯特》），阿修罗是一位至善之神，誉为天尊，天上的超级神灵。到吠陀经的晚期，阿修罗的善神性格，一变而成为恶神性格，并以恶神首领自居；常与天界和空界的善神们作对，甚至挑战大神因陀罗（Indra）。在本颂，阿修罗则保持他在吠陀早期的善神形象，故有把太阳托出来的本领。摩耶：这是梵语 māyā 的音译；意译则是"幻、幻术"。阿修罗之所以能够把太阳和盘托出来送给仙人智者，就是因为他是一位设定的超级大神，本身天然地具有一套"超凡"的幻术（摩耶）。所谓超凡，就是说，阿修罗神的幻术不是我们凡夫日常所玩耍的幻术，而是从阿修罗自身展现出来的幻术；它是神圣而神秘不可思议的，能够幻变出包括太阳在内的宇宙万物。显然，这个"阿修罗"实质正是超验真梵的经验性化身（这是"摩耶"幻的哲理。参看本章《婆楼那赞》提要）。"太阳光界"：意指太阳光照的范围。

颂 2：本颂叙述太阳神、乾达婆、吠陀诗仙，分别接受"圣字"的方式。圣字:是梵语咒词"vāch"。此字的密意是三吠陀的神曲,即《梨俱吠陀》《夜柔吠陀》和《娑摩吠陀》。按《鹧鸪氏梵书》(Taittirīya Brāhmaṇa,Ⅲ.12.9),神明(任何拟人化后的神),清晨,携带《梨俱吠陀》在空中活动;午时受持《夜柔吠陀》的教义;入暮,欣赏《娑摩吠陀》对他的赞叹。本颂所讲三种接受圣字(vāch)的方式是:(a)"太阳用心":意谓太阳神在心里受持圣字;(b)乾达婆(住在空界的香音神)说,他把圣字存放在胎藏(胚胎)里(寓意圣字永远不离身心);(c)吠陀诗仙在祭坛上拥抱(护持)圣字。"光辉意净":是诗人的定语。意净:意谓吠陀仙人在苦修中取得心灵净化的境界。

颂3:这是一首完整的太阳颂。"或前或后":意指太阳从东边升起,没落于西边。"持续周转":意谓太阳在轨道上巡回运行,引起事物的不断变化。"诸有之中":意谓太阳的作用与影响,遍及天、空、地三有(三界)。

《万神赞》

（Viśvadevas）（一）

（《梨俱吠陀》第 1 卷，第 164 曲，共 52 个颂。

本文选读其中 8 个颂，即，颂 1、2、3、4、5、6、18、19。

作者为长闇仙人，Dīrghatama Aucathya）

1.　　　　我看见人主，以及其七子，

　　　　　仁慈而年迈，劝请之祭司；

　　　　　居中一兄弟，周遍于一切，

　　　　　排名三弟者，受食香酥油。

2.　　　　彼等以七马，套于独轮车；

　　　　　一马名曰"七"，拉车往前奔。

　　　　　三毂之车轮，不坏亦不松，

　　　　　宇宙诸三有，悉住于其中。

3.　　　　此乃七轮车，看管此车者，

　　　　　正是七骏马，曳车速奔驰；

　　　　　此间七姊妹，同乘车游乐，

　　　　　犹有光七道，贮存于其中。

4.　　　　　谁人曾看见，最初者出现？

　　　　　　不具实体者，支持实体者？

　　　　　　从地生气血，何处有我在？

　　　　　　谁去寻智人，请教此道理？

5.　　　　　我幼稚无知，诚心来询问：

　　　　　　何物被隐藏，诸天竟不知？

　　　　　　是何七线祭，诗人广布置？

　　　　　　障碍太阳神，一切所依止？

6.　　　　　我愚昧无知，并非一学者，

　　　　　　为了求知识，故在此请教：

　　　　　　博学者诗仙，何物此唯一？

　　　　　　无生之相中，建立六国土？

18.　　　　　凡知世之父，在下亦在上，

　　　　　　在上亦在下，受敬若诗仙。

19.　　　　　吠陀诗圣众，如是宣此理：

　　　　　　其为下降者，亦为上升者；

　　　　　　其为上升者，亦为下降者。

　　　　　　因陀罗、苏摩！

　　　　　　汝等所创造，空间诸轨道，

　　　　　　始终在支持，世界诸方位；

犹如公牛群,套在车子上。

提要:这支《万神赞》是由 52 个颂组成的长诗,但作者的哲学观点却集中表述在上述所选的 8 个颂中。他的哲学观点涉及宇宙生成论、最初存在论、抽象与具体、肉体与灵魂、唯一与无生,这些都是印度哲学思想的源头;其中"唯一与无生"的概念,尤其值得重视,因为"唯一"与"无生"是后吠陀唯心主义哲学派别的哲学家必须探讨的永恒哲学命题。

兹按颂序逐一解读:

颂 1:本颂是对太阳神及其眷属的歌颂。颂中的"人主"是指吠陀神话里的人类祖先迦叶波仙人(Kaśyapa),他与无缚女神(Aditi)结合,生有七子。"七子"有三个与太阳神有关的神话:(a)指七道阳光;(b)指无缚女神所生七子(七大神)——婆楼那、密多罗、阿利耶曼、薄伽(Bhaga)、德刹(Daksa)、庵娑(Amsa)及苏利耶(太阳神);(c)指无缚女神的第七子(太阳神)。人主迦叶波"仁慈而年迈",同时是"劝请之祭司"。在吠陀祭天等祭典中,一般由四位祭司(祭官)主持。在吠陀诗人想象中,迦叶波仙人既是人类的始祖,又是人类中最尊贵者,是四种祭官中的首席祭官——劝请祭官(详见本书第 106 页)。颂中说"居中一兄弟"是指太阳神的二弟风神;"三弟"是指太阳神的三弟火神。无缚女神七子的神话,在后吠陀的梵书中发展而为"八子"和"十二子";十二子象征一年十二个月的运行。

颂 2:颂中"七马"象征太阳一周七天的运行;"独轮车"是太阳神的车乘;"七"是毗湿奴神的代号。"三毂之车轮"的"三毂",象征"三界"。在吠陀哲学家的观察中,整个宇宙划分为天、空(大气层)、地三界,亦称"三有"。"悉住于其中",意谓太阳神的车轮能够承受宇宙三有。本颂的"三毂 trinabhi",实际上是后吠陀的"三脐 trinabha"的来源。前者是说太阳神承受三有的三毂车轮,后者是说毗湿奴神支撑三有的肚脐。

颂 3:本颂的"七轮车"和上一颂的"独轮车"同是太阳神的神车;"七姊妹"可能是太阳神的眷属,或是七种工艺的象征。"光七道"原文是 gavām sapta nāma,亦可译作"七种语言形式"。颂 1、2、3 的三个颂都是歌颂太阳神及其眷属或侍从;但歌颂之中隐含着一个重要的哲学观点,这就是,把太阳看作宇宙基础或世界起源。上古吠陀哲学家这种基于对物质的直接认识而构成的朴素的宇宙观或世界观,是很有意义的。

颂 4:颂中的"最初者"是说"最初存在",或宇宙间最初的东西(物质的或非物质的)。"实体"原文是 asthanvanta(骨架),"非实体"原文是 anastha(无骨架);用现代术语说,就是具体(骨架)和抽象(无骨架)。"地、气、血"是说由地、水、火、风诸原素构成有气有血的肉体;"我"指灵魂或意识。

作者在这个颂里提出三个哲学问题:一是关于宇宙的最初存在。作者在前边三个颂中把太阳描绘为宇宙三有的承受者,是最初的存在。在这个颂里,他似乎在质疑,是太阳还是别的什么是宇宙的最初存在? 它是物质性的还是精神的? 又是谁曾经看见它的出现? 二是关于具体与抽象的关系。"具体"是客观的物质现象,"抽象"是主观的精神现象;物质性的存在是否需要精神性的存在来支持? 或者说,精神性的存在可以作为物质性的存在的基础吗? 三是关于肉体与灵魂的关系。肉体的成分是四大的物质原素,意识(我)产生于肉体的构成;灵魂(意识)是否随肉体的产生而产生,随肉体的消亡而消亡?肉体是不是灵魂赖以存在的基础?事实上,肉体在解体后复归于地水火风四大原素,灵魂又在哪里?对于这三个问题,作者本人似乎是持否定态度,即过去既没有看见过最初存在的出现,今后也不会有人看见;非物质性的存在不可能作为物质性的存在的基础;灵魂(意识我)离开肉体便不存在。然而,这些问题是哲学的根本问题,后吠陀哲学家基本上围绕着它们而苦思冥想,寻求答案;他们提出各种各样的看法和见解,由是在漫长的哲学思想发展的长河中,形成了形形色色的印度哲学派别。

颂5:颂中"七线祭"是指七种苏摩祭,或一种具七部分内容的祭典。"七线"又有二义:一是喻吠陀的七种韵律;二是指一种网状物,在行祭时张开,遮挡太阳光。"一切所依止",意谓太阳是宇宙万有的基础。作者在颂4中谈到的哲理,含义甚深,凡夫俗子固然难以参透,即使天界神众亦有所不知;故曰:"何物被隐藏,诸天竟不知?"

颂6:颂中的"唯一"和"无生"是吠陀哲学家用以表述他们设想中的超验境界的专门语言。超验境界,即使诸天神明亦无所知。如果一定要用人类语言来表述它的话,那就只能权宜地用"唯一、无生"来描述它的特征。"唯一"即"不二","无生"即"无灭"。"无生之相"这里应理解为"无生之体","六国土"应理解为"世界的诸方位"或"整个世界";意谓只有"无生之体"才是包摄宇宙万有的本原。吠陀哲学家设想的超验境界(绝对实在)究竟是物质性的还是精神的,他们尚说不清楚;但他们从不断而深入的推断,认为它是绝对唯一,是与生灭绝缘的。唯一(不二)及无生,这两个术语为后吠陀哲学家广泛使用,尤其是吠檀多学派和佛教的哲学大师,他们创造性地发展了吠陀这一理论,创立了"不二论"和"无生法",并且以宗教徒的热情来传播。

颂 18、19:"世之父"是指几个具有创世的超凡力量的大神如祷主神、生主神、因陀罗、婆楼那等,也是吠陀哲学家设想中的抽象的绝对实在人格化的代号。作者在这两个颂里提出一个关于上下升降的辩证观点:上中有下,下中有上;上升联系着下降,下降联系着上升;一上一下或一下一上;一升一降或一降一升,不是静止,而是运动。吠陀哲学家把上下升降的运动规律归诸"世之父"(神明)的支配。这反映此时的吠陀哲学家尚未悟知:上下或升降是一对矛盾,矛盾的双方既是互相联系,又是互相对立;矛盾的对立是绝对的,统一是相对的。对立统一是事物本身的运动形式,是客观的自然规律,是不以人或什么超人的意志为转移的。

《意神赞》

（**Manas**）

（《梨俱吠陀》第 10 卷，第 58 典，共 12 个颂。作者
为盘豆仙人四兄弟，Bandhvādiyo Gaupāyanas）

1.   汝之末那，已经离开，

                到达遥远，阎摩境内。

                吾人使之，退转归来，

                长享生活，在斯人间。

2.   汝之末那，业已离开，

                到达遥远，上天下地；

                吾人使之，退转归来，

                长享生活，在此人间。

3.   汝之末那，已经离开，

                竟至遥远，地之四方；

                吾人使之，退转归来，

                长享生活，在此人间。

4.   汝之末那，已经离开，

竟至遥远，虚空四边；
吾人使之，退转归来，
长享生活，在此人间。

5.　　　汝之末那，已经离开，
竟至遥远，大海汪洋；
吾人使之，退转归来，
长享生活，在此人间。

6.　　　汝之末那，已经离开，
竟至遥远，光端顶上；
吾人使之，退转归来，
长享生活，在此人间。

7.　　　汝之末那，已经离开，
到达遥远，树丛水边；
吾人使之，退转归来，
长享生活，在此人间。

8.　　　汝之末那，已经离开，
到达遥远，日晖晨光；
吾人使之，退下归来，
长享生活，在此人间。

9.　　　　　　汝之末那,已经离开,

到达遥远,峻岭崇山;

吾人使之,退转归来,

长享生活,在斯人间。

10.　　　　　汝之末那,已经离开,

到达遥远,宇内诸方;

吾人使之,退转归来,

长享生活,在斯人间。

11.　　　　　汝之末那,已经离开,

到达遥远,极地边疆;

吾人使之,退转归来,

长享生活,在斯人间。

12.　　　　　汝之末那,已经离开,

到达遥远,过去未来;

吾人使之,退转归来,

长享生活,在斯人间。

　　提要:作者盘豆仙人在这里把抽象名词"manas"(意、意识)具体化为一个具有完整人格的超人,叫做"意神",并创作了这支题名《意神赞》对它进行歌颂和祈祷。这支神曲,语言简洁,用意明确,12个诗节,表述同一哲学命题:末那(manas,意识、灵魂)不灭

和转生。吠陀哲学家和诗人把 10 卷《梨俱吠陀》神曲的大部分篇
幅主要用于阐述生物界（精神世界）和非生物界（物质世界）的起
源问题，而对于生物界特别是人类的意识如何产生、是否人死之
后不灭的问题，则很少涉及，只是到了第 10 卷，才有较多的讨论。
例如，住顶仙人在他的《有转神赞》（颂 4）中讲了意识产生于最初
的欲念，但没有讲意识是随肉体的死亡而消失。别的吠陀哲学家
则探讨了这个问题，并且有两个不同的看法。一种看法是像长阐
仙人在他的《万神赞》（颂 4）说的，"我"（意识、灵魂）就是肉体，肉
体由四大物质原素构成；离开四大物质原素，更没有"我"可得。
他的意思是在于否定一个抽象的"我"的存在。另一种看法就是
本神曲作者盘豆仙人和他兄弟的意见。他们认为意识就是灵魂，
灵魂不会消灭；灵魂就在人的肉体之内，灵魂在肉体死亡之后离
开，飘忽游荡，辗转投生于其他世界；甚至还会返回人间，寻找新
的母胎。这正是这支《意神赞》的主题思想。

　　按吠陀的宗教仪轨，这支《意神赞》是一篇祈祷词，通常是在
人死不久，由其亲属对着死者默默念诵。它的内容表明如下重要
意义：（一）在死者亲属的想象中，死者的意识（即所谓亡灵）在死
者亡故之后仍然存在，不会因肉体的死亡而消失；它在离开已死
的肉体后，还会自动去别的世界寻找新的依托（投胎）。（二）死者
亲属主观地猜测，死者的亡灵在离开死尸之后，飘忽游荡，有可能
去投奔阎摩王国，或飞往海角天涯，或漫游大地空间，或航行汪洋
大海。他们一厢情愿地默请死者的亡灵，不要远走高飞，最好还
是返回阳世，和活着的亲友团聚，共享人间福乐。（三）这支《意神
赞》的 12 个颂中，每个颂都有两个关键性的动词——jagāma（√

gam，离去）和 āvartayāmasī（√āvrt，使之回归）。前一个词表示，死者的亡灵已经离开自己原先依托的尸体，飘忽前往别的世界；后一个词表示，在阳世的亲眷祈愿，使死者的亡灵返回人间，和活着的家人团聚，同享现实生活的福乐。显然，这两个词具有与后吠陀的 saṃsāra（轮回）相似的含义。印度的轮回论在《梨俱吠陀》时期尚未系统地形成，但说这支《意神赞》是它的最初形态，似乎是无疑的。（四）本神曲还提及一个重要的专有名词——"阎摩"。这是阎摩神王的名字，即俗称"阎罗王"。在吠陀神话里，阎摩不是地下或地狱的统治者，而是天上神明之一，和因陀罗、婆楼那等大神平起平坐。不过，阎摩的职责的确是与鬼魂有关。在天的一隅有一个独立王国，它的臣民全是人间早死者的鬼魂和新死者的亡灵。这是一个鬼魂王国，阎摩正是它的行政长官和绝对的统治者。

第 六 章

俗 谛 神 曲

〔俗谛,即经验世界,或现实人世间生存与变化的道理〕

序

　　我们在"导论"中曾提到，10卷《梨俱吠陀》是印度最古老的百科全书式的诗体文献。尽管它的大部分篇幅被用于创造和描写两大类艺术角色——神鬼性质的和非神鬼性质的角色，但毕竟是一幅反映古代印度人民与自然和社会进行长期斗争的伟大的生活画卷，仍然有不少关于印度文明初期的社会制度、伦理规范、风俗习惯、思想感情，以及政治军事、工农商学、天文地理等现实生活的各个方面的记录。下边选择的神曲便是从若干侧面反映吠陀时期人们的实际生活；其中即使是神话故事，也是描写当时社会形态的意象作品。

《赌徒忏悔录》

（《梨俱吠陀》第 10 卷，第 34 曲，共 14 个颂。

作者为慕阇阇梵仙人，Maujavan）

1.　　　　高树悬树果，摘来作骰子，

蹦跳骰盘上，使我心欢喜。

如饮雪山产，苏摩汁妙味；

雀跃诸骰子，逗我去尝试。

2.　　　　不同我争吵，不惹我生气，

贤惠称我妻，亲友亦欢喜。

只缘掷骰时，未获决胜子，

终使我抛弃，忠贞好妻子。

3.　　　　岳母痛恨我，爱妻驱逐我，

即使我求援，同情者渺茫。

犹如一老马，亦如旧衣裳，

赌徒之乐趣，我无缘欣赏。

4.　　　　强烈嗜赌瘾，夺去其财物，

甚至己妻室，别人来拥抱；

父母与兄弟,俱言不相识,
此乃一赌棍,将之捉拿去。

5.　　　　我不想再去,同朋友一起;
赌伴正出发,我又随其后。
血红色骰子,掷下即呼叫;
我如一情妇,直奔掷骰处。

6.　　　　赌徒进赌场,浑身血冲上,
暗中问自己,我会赢一场?
嗜赌者骰子,增大彼欲望;
为击败对手,争取胜利子。

7.　　　　蛊惑者骰子,诱骗复欺诈;
灼伤彼自身,又伤及他人。
如幼童送礼,回收从赢家;
魔法加蜂蜜,混合迷赌徒。

8.　　　　骰子队游戏,数有三五十;
如提婆莎维,掌握己规律。
纵遇大神怒,亦不示屈服;
即使是国王,致敬于色子。

9.　　　　赌盘中骰子,滚下复蹦上,
缺手者制服,具手者赌民。
神圣黑煤炭,投下赌盘上,
煤炭虽冰冷,烧灼其心脏。

10.　　　赌徒之妻子,折磨遭遗弃;
　　　　慈母在悲伤,何处子游戏?
　　　　负债者恐惧,渴望得钱财;
　　　　算计人家宅,蹑足夜中来。

11.　　　又遇一女子,令彼更心酸;
　　　　她乃别人妻,仪美淑且贞。
　　　　彼自平明起,套好棕色马,
　　　　豪赌到日暮,倒在火神边,一乞丐。

12.　　　在汝大队里,彼乃一头目,
　　　　又称为君主,集体中第一。
　　　　我对彼声明,我已输精光;
　　　　我伸出十指,示此是真实。

13.　　　不要玩色子,要去种农田;
　　　　致富始生乐,尤多受尊敬。
　　　　于此得母牛,于此娶妻妾,
　　　　仁慈太阳神,教我行斯事。

14.　　　恳汝为朋友,仁慈待我等;
　　　　勿再祭魔法,强行惑我等。
　　　　伏祈汝止息;恼怒与敌意;

今则由他人，走入色子网。

提要：《赌徒忏悔录》是一支典型的悲歌，从一个侧面如实地反映了当时社会低阶层人民的实际生活。在这里，吠陀诗人用朴实无华的笔触，入木三分地把一个赌徒赌输后的懊悔和悲痛的心态描绘得淋漓尽致，扣人心弦。这是一篇伤感性的文学珍品，具有特殊的美学意义。

颂1：雪山：喜马拉雅山的俗称。苏摩（soma）：据说，这是长在喜马拉雅山上的"苏摩树"，是最神圣的。婆罗门教徒习惯在半夜时分上山砍取，带回来后，使用石块压榨出汁，制成饮料，其味甘美，既可供神，又可饮用。寓意：骰子吸引赌徒，就像雪山苏摩树汁，如此甜美香醇，诱人饮后，陶醉迷茫，不愿再醒。

颂7：此颂揭露骰子如何毒害玩骰子者的性质。彼自身：赌徒自身。意谓赌徒自身受到骰子的伤害（赌输之害），并且因此使他人受到同样的伤害（他人：既是别的赌徒，也是赌输者的家人、远近亲戚）。"如幼童送礼"：意谓骰子游戏是先输后赢，如同幼童送礼物给一人，然后又从那人那里取回所送的礼物（寓意：输赢轮流，无有终止）。"魔法加蜂蜜"：意即骰子游戏。

颂8：本颂的前四句：关于骰子"队伍"的组织和骰子游戏的规则。"数有三五十"：意即赌盘上的骰子分为三小队，每队50个骰子，三队合共150个骰子。骰子有自己的游戏规则。犹如提婆莎维神，有自己的运行规则。提婆莎维，原文：deva-savitr，音译："提婆莎维特利"；缩写："提婆莎维"。意译："朝暮神"（他是太阳东升西没前的余晖，又称金色神）。颂的后四句：讲骰子的游戏规则，非常严格,凡参加骰子游戏的,无论其为何人,包括贵戚权门、侯王将相都要遵守,不得违反;即便生气、发怒,也得俯首服从。这正如朝暮神的运行规律,即使大神如因陀罗、婆楼那、密多罗、鲁陀罗等,也得遵守。

颂9:本颂描写骰子在赌盘上表演蛊惑赌徒心灵的赌博游戏。缺手者:喻骰子。黑煤炭:喻骰子。

颂10:本颂叙述赌徒白天在赌场彻底赌输后,妄想在夜深人静时,黑暗中溜到别人家,偷窃财物。此即颂中说的"蹑足夜中来"。

颂11:本颂的前四句:写赌徒赌输后,竟把妻子休了。今天他在路上遇一美女,发现她却是别人的贤妻,因而自惭而心酸。颂的后四句:赌徒豪赌失败,心仍不甘。平明一早,"套好棕色马"——准备好棕色赌具(骰子),再一次到赌场押宝。但很不幸,他从早赌到晚,依然输得一身精光。他怀着百分懊悔的心情离开赌场,一进家门,便跪倒在家设的火神祭坛旁边,酷像一个乞丐,求神饶恕。

颂12:本颂写赌徒在赌本输光后,向赌盘上的带头骰子声明,他已输得精光,无钱再赌。他要告辞回家。他伸出十指(双手),表示他说的是事实。(颂中)"汝"和"彼"都是设想的抽象代名词。汝,似指赌场老板。彼,是设想的抽象带头骰子。

颂13:本颂讲赌徒以一个在赌盘上输得十分凄惨的赌输者身份,劝告别人千万不要去赌场玩骰子,人们只有老老实实下田劳动,从事生产,才能积敛财富,成家立业。(颂中)太阳神:这里是朝暮神的别称。母牛:财富的代名词。

颂 14：本颂写赌徒似向设想的赌场主（或骰子带头者）道歉，他在骰子赌场上输得太惨，已临倾家荡产，万分懊悔。他决心不再去赌场玩骰子，请他不要再用魔术来迷惑他。现在，只能让别人走入你的色子网。（颂中）色子网：即骰子游戏网络、圈套。

《孪生兄妹二神恋曲》

《梨俱吠陀》第10卷,第10曲记载一个发生在天神家族中的独特的罗曼蒂克故事——一段亲妹向亲哥求爱的神仙恋情。哥是鬼魂王国的大君阎摩,妹是姣美绝伦的天女阎美,他们俩(阎摩和阎美)是阳神毗伐斯瓦特与迅行女神莎兰妞所生的一对孪生兄妹。兄妹双双长成后,妹妹阎美爱上哥哥阎摩,并向他求婚。阎摩认为兄妹结婚是乱伦,不道德,坚决拒绝阎美的要求。阎美则不顾传统道德的藩篱,固执婚姻自主,恋爱自由,发誓非乃兄不嫁。

阎摩和阎美这对兄妹的恋爱插曲虽然是诗人虚构的天上神话。但实际上是人间现实社会现象的反映,反映着印度文明早期社会中存在的近亲结婚、乱伦信仰。对于这个重要的社会和道德问题,当时有支持与反对的争论。作者则在这支神曲里对妇女为恋爱自由、婚姻自主所表现出的对古老礼教、习惯势力的反抗精神与勇气,既表示了深切的同情,而对伦理学家维护正统的道德规范和伦理准则所持的坚定态度,又予以肯定。我们知道,印度的近亲结婚(乱伦信仰)起源久远。出自《梨俱吠陀》的 Yama(阎摩)和 Yamī(阎美)在字源学上是和来自古波斯《阿维斯特》的 Yima(伊摩)和 Yimeh(伊妹)同源的。据此可以推断,印度的近亲结婚(乱伦信仰)早在印-伊时期就已存在。

本神曲由16个颂组成,生动而形象地描绘一幕出现在神性家族内"求爱"与"拒爱"的爱的矛盾悲剧。扮演这幕悲剧的主角是

阎摩和阎美。这对孪生兄妹,同时也是本剧的作者。在此,我们
从本曲的 16 个颂中选择 6 个颂,即 3、5、7、4、8、12 颂。这 6 个颂
比较集中地反映这幕悲剧的主要情节。下面,拟按两主角发言先
后来安排,即阎美先发言(3、5、7 三颂);阎摩后发言(4、8、12 三
颂):

首先,阎美向阎摩求爱的献词(颂 3、5、7):

3.　　　　　不死者神人,享受爱欲乐;

　　　　　　有死者凡夫,严禁行此乐。

　　　　　　汝心与我意,相通又相连;

　　　　　　犹如造物主,请汝入我身。

5.　　　　　生主工匠神,光辉宇宙相,

　　　　　　恩准我二人,胎中成夫妇。

　　　　　　彼宣此神谕,无人敢违抗;

　　　　　　汝我相结合,天地亲见证。

7.　　　　　阎摩爱欲情,打动我阎美,

　　　　　　我愿同一榻,与他共缠绵。

　　　　　　我愿如妻子,将身献夫子,

　　　　　　合卺齐欢乐,如车之二轮。

其次,阎摩拒绝阎美求爱的严词(颂 4、8、12):

4.　　　　　我等未曾作，过去所作事；

　　　　　　　我等讲正理，为何说非理？

　　　　　　　水中乾达婆，认水为媳妇，

　　　　　　　水是我等母，我等是近亲。

8.　　　　　天上侦察神，巡逻此世间，

　　　　　　　未曾有休息，亦未合眼睛。

　　　　　　　淫荡不贞女，速去找别人，

　　　　　　　纵情于欲乐，如车之二轮。

12.　　　　　汝身与我身，不能相结合，

　　　　　　　私通己姐妹，称为有罪者。

　　　　　　　做爱寻他人，勿来骚扰我；

　　　　　　　汝兄善吉祥，无斯情欲想。

　　提要：阎美在她求爱的献词中以最狂热、最勇敢的姿态透视自己灵魂深处所蕴藏的对乃兄阎摩的爱。她对阎摩的爱是如此圣洁、坚定，任何客观条件，包括婆罗门教的宗教戒条、种姓制的伦理传统，特别是家族的血缘关系，都不能使之动摇，或退缩。她引出两个神圣的例证。一个是，梵天王（Brahman）与亲生女儿结婚；一个是，她与阎摩还在母腹时，祖父工匠神（Tvastr）就预为她和阎摩兄妹举行订婚礼。这两个例证证实她要求和哥哥阎摩结婚做爱，完全是神定的，是与梵天王的"超圣凡"的行动相一致的。

阎摩用最严肃的语言,拒绝妹妹阎美的结婚要求,并斥责她说:"你我出自同一母腹,我们俩是兄妹,是有血缘的近亲、永远不能结婚成为夫妻。你要做爱,去找他人,别来烦我。"但阎美誓言,得不到乃兄,将终身不嫁。

如下,按颂号(3、5、7、4、8、12)详解:

颂 3:本颂的前四句是讲神人(神仙)与凡夫(凡人)造爱方式的区别。这区别在于"不死"与"有死"二义之间。梵语 amrta,意思是"不死的,不死者"。"不死",是说一类从经验世界的死亡规律解放出来的生物;他们生活在天上,通常称为神,或神人、神仙。其次,梵语 marta,意思是,"死亡的,有死者"。"有死",是说另有一类生物,他们生命的存在被限制在生、老、病、死四个生活圈之内。他们是人们常说的"凡夫俗子"。颂的第一、二句:"不死者神人,享受爱欲乐"。爱欲乐,即性生活的快乐。但在这句话说的爱欲乐(做爱方式),只有"不死者神人"才有资格去享受;有死的凡人是被剥夺去享受的权利。然而,凡夫虽说没有资格去享受神仙式的性生活,却不能说凡夫没有自己的性生活;那么是不是神人的性生活有异于凡夫的性生活? 在这里讲的性生活——做爱方式,实际上反映吠陀人现实生活中的不可或缺的部分。就吠陀的"做爱"神话来看,它的发展史是很有意义的。在吠陀后千余年,佛教继承吠陀的做爱神话,并作了重大的发展,描画出一幅三界众生,特别是欲界众生不同的做爱方式图。按《阿毗达摩俱舍论》(Abhidharmakosa),宇宙划分为三界:欲界、色界、无色界。其中欲界的范围包括人间、地狱,以及六层天界——四天王天、忉利天、夜摩天、兜率陀天、乐化天、他化自在天。这是欲界中六个不同的区域。不同区域的"居民"（包括人类与天众）各有不同的做爱方式。从人间到忉利天的两性生物,他们的做爱方式是一致的,即男女生殖器的接触和交合;夜摩天男女的做爱方式是互相拥抱;兜率陀天男女的做爱方式是彼此执手;乐化天男女的做爱方式是相对微笑;他化自在天男女的做爱方式是互相注视。如此对照来看,吠陀时期,不论人间或天上,两性做爱的方式,就是男女生殖器的接触与结合。阎美要求他哥哥阎摩,"请汝入我身",正是反映吠陀人这时期的性生活方式。造物主:即梵天王。传说,梵天王曾与其亲生女儿结婚。阎美举出这个例证,说明她要求和她哥哥阎摩结婚做爱,是在效法梵天王"超圣凡"伦理局限的榜样,因而是完全契合神意的。阎美想借此激发阎摩接受她与他结婚成亲的要求。

颂 5:讲阎美再引神谕来证明她要求与阎摩结婚是神明指定的。颂的首句"生主工匠神":主语,生主(janitr):生产者,创造者;这里作为"工匠神"的定语。工匠神(Tvastr):宇宙建筑工匠。他是迅行女神莎兰妞的父亲,在他女儿怀孕时,他便预言,她怀的是双胞胎,一男一女(即在母腹时的阎摩和阎美);这对胎儿在胎中就可以结婚成亲。这是阎摩和阎美的祖父工匠神的神谕。阎美给阎摩讲此神谕,意在再次证明她要求和哥哥结婚是上帝预先安排的。颂的第三、四两句"恩准我二人,胎中成夫妇"正是此意。颂的后四句,写阎美再一次强调,她要求和哥哥阎摩结婚是彼(他俩的祖父工匠神)的神谕预先指定的,所以,无论什么神或人都不敢违抗、反对。

颂 7:此颂描写阎美急于和哥哥阎摩结婚做爱的失控激情。

合卺:两性生殖器的交合。"合卺"和(颂3)"入我身",说明天上神侣与地上凡人的做爱方式是相同的——男女二根直接交媾。

颂4:本颂描述阎摩严词拒绝妹妹阎美提出与她结婚做爱的要求。阎摩严正地指明兄妹不能结婚的原因。第一,违反正理(颂的头四句)。"过去所作事",意指前世和此前所做的黑业(不道德的坏事)。阎摩说,我们兄妹从未做过这些坏事。我们一向宣传正理、实践正理(吠陀传统的道德正理,rta)。亲兄妹结婚做爱是坏事,是非理(违背道德正理)。我们俩为什么要做这类坏事?第二,同母所生(颂的后四句)。乾达婆(Gandharra)是一类住在云水迷漫的半空中(大气层)的音乐神,也是佛家神话所说的"香音神"。乾达婆,有说他是太阳,或说是月亮;但在本颂则指他是阳神族中的毗伐斯瓦特(Vivasvat,阳神、阳光神)。"认水为媳妇":水,在这里暗示住在半空中(大气层)的云水仙子之一(apsaras)迅行女神莎兰妞。毗伐斯瓦特认她为妻。二神婚后,生育阎摩和阎美这对双胞胎兄妹:故阎摩对阎美说,"你我同母所生,是血缘的近亲,不能结婚。"

颂8:阎摩再警告阎美说:"天上人间都有秘密的侦察神在巡逻,注视着每个生物的善恶活动。你我如果背离人间道德准则,做出乱伦的坏事,肯定逃不出侦察神天眼的视野。你我将被捉住,遭受天罚。""淫荡不贞女":是阎摩对阎美的痛斥:"你要纵情做爱,去找他人,别来烦你亲哥哥阎摩!"

颂12:在这个颂里,阎摩总结他对阎美的训斥,并表明他的决心与行动——他斩钉截铁地拒绝了妹妹阎美提出与她结婚做爱的"非理"要求。

祖先

（pitaras）

　　祖，按汉语说，是指父母亲的上一辈。祖先，是泛称一个民族或一个家族的上一辈，尤指时代久远的祖辈、远祖。吠陀梵语 pitr，"父亲"，单数；复数 pitaras，意即"祖先、祖辈"，是指那些最初沿着黄泉古道行进的祖先们（祖先的灵魂），同时也是指那些吠陀仙人，后者在修筑新的黄泉通道，好让后死者的亡灵沿新路去与其祖先相聚于阎摩王国。吠陀仙人写了两支讲吠陀人祖先的神曲（RV. Ⅹ. 15、54）。吠陀人来自众多不同的家族，其中见于《梨俱吠陀》的有鸯吉罗斯族（Angirases）、阿他尔梵族（Atharvan）、毕利古族（Bhrgus）、伐悉斯他族（Vasisthas）等；这些家族祖先的名字是和祭司家族祖先的名字一致，而这些祭司家族在传统上是与撰写《阿闼婆吠陀》和《梨俱吠陀》的第 2 卷及第 7 卷有关联的。按神曲（RV. Ⅹ. 15）的描述，吠陀人的祖先死时的尸体，是由阳世家属祈请火神阿耆尼施火将之焚化，然后引导祖先的亡灵"移居"阎摩王国，即第三层天国（毗湿奴神跨越宇宙三大步的最高一步的境界）。在阎摩王国，祖先们划分为高、中、低三级，以示先到与后到（阎摩王国）。祖先们虽然不能常为他们的子孙所知道，但火神阿耆尼是熟悉他们的。在阎摩王国，祖先们不时应邀与阎摩王共同聚餐享受天上的玳筵珍馐；同时还与其他神仙联欢，参与宴会。在祖先们与火神阿耆尼之间，关系友好。阿耆尼经常约祖先们同去享用人间眷属为他们烹调的上好斋供，欣赏献给他们的奠酒苏摩。祖先们还被提供一辆车子,这车子和因陀罗大神的座车一模一样,玲珑壮观,运行神速,乘之降临人间祭典。祖先们,数有千众,到达祭典后,自觉排队,顺序坐在朝南的圣草地上,畅饮苏摩榨汁制成的饮料,接受特烹的斋供作为他们的食物。祖先们虽然远在天边的一角,享受着天神般的安乐,但对凡人的世间生活,并未忘怀而不关心。阳世群众,如常祈求祖先们倾听诚心礼拜者的声音,惠施礼拜者以帮助和保护,解决他们之间涉及生存与生活的困难和纠纷。阳世上的亲友还向祖先们祈祷:对没能如仪敬祖的子孙,恳求饶恕他们,不致因此受到伤害;对敬祖欲福的子孙,恳求庇佑他们,使之财富日增,后嗣繁衍,绵延世寿,长享安宁。

吠陀人的祖先,本有一般的神变力量。有时候,宇宙间出现某种像天神幻变出来的现象,如昼则日照,夜则星光,说这是归功于祖先们的神变力量。不过,祖先们的神变境界,毕竟不是天神们的神变境界。

最后,请看下边所引的《祭祖曲》之一:

《祭祖曲》

(《梨俱吠陀》第 10 卷,第 15 曲,共 14 个颂。
作者为桑迦阇摩延那,Ŝankha Yamayana)

1.　　　　　安居上下界,正中诸祖先,
　　　　　　喜饮苏摩者,请俱动起来。

我等今祈求，得永生祖灵，

善知黎多理，慈爱赐恩典。

2.　　　　今日朝祖先，南无合十礼；

祖先众逝世，有先及有后。

陆地之上空，安住其中央；

或今仍逗留；人间吉善处。

3.　　　　在此我找到，慈爱祖先众，

圣孙毗湿奴，所迈最大步。

彼等皆欣然，来坐圣草上，

分享苏摩酒，及葬礼供品。

4.　　　　圣草上祖先，莅此施恩典；

我等设斋供，献上请品尝。

如是彼带来，最慷慨援助；

祈赐我福祉，健康无伤害。

5.　　　　邀请众祖先，喜饮苏摩者；

珍贵之物品，放在圣草上。

愿彼等光临，在此请倾听，

为我等说话，赐我等帮助。

6.　　　　祖先众全体，请屈左足膝，

朝南安坐下,赞叹此祭典。

敬祈众祖先,请勿伤我等;

我等有过失,人性造成故。

7.　　众祖先!

平明请就坐,红色座位上,

布施汝财富,奉神尘世人。

其中一部分,留给汝子孙;

祈愿在此间,展示汝力量。

8.　　吾人之祖先,喜爱苏摩酒;

最富仙族魂,跟随阎摩王,

一同去求取,苏摩汁饮料。

阎摩与祖先,分享其礼物;

阎摩在渴望,联系渴望者。

9.　　神群中祖先,口渴复气喘,

熟悉斋供品,暨受歌颂者。

慈祥众祖先,真实有智慧,

正坐热器上;请汝与之同来此,阿耆尼!

10.　　祖先诚真实,饮食供神品,

又与因陀罗,及诸天神众,

同乘一仙车,巡游俗世间;

复有一千多,颂神远祖灵,

安详端坐在,祭典热器上。

敬详领彼等,齐到祭坛来,阿耆尼!

11.　　火噬已祖灵,请到此间来,

依次各就座,惠赠善指导;

享用美斋供,放在圣草上。

伏祈赐财富,暨所有精英。

12.　　阿耆尼,生物了知者!

汝已被恳求,接受运输事,

运送祭神物,调具香酥味;

施与众祖先,尝过葬仪食。

提婆天!

敬祈来享用,献汝之斋供。

13.　　有祖先在此,有不在此者;

有我等知者,亦有不知者。

汝知有多少,知生物之神?

惟愿来欣赏,完美葬礼祭。

14.　　是诸先祖灵,火噬非火噬,

俱聚天空中,欣赏葬礼物。

汝如大君主,联络众祖灵,

遵此生命法，按照汝意愿，

为彼初死者，造一新躯体。

提要：本神曲是两支《祭祖曲》之一，共 14 颂，内容的要点就是文前《祖先》中所概述的。本曲实质上是一支葬礼曲，关于丧家在治丧期间祈请三界祖先和火神阿耆尼、阎摩等前来赐福、应供的详情。下边，按颂序逐一解说。

颂 1：表述二事：(1) 祖先们安身"阴司"；(2) 阳世的亲友祈求祖先们惠赐恩典。"阴司"是指祖先们在阳世以外的安身处，也就是颂中所说的"上、中、下"三个地方。"上、中、下"有数解。第一解，天、空、地三界。上，意即"天界"；中，意即"空界"；下，意即"地界"。三界，亦称"三有"（tribhuvana）。祖先们分别住于天、空、地三有世界。第二解，按《阿闼婆吠陀》（AV. XVIII. 1. 44），天界内分上、中、下三重天界。祖先们也可能分别住在其中。第三解，"上、中、下"寓意祖先们生前在阳世上所作的"白业"（善行、功德）有此三级的甄别。最后第四解，认为"上、中、下"表示祖先们在年辈上有"老、中、青"的区别。综合四解来看，第一解和第二解显然是比较符合颂意的。动起来：写祭坛里面的一个场景：祖先们应邀从天、空、地三界到达葬礼的祭坛后，依次静坐在圣草地上。丧家亲属把烹调好的美味斋食分献给他们，请他动手接受享受。永生：梵语 asu，意即"生命"。asu ya iyur，"他们（祖先们）获得生命"。这是说，祖先们解脱生前在阳世的生命后，获得"超阳世"的新生命。这新生命是永恒的，故曰"永生"；而凡夫在阳世上的生命，相对"永生"（永恒的生命），是短暂的。黎多理（ṛta）：即真理、客观真理。

颂2：颂的前四句，描写丧家亲属向来自天、空、地三界已获永生的祖先们行致敬礼。"南无，namas"：意即"敬礼"。pitṛbhyo namas，"向祖先们致敬礼"，也就是向祖先们行合十致敬的仪式。逝世：意谓来此参加丧礼的众多祖先们，其中有的祖先生前在阳世时仙逝较早，有的辞世较晚。颂的后四句，简介祖先们在天、空、地三界的安身地点，以及此次来人间参加葬礼和应供之后的去留计划。"陆地之上空"，实际上就是"地界"与"天界"；"中央"就是在天界与地界之间的空界（大气层）。安住：是动词，它的主语是众祖先；这就是说，天、空、地三界是祖先们安居的地方。"或今仍逗留"：是说这次应召参加葬礼的祖先们，有的在应供之后，便先行离开，返回三界原住处；有的则未离开，仍然留在"人间吉善处"（实即殡仪场地），继续欣赏人间美味饮食。

颂3：本颂前四句说明初死者的亡灵在阎摩王国看到三种神圣境界：祖先、圣孙、毗湿奴神的第三大步。祖先：指先到阎摩王国的祖灵。圣孙：即阎摩王。神话：毗湿奴神是女神阿迪娣（无缚女神）的丈夫，生子毗伐斯瓦特（Vivasvat，阳神族之一神）；后者与女神莎兰妞（迅行女神）结婚，生有二子一女；长子阎摩，次子摩奴，小女阎美。其中阎摩与阎美是一对孪生兄妹。可见阎摩是毗湿奴家族的第三代，故说阎摩王是毗湿奴神的孙子（RV. Ⅹ.14）。但另有一说，阎摩的祖父不是毗湿奴，而是陀伐斯特里（Tvastr，工匠神 RV. Ⅰ.85.9；Ⅷ.29.3）。最大步：毗湿奴神举足迈三步，跨过宇宙，走遍宇宙；而三步中的最后一步是"最大步"（vikramaṇa），也就是最高的天界。颂的后四句，叙述丧家向亡灵及请来的三神明献苏摩及斋食。彼等：就是祖先、圣孙、毗湿奴神的第三大步（最高天）。葬礼供品：是指丧家献给死者亡灵的斋供，而死者亡灵把自己所得斋供转献给远道而来的祖先、圣孙、毗湿奴。

颂4：描述丧家专设斋食，献给应邀而来的祖先，并请求祖先赐福赐恩。"圣草上祖先"：意谓在祭坛内坐着铺有圣草的地上的祖先们，受邀从天、空、地三界而来，不仅为了参加死人的葬礼，而且为了给活着的人（丧家亲眷等）带来幸福与援助。彼：彼等（祖先们）。我：我等（丧家眷属等）。

颂5：颂的前四句是说丧家眷属邀请祖先们接收已放在圣草上的"珍贵之物品"（寓意上好的供品）。后四句是丧家亲属向请来的祖先们提出请求：(a)倾听丧家的悲诉；(b)请为丧家说话；(c)请赐予帮助。在此：在此葬仪举行的地方。

颂6：颂的前四句，描写远来的祖先在葬仪中的行礼方式。"请屈左足膝"：即用左膝下跪。吠陀礼仪观念："右"，寓意吉祥；"左"寓意不吉祥。在吉事仪轨中，必须用"右"手、足行礼；在凶事（丧事）仪式中，必须用"左"手、足行礼。按《百道梵书》（Śatapatha-Brāhmana，Ⅱ.4.2.2），在丧仪中，天神屈右膝行礼，祖先的鬼魂屈左膝行礼。行礼，意含祝愿，愿死者的亡灵往生阎摩王国；同时也是向丧家亲属表示慰唁。朝南：因为阎摩王国所在方向就是在南方。颂的后四句，写丧家亲属请祖先原宥一些不自觉的过失。人性（puruṣatā）：人的天生的弱点。凡夫俗子所以有过失，就是他的人性弱点所造成的。

颂7：叙述丧家眷属恳求远来的祖先给尘世凡人和在世子孙分赠财富。"红色座位"：喻指黎明女神的红色光芒。这也寓意阿耆尼(火神)和苏利耶(太阳神)从黎明女神怀抱升起。汝子孙:是说祖先们在阳世的子孙。

颂8:叙述丧家请来的祖先跟随阎摩王去取苏摩饮料和共分礼物。颂中的"喜爱苏摩酒"和"最富仙族魂"两句是主语"祖先"的定语。吾人:丧家的家属等人。最富仙族:最富仙人(亦称最胜仙人,Vasistha)是《梨俱吠陀》第7卷的作者。他可能是他家族成员中的首席长者,故以他的名字标作一族之名——最富仙族;同时也说明《梨俱吠陀》第7卷是最富仙人一族成员集体合作,共同写成的。魂:族魂,即最富仙人一族的灵魂,也就是请来参加葬仪的祖先们。礼物:是指祖先留给他子孙的礼物(实物或财富)。渴望者:意指在阎摩王国的新旧亡灵渴望尽快获得拜见阎摩王陛下的机会。而这些渴望者,也正是阎摩王渴望与之联系的新旧鬼魂。

颂9:从本颂(颂9)至颂14(即最末一颂)详述火神阿耆尼与请来参加葬仪的祖先的关系。本颂的最后一句是主句,主语是阿耆尼(火神);其余七句是副句,主语是祖先众。兹先讲副句:"口渴复气喘,熟悉斋供品,暨受歌颂者",是三个修饰祖先的定语。"口渴复气喘":形容祖先们到来祭典后,渴望获得苏摩饮料在内的祭品。"熟悉斋供品":意谓祖先们对殡葬仪式上种种祭神物品,十分了解。"暨受歌颂者":是说祖先们还熟悉出现在葬仪上各类备受赞扬、歌颂的杰出人物与神明。热器:点着火的灯盏、油灯,即火神阿耆尼的座位。"正坐热器上":意谓祖先们正和火神一起坐在火神的位置上。汝:火神阿耆尼。之:祖先们,这是祈请火神和祖先们一起前来参加葬礼。

颂 10：本颂的结构和颂 9 的结构一样：颂的最后两句是主句，主语是火神阿耆尼；其余十句是副句，主语是祖先。先说副句：第一句中的祖先是主语，其余九个句子是修饰主语（祖先）的定语。"饮食供神品"：葬礼供神品中既有斋食，又有饮料，特别是苏摩美酒，祖先们在祭坛里既得斋食供养又获淳和饮料享受。"颂神远祖灵"：颂神：即日常唱念歌颂神明圣诗的宗教活动；远祖灵：意即最古老的祖先们。热器：火神座位。彼等：指祖先们。本颂似说，前来参加葬仪的祖先，有两部分：一部分是远古的，一部分是近古的。这两部分祖先，请火神阿耆尼和他们一起前来参加葬礼。

颂 11：本颂写丧家眷属祈请祖先回来人间享受斋供。"火噬已祖灵"，祖灵：是本颂的主语；火噬已：是修饰主语的短语，意谓祖先在阳世死时留下的尸体已被火化了。吠陀神话：火神阿耆尼是阎摩王的合作伙伴。阿耆尼负责焚烧死人尸体，并在焚烧后，引导死者的灵魂（亡灵）前往阎摩王国定居。"火噬已"，就是说祖先们的尸体早已被火神的火焚化，不复存在，今请他们的灵魂回来人间享受祭品。善指导：意即"正确的开导、启发"，启发新死者的亡灵沿着祖先们走过的道路前往阎摩王国。"放在圣草上"是美斋供的定语，意即放在圣草上的斋供。精英：意即请求祖先同时赐予财富和精英子弟。

颂 12：本颂写丧家眷属恳请火神做三件事：一、请火神运送供物给缺席的神众；二、请火神将部分祭品送给出席的祖先们；三、请火神自己也来享受斋食。生物了知者：是称赞火神阿耆尼的称号。梵语 Jātaveda，意译"生物了解者、生物了知者、了解生物界（众生界）的专神"。运输事：火神阿耆尼在神话中是一位运输大神,负责将人间的祭神物品运送到天上,分送给那些未能下来人间接受斋供的神众。"调具香酥味":这是给运输火神的定语,意谓火神在运输祭神供品的同时,还要将供品的味道调制到香酥可口的程度。"尝过葬仪食":这是祖先众的定语,意谓这些祖先们此前曾经品尝过葬礼的供物与斋食。提婆天(deva):火神阿耆尼的另一称号。

颂13:本颂讲丧家眷属对火神阿耆尼说有四类祖先,即:有的祖先已在这里;有的祖先不在这里;有的祖先,我们是认识的;有的祖先我们是不认识的。请问阿耆尼知道有多少祖先。"知生物之神":意谓阿耆尼,你是最了解生物界里众生的大神,阳世间有多少祖先(死者的亡灵)你肯定知道的。"完美葬礼祭":是说整个殡葬祭典是用上好葬礼物品组成。"汝知有多少?"似有这样的含义:你火神知道多少祖先就请你带多少祖先来葬礼祭坛受礼、应供。

颂14:叙述丧家眷属看见的两类祖灵,一类祖灵聚集在天空中欣赏火神为他运送来的供品;另一类祖灵是辞世不久的祖先的灵魂(亡灵)。火神阿耆尼在丧家眷属恳求下,联系第一类祖灵,请他们从空中下降到葬礼祭坛,直接接受斋供。联系第二类祖灵,这是初死不久的祖先的灵魂(亡灵),火神要引导它(亡灵)去寻找新的投胎环境,换取一个新的肉体。颂中"火噬非火噬"、"俱聚天空中"、"欣赏葬礼物"是修饰主语先祖灵的副句。火噬:即火葬。非火噬:即非火葬(印度殡仪早期,多行火葬,间或不用火葬)。葬礼物:这是指由火神阿耆尼从人间运送到天上的葬礼供品,让在天上的神灵与祖灵共享。颂的第六、七、八句,是主语"大

君主"的形容短语（也可以作为副句）。"汝如大君主"：赞叹火神
阿耆尼的神圣权威如此强大，就像世间帝王的绝对权威。世间帝
王可以主宰其臣民的生死命运；你，火神阿耆尼可以决定众生灵
魂的升沉轮回的命运。"联络众祖灵"：意即联合众祖灵，和众祖
灵在一起，和众祖灵沟通。"遵此生命法"：梵语原文是 asuniti，意
即：生命法则，生命规律（在神学上，就是精神世界、精神生命。这
生命，不会随肉体的消亡而消亡；它继续存在，就是到了他世界，
不论是天上或地下，它依然继续存在）。火神阿耆尼，联络众祖
灵，共同遵循这一生命法则，并按照他的神意，为新死者的灵魂
（亡灵），造一个合适的新躯体（意即火神指引新死者的亡灵前往
他世界投胎于新父母的结合，从而获得新的肉体。这是轮回说的
雏形在晚期吠陀神学上的反映）。

葬仪

死,吠陀神曲里很少见有直接的描写。吠陀仙人谈及它时通常只是表示一种愿望。例如,对自己人,祝愿"健康无伤害"(RV.Ⅹ.15);对敌对者,则说"愿皆灭亡"(RV.Ⅷ.41)。只在涉及死者来世命运的葬仪时,才引起仙人们的关注。

在吠陀时期,特别在吠陀的晚期,葬仪有两种流行的方式,即土葬与火葬。《梨俱吠陀》(RV.Ⅹ.15.14)和《阿闼婆吠陀》(18.3.34)分别提到早逝祖先们的尸体的殡葬方法:(尸体的)一部分用火葬,另一部分用土葬。《梨俱吠陀》(RV.Ⅹ.16)还描述过这样一个葬仪:死人的尸体分成两半,一半火葬,一半土葬。然而,随着殡葬风尚的变化,火葬逐渐成为民间常用的方法;除了成年人的骨灰和骨头之外,使用土葬的,只限儿童和苦行者的尸体。

火葬比土葬更为流行,似乎有些特殊的原因。首先,原始公社"刀耕火种"的残余痕迹,尚未完全消失。其次,火的神话的影响。吠陀人深信火神阿耆尼的神火的威力,祈求火神用他的神火点燃柴堆来焚烧死人的尸体,火神会把火化后的尸体(骨灰,寓意"细身""亡灵")运送到他世界、祖先和神众相聚的世界(RV.Ⅹ.16.1—4),并会将它安放在最高的不死地(RV.Ⅰ.31.7)。火神阿耆尼是神界运输业务的垄断大神,专门承接人间虔诚斋主的拜托,将美味的斋供运送到天上,分献给那些来不及下凡应供的神众。不过,神曲(RV.Ⅹ.16.9)说,施火吞噬死人尸体的火神与运输供品上天的火神是有区别的。此曲(16.4)又说,丧家眷属请求火神保护死者的尸体,完好无损,而另宰杀一头山羊来焚烧,作为死者尸体的一部分。在葬仪进行过程中,鸟兽、长蛇、蚂蚁等有可能给死者尸体造成一些伤害,需要火神阿耆尼和月神苏摩对它进行诊治。

吠陀人相信人体内的"末那"(manas)是不灭的精神。在举行葬仪时,死者的亲眷坐在死者的尸体旁边,默祷死者的"末那"离开死者的尸体后,不要远去他方,最好返回阳世和亲人相聚,共同享受往日的人间福乐。吠陀仙人的《意神赞》(RV. Ⅹ.58)正是用来反映死者在阳世的亲眷这样悲痛与愿望的心情;同时阐明"末那"就是人体内的意识。意识随着肉体的活动而活动;但是,如果肉体因自然规律的制约而衰变,直至死亡,意识不会去做它的陪葬,而是本然地离开死尸,单独浮游,海角天涯;或去寻找新的投胎机缘,再生为人,或得火神的指引,往生阎摩王国。显然,这里所讲的"意识"(末那,manas)也就是我们常说的"灵魂"、"亡灵";而以上有关它的作用的表述正是后吠陀神学家们所执的"轮回论"的最初思想形态的典型反映。

吠陀仙人写了五支有关殡葬的神曲,这里选择其中一曲如下:

《葬仪神曲》

(《梨俱吠陀》第 10 卷,第 14 曲,
共 16 个颂。作者为阎摩仙人,Yama)

1.　　　　　请汝备祭品，奉献阎摩王；

　　　　　　　彼沿大陡坡，先行辞人世，

　　　　　　　为众（后死者），探寻归去路；

　　　　　　　威伐斯瓦陀，人之收集者。

2.　　　　　阎摩为我等，首先觅归路；

　　　　　　　此是放牧场，不应被夺走，

　　　　　　　我等之祖辈，先去该地已，

　　　　　　　以后出生者，各沿自路往。

3.　　　　　摩陀利与迦伐耶族祖灵，

　　　　　　　阎摩与莺吉罗斯族祖灵，

　　　　　　　毕利诃斯主与梨迦梵族祖灵；

　　　　　　　如是三位神明与三族祖灵相会见。

　　　　　　　三位神明，保佑三族祖灵福寿绵长；

　　　　　　　三族祖灵，祈愿三位神明神德宏张。

　　　　　　　有人因此，兴奋高呼"娑诃！"

　　　　　　　有人因此，捧起葬礼供品献给祖灵、亡灵。

4.　　　　　阎摩！

　　　　　　　兹请汝陛下，会同莺吉罗，

　　　　　　　宗族诸祖灵，坐此圣草上。

　　　　　　　愿诗仙持咒，默邀汝驾临；

　　　　　　　伏祈汝神王，享用此供品。

5.　　　　　阎摩！

　　　　　　　陛下请光临，偕同可敬莺吉罗，

及毗卢波子，齐到此间享欢乐。

我呼毗伐斯，汝之生身父；

祈彼安坐于，祭坛圣草上。

6.　　　　鸯吉罗斯，吾人祖先；那瓦格伐、

阿他尔梵、毕利古、苏摩耶舍。

是诸祭司家族：神圣、可敬。

彼等祖灵：慈祥、仁爱、至善。

我等愿将沐恩其中。

7.　　　　前去！前去！沿着诸古道；

吾人先祖辈，已如此逝去。

二王在欣赏，葬仪中祭品；

汝将见阎摩，及婆楼那天。

8.　　　　去会见祖灵！去拜谒阎摩！

在最高天上；随汝善行故。

扬弃众缺点，回归本家去，

换得新躯体，健全有活力。

9.　　　　滚开！散开！快溜出去！

祖先为彼，备此世界。

阎摩赐彼，一安息地；

地分昼夜，复有活水。

10.　　　　沿好路绕过，莎罗米耶犬，
　　　　　四眼二天狗，浑身棕斑毛。
　　　　　然后去亲近，好客祖先辈；
　　　　　彼等与阎摩，在享联欢宴。

11.　　阎摩！
　　　　　汝之二神犬，安全保卫者，
　　　　　四眼护路使，观察世间人。
　　　　神王！
　　　　　请将此亡灵，交给二天狗；
　　　　　祈汝赐予彼，祥和与健康。

12.　　　　鼻大毛棕色，喜夺人生命，
　　　　　阎摩二使者，巡视人世间。
　　　　　今日祈神犬，赐还与吾人，
　　　　　吉祥真生命，俾得见太阳。

13.　　　　榨取苏摩，献与阎摩；
　　　　　敬神供品，献呈阎摩；
　　　　　完备祭仪，送达阎摩；
　　　　　祭仪信使，乃阿耆尼。

14.　　　　丰富酥油，祭神供品，
　　　　　迈步上前，献与阎摩。
　　　　　彼导我等，礼拜神群，

我等因此,益寿延年。

15.　　　　最蜜味供品,上献阎摩王。

南无合十礼,致敬众仙人,

远古早生者,道路修筑人。

16.　　　　三桶苏摩,飞往阎摩,

有六世界,一大宇宙。

三赞诗律,唱诵诗律,

是诸一切,俱在阎摩。

　　提要:本曲共 16 个颂,主要内容是:死者家属为死者举办殡葬仪式,向阎摩王和火神阿耆尼祈祷,请求二神关照死者的亡灵,指引它往生阎摩王国。其次,详述阎摩王和火神阿耆尼与殡葬的关系(神话)。下边,按颂序阐释:

　　颂 1:本颂共有八个句子,第一、二两句是主句,句中的主语是"汝":丧家斋主。请汝:是主持葬仪的祭司对斋主说的。阎摩王:是主句的宾语。颂的其余六个句子是形容阎摩王的定语式的副句。彼:阎摩王。大陡坡:阎摩王沿着大陡坡向上走,到达天国,这也是阎摩王自己的行宫。"先行辞世人":吠陀神话(RV. Ⅹ. 10;AV. 18. 3. 13):阎摩是人类最初出生的第一人,同时也是人类最先死亡的第一人。"先行"在此的意思是,在人类开始有死亡的最初一刻,阎摩是第一个先行死去的人。他的灵魂一方面为后死者的亡灵探寻归宿的道路,一方面飘游到天边的一角筹建他的鬼魂王国。威伐斯瓦陀(Vaivasvata)意为毗伐斯瓦特(Vivasvat)之子,亦即阎摩王。"人之收集者":阎摩在天之一角建立鬼魂王国后,便与火神阿耆尼合作,专门从事收集死者的亡灵,引导它们

"移民"到他的王国,做他的臣民,享受天乐。

颂 2:暗示阎摩为我们所觅的归路,正是阎摩的鬼魂王国。为我等:我等,既是说已先逝世者的亡灵,也是指现在活着的人未来死亡后的亡灵。归路:归去路,归宿之路,是意指火神阿耆尼指引死人的亡灵沿着通向阎摩王国的道路前进。阎摩王国是过去、现在、未来死者亡灵最理想的归宿地。放牧场:这是形象似地描绘设想的阎摩王国的虚妄本相。阎摩王国喻如放牧场;但阎摩王国不是收集牲口的牧场,而是专门收集死人亡灵的假设"阴曹"。该地:放牧场——阎摩王国。人们的祖先早已到该地去;在祖先之后出生者,按自选道路前往。出生者:意指出生者死后的亡灵、灵魂。不同的死者有不同的灵魂,可以各自选择不同的路线前往;但目的地只有一个,那就是阎摩的鬼魂王国。

颂 3:本颂讲述吠陀神话中三位神明与三个祭司家族祖灵的关系。三神明:摩陀利(mātali,因陀罗的别称)、阎摩(Yama)、毕利诃斯主(Brhaspati,祷主)。三祭司族:迦伐耶族(Kavyas)、鸯吉罗斯族(Angirasas)、梨迦梵族(Rkavan)。这三个家族,都是吠陀早期的古婆罗门祭司家族。三族祖灵在三位神明护佑下,获得福寿绵长;三位神明在三族祖灵的虔诚祈愿中神德力量日益宏大。娑诃(Svahā):亦译作"娑婆诃",是对神明的欢呼、感叹;意译有如下意义:"成就、成功、圆满、完美",是一个表示"祝贺、欣喜"的惊叹词。(注:梵语 mātali,此字有三元音:mā-tā-li,最后一个元音"i"是短元音。音译此字为"摩陀利",意译是"御者"。但是,如果改此字的短元音"i"为长元音"ī",便写为 mā-tā-lī,音译亦可译作"摩陀利",但译意不是"御者",而是"有御者的大神因陀罗,是因陀罗的别称"。)

颂4：本颂是邀请颂。邀请阎摩王会同鸯吉罗族的亡灵和祖灵前来葬礼祭坛，一起坐在铺有圣草的地上，接受斋供。颂的第二句"会同鸯吉罗"和第三句"宗族诸祖灵"是同位句子，意即鸯吉罗族的祖先们，但也可以分开来解释：第二句中的"鸯吉罗"是指鸯吉罗族近时死者的亡灵；第三句中的"诸祖灵"是指鸯吉罗族的远祖们。持咒：梵语 mantra，音译"曼怛罗"，意即"颂、颂诗"，尤指吠陀经的颂诗。吠陀颂诗，如果默念便是"咒、咒语"；持咒，就是念咒，喃喃地背诵赞美诗——吠陀颂诗。

颂5：本颂是送给阎摩王的第二个邀请颂，请他约鸯吉罗斯族的祖灵及毗卢波的儿子们（已死儿子的亡灵）一起降临葬礼祭坛享受斋供。毗卢波子（Vairūpa）：毗卢波的儿子们（毗卢波既是仙人的，也是一个祭司家族的名字）。毗卢波族与鸯吉罗斯族，二族关系密切，同有阳神-火神的神性渊源，故请二族祖灵一起随阎摩前来葬礼祭坛接受斋供。毗伐斯："毗伐斯瓦特"的缩写。毗伐斯瓦特（太阳神族之一神）是阎摩的父亲（参看颂1的解释）。

颂6：本颂赞扬五个吠陀祭司家族和他们祖先的美德。五个祭司家族名：鸯吉罗斯（Angirases）、那瓦格伐（Navagvas）、阿他尔梵（Atharvaṇas）、毕利古（Bhṛgus）、苏摩耶舍（Somyāsas）；这些都是古婆罗门祭司家族。彼等：五个祭司家族。我等：死者的家眷（也是本颂的主语）。

颂7：本颂写死者的亲眷对死者的吩咐。"前去！前去！"：前去见阎摩王（这是死者家属在葬仪中对死者的话）。古道：意指祖先们走过通往黄泉的老路。"已如此逝去"：祖先们死后，其灵魂也就是这样沿着这古道前往阎摩王国。二王:即阎摩王、婆楼那神王。这二神王会欣赏你在葬仪为死者所准备的斋供。

颂8:本颂是葬仪主持人(祭司)对死者的亡灵说的话,督促亡灵快去见祖先们,去拜见阎摩王。最高天:是阎摩王与祖先们所在的天国(阎摩王国)。"随汝善行故":意谓你(亡灵)所以能到最高天会见祖先们和拜见阎摩王,是你生前做了令二神王(阎摩、婆楼那)满意的善行的缘故。善行:主要是指按吠陀经的法规进行的宗教活动,如每天按时向诸天神众祈祷拜礼,举行必要的吠陀祭典。缺点:是指死者生前身上有些与道德伦理不相应的缺点。本家:亡灵之家,即阎摩王国。新躯体,有二解:(a)人死后,其灵魂为火神引导到了阎摩王国,换得一个新的"精神"躯体;(b)死者的亡灵离开尸体后,重新投胎人间,换得一个新的肉体。新躯体,是完好健全,具新的活力。

颂9:本颂讲述葬仪主持祭司驱逐食尸鬼的情形。颂的头两句"滚开!滚开!快溜出去!":正是葬仪主持祭司对前来抢食死者尸体的妖怪的斥责,并将之驱逐出葬仪(这类妖怪在吠陀经里叫作"食尸罗刹,Raksas")。彼:死者的亡灵。此世界:阎摩世界(鬼魂王国)。意谓早在阎摩王国定居的祖先们已为新死者的亡灵准备来阎摩世界的安排。安息地:即让新到的亡灵占据阎摩王国的一个角落,在那里安息、生活。"复有活水":意谓这个角落在时间上有白天黑夜之分,在生活上有日常用水的供应。这意思是说,阎摩王国的这一角落是一个小乐园,亡灵在此,只享欢乐,无有痛苦。

颂10:本颂是写葬仪祭司指导死者的亡灵如何沿着一条好路

前往阎摩世界。绕过：即越过，不受检查或阻拦。莎罗米耶犬（sārameya），意即"莎罗摩母狗的儿子"。神话：莎罗摩（Sāramā）是因陀罗大神的宠物，一头雌性天狗，生有两只狗崽。二狗各有四眼，全身棕色斑毛，是阎摩王的保镖；在一座前往阎摩王国必须经过的桥的桥头上设卡，负责检查前往阎摩王国的亡灵，同时监视是否有不受欢迎的妖魔鬼怪来捣乱。以上是对颂的第三、四两句（莎罗米耶犬的定语）的解说。颂的第五、六两句："然后去亲近，好客祖先辈"是亡灵在祭司启示下的活动，意即亡灵在黄泉路上绕过四眼天狗的检查卡之后，应去拜见已在阎摩王国定居的"好客祖先辈"。好客：是说已在阎摩王国定居的祖灵对刚刚到来的亡灵表示友爱、亲切的欢迎。彼等：祖先们。联欢宴：联合欣赏的宴会。亡灵去见祖先时看见祖先们正在和阎摩联欢，共同享受宴会。

颂 11：本颂讲述葬仪祭司替亡灵向阎摩王祈祷，请神王指示他的四眼天狗在黄泉路上护送亡灵前往阎摩王国。颂的前四句，讲阎摩王的四眼天狗的任务。任务之一：安全保卫，既要负责保卫阎摩王国的安全，又要负责保护先到和后到阎摩王国的鬼魂（亡灵）。任务之二：维护道路，在通往阎摩王国的黄泉路上建立关卡，负责保卫沿线安全，免遭破坏，同时负责检查、保护过路亡灵，让它平安前往阎摩王国。任务之三：观察人间，既要观察人间的善行者及恶行者，又要观察死人的亡灵是否离开死者的尸体；如果离开，立即引导这个亡灵前往鬼魂王国（阎摩王国）。颂的后四句，讲葬仪祭司请求阎摩王将此刚死者的亡灵交与他的二天狗，好让后者护送它前往阎摩王国。彼：即指此亡灵。

颂 12：本颂再述阎摩王侍卫二天狗的形相和使命。颂的前四句是形容二天狗的定语。"喜夺人生命"：意谓二天狗日夜游弋人间，每见寿终者，即勾走其灵魂，引送到阎摩王国。二使者：即莎罗米耶二天狗。"今日祈神犬"：这是说那些新近踏上黄泉征途的亡灵在二天狗管制的关卡里向二天狗提出请求，即让它重返阳世，寻母投胎，恢复人的真身生命，从而重见太阳，享受世乐。

颂 13：（从颂 13 到颂 16 描述葬仪主持祭司按照丧家眷属的请求和主持葬仪的需要，制作各种供神物品，奉献给阎摩神王。）从本颂开始，葬仪祭司制作了三件礼物给阎摩王：（a）苏摩饮料；（b）各种斋品；（c）一个准备完善的祭仪；这葬仪由信使（运输神）阿耆尼领回去送给阎摩。

颂 14：在这个颂里，阎摩似是以一个人格化的具体形象出现在葬仪祭坛上。丧家眷属此时面对的阎摩王，不是想象中的幻相，而是具体的神形。他们立即叩首敬礼，恳求阎摩王接收死者的亡灵，让它往生他的鬼魂王国；与此同时，请求阎摩王带领他们礼拜神众——"彼导我等，礼拜神群"。此中"彼"即阎摩王；"我等"是指死者在阳世的眷属。阎摩王领导死者在阳世的眷属去参礼神众（而不让阳世眷属去拜会祖灵），借此获得神众的加庇，享受在阳世益寿延年的幸福。（原文："dirgham āyah prajivase，享受益寿延年。"这是死者在阳世还活着的亲人的心愿。这似乎在表示，神众才有能力使在阳世的信众得此幸福，而不是祖灵有此能力。）

颂 15：本颂的主语似是葬仪祭司。他制作献给阎摩的苏摩饮料，同时赞扬修筑黄泉险路的最早出生的远古仙人、智者、建筑师。颂的最后两句:"远古早生者,道路修筑人",是众仙人的定语。"远古早生者":意指众仙人原是古代神学导师和婆罗门哲学家。"道路修筑人":意谓这些古仙人在阎摩王指出通往他的鬼魂王国那条所谓的黄泉路线之后,他们的灵魂便是第一批"游魂",沿着这条路线奔向阎摩王国。故"道路修筑人",在此是指古仙人们的沿黄泉路线漫行的"游魂"。

颂 16:本颂的主语可能也是葬礼主持祭司。他制作三桶苏摩饮料献给阎摩,并朗诵吠陀圣诗歌颂阎摩。"三桶苏摩":《梨俱吠陀》(RV. Ⅰ.32.3)讲因陀罗一个著名的故事:因陀罗在投入与黑魔弗栗多的战斗之前,畅饮三池(或三桶)苏摩甜酒。本颂说送三桶(trikadruka)苏摩酒给阎摩王;这表示阎摩的酒量与威力并不稍逊于因陀罗。飞往:寓意流动的苏摩酒就像一只飞鸟快速飞到阎摩王行宫(RV. Ⅸ.3.1 说:"神圣的苏摩像一只飞鸟飞到祭桶上"。意同本颂)。"有六世界,一大宇宙":按《梨俱吠陀》(Ⅶ.87.5),"六世界"即天界三层(三个天界)和地界三层(三个地界);这六个世界统摄于一个大宇宙体。这个宇宙体的具体形式或反映,就是婆楼那神。本颂歌颂阎摩也是一个大宇宙的具体形相,同样统摄六个世界。这表明阎摩和婆楼那二神同具一样的神力,统摄宇宙万有。"三赞律"(tristub)和"唱诵律"(gāyatri):是说吠陀诗仙们采用这两种吠陀诗律写作颂扬阎摩的神曲。"是诸一切,俱在阎摩":本颂是本曲的结尾颂,总结宇宙六界同归一体的奥妙哲理,把阎摩的神格拔高到与因陀罗(RV.Ⅰ.32.5)和阿耆尼(RV.Ⅴ.13.6)一样,统摄宇宙万有于一身,同是宇宙本体外现的多元各异的具体反映。

青蛙戏雨

　　"青蛙戏雨"是一种自然现象,是说青蛙在雨季雨水中的戏雨活动。

　　印度季节,一年六季,每季两个月之间。六季,即春、夏、秋、冬四季,此外,还有"雨季"及"风雨季"。此中"雨季"是在阳历六月至七月。在雨季之前,青蛙遵守自然规律,为自己圈定蛰伏地点,默默潜藏,将近一年(约十个月)。待到雨季开始,雨点滴滴响声,犹如一条为青蛙解禁的咒语,顿使青蛙猛然苏醒,冲出蛰伏圈子,投入池塘沼泽,疯狂蹦跳,哇哇叫喊,似乎是在一个水族游戏比赛场,纵情跳叫,玩水作乐,做出各种各样逗人欢笑的戏雨形态。

　　这一自然的美妙景象,吠陀智者、最富仙人采用画师的画笔,对它进行艺术加工,精细刻画,在他创作的《青蛙戏雨图》,展现群蛙戏雨舞姿,立体逼真,跃然纸上。如下,且让我们来欣赏最富仙人这一作品:

《青蛙戏雨图》
(Mandūkās)

(《梨俱吠陀》第 7 卷,第 103 曲,共 10 个颂。

作者为最富仙人,Vasistha)

1.   青蛙蛰伏,整整一年,
　　　　　　　　如婆罗门,持缄口戒。
　　　　　　　　雨季一到,哇声即起,
　　　　　　　　赞致雨神,波罗阇尼,

2.   天雨落下,浇润青蛙,
　　　　　　　　如一干囊,躺在池塘。
　　　　　　　　牝牛携犊,慢步走来,
　　　　　　　　哇哇哞哞,和声共鸣。

3.   彼将甘雨,洒向蛙群,
　　　　　　　　热望雨者,感干渴者。
　　　　　　　　正是此时,已届雨季;
　　　　　　　　但见一蛙,满面喜色,
　　　　　　　　徘徊跳叫,走告邻蛙;
　　　　　　　　犹如一子,禀报父亲。

4.   两蛙狂欢,吐水互戏;
　　　　　　　　二者之一,祝贺另一。
　　　　　　　　一蛙雨淋,欢蹦乱跳;
　　　　　　　　斑蛙叫声,迎合黄蛙。

5.   一蛙重复,另一蛙音;
　　　　　　　　犹如学生,背诵师教。

蛙群全体,同声集合,哇哇齐唱;

如善辞者,同在水中,复习功课。

6.　　　　一蛙学牛哞,一蛙仿羊咩;

一蛙皮斑点,一蛙身黄色。

蛙群同具有,一个通称"蛙"。

蛙群之颜色,纷繁各不同;

蛙群多方面,美化其哇声。

7.　　　　如婆罗门,苏摩祭中,

行通宵祭,整整一夜;

围绕盛器,似满一池。

青蛙全族,俱来庆祝;

一年今日,雨季开始。

8.　　　　群蛙高声叫,犹如婆罗门,

手捧苏摩汁,口念长年咒。

又如司祭师,采用热供品;

雨前蛙藏洞,雨来争出洞。

9.　　　　神圣历法,月计十二,

蛙群遵守,无有违反。

年轮循环,又到雨季,

灼热蛙群,出洞自由。

10. 　　　　　像牛哞之蛙,像羊咩之蛙,

　　　　　　　花斑蛙,黄皮蛙。

　　　　　　　伏祈众蛙赐我等:

　　　　　　　乳牛百千头,苏摩酒千次;

　　　　　　　让我等延年昌寿。

　　提要:本曲的 10 个颂,像一幅图画,形象而立体地展示青蛙在雨水中 10 个不同的游戏形式;也像一篇向天求雨的神秘咒文。青蛙被拟人化,在雨季中用人语来表示求雨得雨、天人和谐的喜悦心情,天真似的做出种种欢快的戏雨动作和姿态,美妙自然,逗人喜爱。

　　兹按颂序逐一解说:

　　颂 1:颂的前四句,讲青蛙蛰伏一年;后四句讲致雨神施雨。缄口:即闭口不语,绝对沉默。印度婆罗门教苦行教条之一,“缄口戒”(vrata-cārin)。持此戒者,必须“三缄其口”,绝对不说话。戒期一日,或多日,按教规指定时间,自愿执行。颂意是,雨季来临之前的时间里,青蛙蛰伏不动不叫,就像婆罗门教徒持缄口戒,保持绝对的沉默,封口闭嘴。波罗阇尼(波罗阇尼耶,Parjanya):是致雨神的名字。所谓致雨神,是说雨季下雨,是借此神的威力而实现。“哇声即起”:意谓在雨季散下雨花最初的一刻,青蛙立即跳叫响应,其声是对致雨神波罗阇尼耶表示赞美与感谢。

　　(从颂 2 至颂 6,表述拟人化的青蛙在不同场合所作不同的戏雨活动和形式)

　　颂 2:受到天雨洗礼的青蛙情不自禁地与牝牛联欢开怀歌唱。

蛙声：哇哇；牛声：哞哞；很像"和声共鸣"。（颂中）干囊：干皮袋
（喻蛙身形状）。

颂 3：蛙群中的一蛙，喜见雨季到来，满怀欣悦，走告邻蛙，共
享雨季的利乐。（颂中）"热望雨者，感干渴者"两句是蛙群的
定语。

颂 4：一对青蛙，联欢戏雨。其中之一，是花斑蛙，另一是黄皮
蛙。二蛙对叫，彼此逗乐。

颂 5：一对青蛙，其中一蛙，重复另一蛙的叫声，由是引起蛙群
全体，齐唱"哇哇"。

颂 6：又有一对青蛙，其中之一是花斑蛙，在学着牛哞；另一是
黄皮蛙，在学着羊咩。蛙族有一通称，叫作"蛙"。

从颂 7 至颂 10，描述拟人化的青蛙向婆罗门教徒学习：(a)参
加苏摩祭；(b)遵守一年十二个月的历法；(c)布施财物。

颂 7：颂的前六句讲苏摩祭的筹备；后四句讲青蛙全族参加苏
摩祭典。（颂中）苏摩祭(soma-yajna)是一个比较大的祭典。其中
有一部分叫作"通宵祭"(Atirātra)，意谓这种祭礼要求通宵达旦进
行。"似满一池"：婆罗门祭官绕着苏摩汁盛器（瓶罐），念经持咒
时，还要设想苏摩树汁不是一瓶一罐的分量，而是满满一池之多。

颂 8：颂的前四句：蛙的叫声，喻如婆罗门口念长年咒（一年
365 日，每天必念，故曰长年咒）。颂的后四句：蛙群在雨季之前，
或在天热时，缩藏在洞里；一旦雨来，便争相出洞，戏雨狂叫。青
蛙畏热藏洞，喻如婆罗门司祭师手接烫手的热供物，畏缩放手。
司祭师：即祭典的司仪祭司。

颂 9：颂的前四句：群蛙遵守一年十二个月的历法。颂的后四

句:在雨季之前,群蛙蛰伏洞里,饱受灼热之苦。今日,雨季降临,它们顿觉灼热消失,争相出洞,自由蹦跳,戏雨作乐。

颂 10:本颂讲蛙的拟人化,更加具体,蛙群代替了祭官和斋主进行布施,作诸善业。(颂中)"苏摩酒千次":原文是 sahasra-sāva,此词可作数解:(1)举办苏摩祭千届;(2)制作苏摩酒千回;(3)畅饮苏摩酒千次(或千杯);(4)树有千类、谷物丰盛的田园;(5)沃野千里的地区。又,"制作苏摩酒千回",寓意似是人寿的延长与榨制苏摩酒次数的递增,是成正比的。

《阿闼婆吠陀》
（爱情咒曲）

《阿闼婆吠陀》(Atharvaveda)是四吠陀中的第四吠陀，是在第一吠陀《梨俱吠陀》的基础上发展而成的较晚的吠陀诗集。它集中对《梨俱吠陀》有关巫术和咒语部分内容作了阐释和发展，因而构成为印度神秘主义的密咒系统的最根本的、最原始的经典；全书共 20 卷，730 支曲，5987 个颂。在下边，选择其中四支有关爱情的咒曲。

（一）《爱情祝词》[①]

（第 7 卷，第 36 曲）

我俩眼睛，甜如蜂蜜；
我俩容貌，一样俊美。
我将拥抱，在汝胸怀。
我俩之间，同心永谐。

（二）《爱情祷词》

（第 7 卷，第 37 曲）

我之衣裙，制作精巧，
我将汝身，裹在其中。
汝将因此，唯属于我；

其余女子,汝不再想。

(三)《爱情咒》

（第 7 卷，第 38 曲）

1.
我诵此咒,默祷夫婿,
泪含喜悦,注视于我;
禁他离开,远行游逛;
顾他归来,衷心庆贺。

2.
犹如帝释,及诸修罗,
以大神威,统率众天。
我以爱情,将汝管治,
愿我为汝,最亲伴侣。②

3.
汝之明净,犹如皎月,
汝之光耀,犹如朝晖,
汝之品德,媲美诸天。
我等肃穆,向汝致敬。

4.
婚礼会上,我先发言,
请在我后,表汝心意;
汝属于我,我独占有,
其余少女,汝不再思。

5.　　　　　　若汝隐退,离群索居;

　　　　　　　若汝远在,大河彼岸;

　　　　　　　此如草药,系缚我俩,

　　　　　　　将汝带回,我之身旁。③

（四）《咒敌人》

　　　　　　（第 7 卷,第 34 曲）

　　　　阿耆尼!④

　　　　　　愿汝驱逐,已生之敌;

　　　　知众生者!

　　　　　　愿汝驱逐,未生之敌。

　　　　　　置诸怨敌,于我足下,

　　　　　　无缚母前,我应清白。⑤

注释:

①　一、二两节爱情诗,是妻子念给丈夫听的咒语。咒语的作用在于要求、警告丈夫对她的爱必须持之不变。

②　帝释(Śakra):亦称“帝释天、能天主”(三十三天主)。修罗(Sura):天神。诸天神,即三十三天神众。

③　“此如草药”:意谓这婚姻关系,好比一种能够保持爱情的草药,即使丈夫因故在远方,也能把他的爱心与妻子的思念联系在一起。

④　阿耆尼(Agni):火神。知众生者:火神的别称。“敌”:意指邪神鬼怪,不吉现象。火神以神通驱逐之。

⑤　无缚母(Aditi):人祖迦叶波(Kaśyapa)之妻,众神之母。

附 录 一

主要参考书(关于吠陀神曲)

Rigveda-Samhita(《梨俱吠陀》梵文全集),Ajmeriga,Vaidik Yantralaya, Ajmeriga India,1976.

Rigveda-Samhita(《梨俱吠陀》梵英对照全集)by H. H. Wilson, Nag Publishers Second edition,1990. H\AU. A. Jawaharnagar,Delhi-7.

A Vedic Reader For Students(《学生吠陀读本》)by A. A. Macdonell,Oxford University Press,London;Amen House,E. C. 4.

The Hymns of the Rigveda,2 vols(《梨俱吠陀神曲》2 册,英译本),by R. T. H. Griffith(Benares:E. J. Lazarus&Co. ,3ʳᵈ. ,ed. ,1920—1976).

Hymns From the Rigveda(《梨俱吠陀神曲》英译本)by A. A. Macdonell (London:Oxford University Press;Calcutta Association Press,1922).

Vedic Hymns(《吠陀神曲》by Edward J. Thomas,Wisdom of the East Series (London,John Murray,1923).

A Source Book in Indian Philosophy(《印度哲学原始资料集》)edited by Sarvepalli Radhakrishnan & Charles A. Moore, Princeton University; London,Oxford University Press,1957.

A Sanskrit Reader(《梵语读本》)by Charles Rockwell Leaman,Cambridge, Massachusetts,U. S. A. ,1963.

Dic Religion des Veda(《吠陀宗教》)by Hermann Oldenberg,translated into English By Shridhar B. Shrotri,Motilal Banaridass,Delhi,1988.

Vedic Mythology (《吠陀神学》)by A. A. MacDonnell Strasbourg,1897.

附 录 二

索 引

附 录 三

梵语一音二式字母表

元音
- 短元音： अ a इ i उ u ऋ r̥ ऌ l̥
- 长元音： ā ī ऊ ū ॠ r̥̄ ॡ l̥̄
- 复合元音： ए e ऐ ai ओ o औ au

半元音： य ya र ra ल la व va

辅音
- 喉 音： क ka ख kha ग ga घ gha ङ ṅa
- 腭 音： च ca छ cha ज ja झ jha ञ ña
- 卷舌音： ट ṭa ठ ṭha ड ḍa ढ ḍha ण ṇa
- 齿 音： त ta थ tha द da ध dha न na
- 唇 音： प pa फ pha ब ba भ bha म ma

丝音(摩擦音)： श ś ष ṣa स sa

气音(喉门送气擦音)：ह ha

随元音：　　　　　 ⸱— aṃ

随鼻音：　　　　　 ⸚ (w)aṃ

止声：　　　　　 ːḥ

　　这个表说明：梵语有两种不同形式的拼音和拼写的字母系

统。其一是,天城体字母系统;其二是,拉丁体字母系统。两个系统的字母均可用来拼读和书写同一梵语语音(语言和文字)。本书上所注的外文,就是用拉丁化梵语字母拼写而成的梵字。

　　注:本表即《国际梵语通用拉丁字母拼音方案》,见罗世方与巫白慧合编的 2001 年商务印书馆出版的《梵语诗文图解》第 5 页。

后　记

　　1951年,我在印度国际大学和蒲那大学分别取得相应的哲学学位。次年——1952年,我从孟买乘法国邮船回国。在北京,我先后在北京大学和商务印书馆工作。1978年,我调入中国社会科学院哲学所,开展印度哲学研究工作。印度哲学研究,在我国当时的国家哲学社会科学研究规划中,一直是一个空白点。1983年,哲学研究所申请建立一个包括印度哲学研究在内的"东方哲学研究室"。同年,中国社会科学院领导批准这一申请。从此,印度哲学研究正式列入国家哲学社会科学研究规划之内。新建的"东方哲学研究室"设立三个研究小组:印度哲学研究小组,日本哲学研究小组,阿拉伯哲学研究小组。我荣幸被任命为首任室主任兼主持印度哲学研究小组。

　　如何开展印度哲学研究?我认真学习了本书"导论"所引恩格斯的语录(关于印欧宗教神话研究应追溯其源于吠陀经的论述),并按这一科学方法制订印度哲学研究在四个方面开展工作的计划:一、吠陀经(《梨俱吠陀》);二、印度古代辩证思维;三、奥义书与吠檀多哲学;四、因明正理。但吠陀经与奥义书是我的重点研究课题。从1983年起,迄今20余年,我在这几个方面的研究,基本上取得预期的成果,而对吠陀经——《梨俱吠陀》研究的收获,自觉更为满意。不过,在这里,对《梨俱吠陀》哲学奥义的理

解,还应有一点不是不重要的补充:

杰出的吠陀哲学家住顶仙人(Prajāpati-Paramesthi)在他的著名神曲《有转神赞》(Bhāva-vrtta. RV. Ⅹ. 129)提出"第一种识"的理论(manasah retah prathamam,简称:"种识"或"识")。这一理论是《梨俱吠陀》的哲理核心、根本原理。"第一种识"本有超强的思维特征。吠陀仙人,哲学家和神学家运用这一超强思维功能,对宇宙万有进行大胆的"设想"。他们设想宇宙背后存在着一个绝对神秘的超验之神(deva)。神,无有形相,但从自体幻变出一个形体庄严完美的"化身"。化身施展不可思议的超验幻术,创造情世间(神性与非神性的生物界)和器世间(非生物界)。情世间和器世间,按吠陀语言,合称"三有"(即佛家所谓"三界")。三有的创造主正是(设想之神的)化身。化身宏大,金色辉煌,遍照三界,接受天界-空界大小神明和地界上下四种姓群众对他五体投地的拜礼,以及献给他的种种神圣名号,如称之为"天帝,天父,父母天,生主,祷主,原人,毗湿奴,因陀罗,婆楼那"等(到了吠陀后的奥义书,又改称为"梵,梵天,大梵天,自在天,大自在天")等。然而,三有(天,空,地三界)毕竟是(设想的超验之)"神"通过自体外现的化身施祭幻术制作出来的"幻象"。幻象,在幻的潜在变化规律制约下,从存在(幻现阶段)开始,逐步演变,径直趋向非存在(幻归,幻象消亡)。至此,或问:设想之神是否就是永恒的实在?吠陀仙人们对此有两派不同的看法。一派执神就是永恒的实在;另一派持相反的观点,否定神是永恒的实在。这正反映印度传统哲学发展史在其初就已存在有关(设想之)神问题的两种对立观点。其后(吠陀-奥义书以后的哲学流派),执神永存观点的哲学,称为"正统哲学";反之,否定神永存的观点,称为"非正统哲学"。
前者,按佛家的说法,是"常见"之执著,后者是"断见"之执著。

正统与非正统,常见与非常见,是印度传统哲学发展史上的
关键问题。我曾写过一篇短文,阐明这是直接与思想路线有关的
问题。在这里,我想引用该文一则论述,作为本文的结束:

印度传统哲学有两个基本观点,即"永恒的观点"和"断灭的
观点"。前者,佛家叫作"常见"(Sasvatadrsti),后者叫作"断见"
(Ucchedadrsti)。这两个观点也是印度传统哲学史的两条发展基
线。这就是说,正统哲学或非正统哲学不是沿着常见路线发展,
构建对"永恒精神实在"肯定的理论,便是沿着断见路线发展,构
建对"永恒精神实在"否定的理论。换句话说,正统哲学或非正统
哲学不是以常见为它的思想基础,便是以断见为它的思想基础。①

复次,我怀着敬意声明:我的老朋友武维琴教授曾给本书提
供宝贵的意见。在此,请他接受我衷心的感激。最后,我向商务
印书馆领导和有关的编辑同志表示深挚的敬佩与感谢,因为如果
没有他们的关怀和支持,本书不可能如此快速如期出版发行。

巫白慧

2008 年 12 月 31 日

---

①　拙文"'原人'奥义探释",载《纪念中国社会科学院建院三十周年学术论文集·
哲学研究所卷》,中国社会科学院哲学研究所编,方志出版社,2007,4,第 215—216 页。

图书在版编目(CIP)数据

《梨俱吠陀》神曲选/巫白慧译解.—北京:商务印书馆,2024

(中外哲学典籍大全.外国哲学典籍卷)

ISBN 978-7-100-22954-8

Ⅰ.①梨… Ⅱ.①巫… Ⅲ.①史诗－印度－古代 Ⅳ.①I351.22

中国国家版本馆 CIP 数据核字(2023)第 170243 号

中外哲学典籍大全·外国哲学典籍卷

《梨俱吠陀》神曲选

巫白慧 译解

商 务 印 书 馆 出 版
(北京王府井大街 36 号 邮政编码 100710)
商 务 印 书 馆 发 行
北京通州皇家印刷厂印刷
ISBN 978-7-100-22954-8

2024 年 3 月第 1 版　　　　开本 710×1000　1/16
2024 年 3 月北京第 1 次印刷　　印张 24¾

定价:116.00 元